EMOTIONAL STORIES OF OLD TREES

보기만 해도 힐링 되는

나무들의
감성스토리

여호근 · 김종오 공저

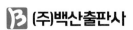 (주)백산출판사

2018년『함께 걸으면 들리는 부산나무의 감성스토리』를 발간하였다. 수년간 관심 있게 보호수를 지켜보다가 출간하게 되었다. 부산 지역의 보호수를 중심으로 감성적인 터치를 시도하였다. 많은 보호수가 우리 주위에 있는데 좀 더 관심 있게 바라보았으면 하는 바람과 천연기념물을 비롯한 멋있고 좋은 나무들과 함께 호흡했으면 하는 기대에서 첫발을 내디뎠다.

주위에 있는 많은 분들의 충고와 격려가 있었고 부산 지역도 좋지만 더 넓은 지역의 보호수를 다루어보라는 조언도 있었다. 전국적으로 1만 3천 그루가 넘는 보호수를 어떻게 다루고 접근할 것인가에 대해 고민했었고 전국의 시·군·구에서 한두 그루씩만이라도 보호수를 소개한다면 나름대로 의미 있는 작업이 될 수 있을 것이라는 의도로 시작하게 되었다. 이 책은 보호수와 천연기념물 나무에 대하여 두 번째로 출간되는 것으로 확장된 보호수 스토리가 될 것이다.

보호수에 대한 관심의 영역과 지역적 범위를 확장하여 부산 지역을 벗어나 전국적으로 산재한 보호수에 접근할 계획을 세우며 이동경로를 찾아보기도 하고 어떤 보호수를 선정할 것인가를 고민하였다. 여름방학을 이용하여 전국의 시·군·구에 있는 보호수를 찾아가 사진으로 담고 느낌을 기록하는 작업을 하였다.

경남을 시작으로 충북, 강원, 경북, 서울, 경기, 충남, 전북, 전남, 울릉도, 제주도까지 보호수를 찾아 짧지 않은 거리를 이동하였다. 처음에는 시·군·구마다 두세 그루의 보호수를 찾고 기록할 계획이었으나 실제로 경남 지역의 보호수를 찾아

보면서 시간이 많이 소요되는 까닭에 각 지역마다 한 그루의 보호수를 찾아 앵글에 담고 감성적인 터치를 하기로 하였다.

각 지역마다 특성 있는 보호수 위주로 찾았고, 놓칠 수 없는 유명한 천연기념물이나 광역자치단체 기념물로 지정된 나무들을 선정하였다. 어떤 자치단체에서는 수백 그루의 보호수를 지정하여 관리하고 있었고 어떤 곳은 두 그루의 보호수만 지정하기도 하였다. 보호수를 찾아 나서는 일이 한두 번으로 끝날 게 아니라는 것을 실감하게 되었다. 저마다의 역사와 이야기를 간직한 나무들을 짧게 스쳐 지나간다는 것이 아쉽고 미안한 기분이 들기도 하였다.

천 년 이상을 살아온 나무들을 보면서 경이로움과 포근함을 느끼고 커다란 나무 앞에서 자신을 돌아볼 기회를 갖는다는 것은 나무와 함께 누릴 수 있는 호사이고 행운이라고 아니할 수 없었다. 멋들어진 나무들을 보면서 오랜 시간을 견뎌 온 인내심에 감탄하곤 하지만 그 나무들의 이름을 멋지게 짓고 가꾸는 것은 사람들의 몫이 되어 왔다. 결국 나무와 사람은 대를 이어 서로 공존하면서 함께 호흡하는 존재라는 확신이 든다. 나무와 사람은 또 하나 같은 점이 있다. 수많은 사람과 나무는 그 어느 하나 똑같은 것이 없고 각자가 모두 소중한 존재라는 것이다.

더 멋진 나무들이 보호수나 천연기념물로 지정받지 못한 경우도 있을 것이고, 정말 소중한 나무들이 사람들의 무지와 무관심 속에 방치되거나 사라져버리는 경우도 있었을 것이다. 나무와 함께 시간을 보냈던 2019 기해년은 의미 있는 추억들로 가득한 한 해가 되었다. 여름 동안 몰려온 태풍들을 이리저리 피해 다니기도 하였고, 무더위와 함께한 시간이 지나면서 나무의 푸른 잎들은 계절의 변화와 함께 채색을 더한 천연의 아름다움으로 변하였다. 처음에는 전국적으로 수많은 보호수를 찾아 나선다는 것이 어려운 숙제가 될 수 있다는 걱정도 있었지만, 한 그루 한 그루 찾아가는 나무들은 여름 내내 푸른 잎을 피우는 싱싱한 모습으로 기꺼이 방문을 환영해 주었다.

전국의 보호수를 찾아 하나의 책으로 엮어야겠다는 과업을 완수하기 위해 시간에 쫓기면서 전국을 누볐다. 식사 시간을 아끼기 위해 차 안에서 김밥으로 요기하면서 이동한 적도 빈번하였다. 하지만 전국을 누비면서 나무를 찾아다니고 사진촬영을 하면서 시간을 보내는 것에 주위 사람들은 '참 팔자 좋은 일을 하고 다닌다'는 부러움의 인사를 건네기도 하였다.

　길을 잘못 들어 경운기 한 대 겨우 지나갈 수 있는 농로를 지나갈 때는 운전면허 시험을 칠 때보다 더욱 긴장하였다. 잘못하면 승용차가 논두렁으로 떨어질 수도 있는 상황이었기 때문이다. 무더운 한여름 서로의 땀 냄새를 맡으며 보호수를 찾아다녔고, 산속에 있는 보호수를 만나러 가다가 뱀을 보고 기겁한 적도 있다. 때로는 무시무시한 산모기에 공격을 당하는 등 참말로 우여곡절이 많았다. 야간에 민간인통제선(민통선)에서 검문을 당하고 되돌아온 경우도 있었다. 강원도 철원의 보호수는 지금은 가장 북쪽에 있지만 언젠가 통일되면 한반도의 중앙에 있는 보호수가 될 수 있을 것이라는 기대도 하게 되었다.

　보호수를 바라보면서 좀 더 여유를 가지고 나무를 만나고 대화를 하였으면 하는 아쉬움이 남기도 하였지만 다음번엔 꼭 그런 기회를 만들어야겠다는 다짐을 해본다. 하루 종일 함께하고 싶은 나무와 도란거리면서 마음 닿는 대로 머물고 싶은 만큼 함께 해보고 싶은 바람이 생긴 것이다. 보호수는 오랜 시간을 함께하면서 많은 사연들을 담고 있다. 그런 사연들을 듣고 확인하는 과정을 거쳤으면 좋았을 것이라는 안타까움과 미련이 남아 있고 차후에는 다시 한 번 되돌아보는 기회를 갖고자 하는 마음 간절하다.

　어떤 보호수는 관심을 받아 예쁘게 단장하여 주변을 공원으로 꾸며놓았고, 어떤 보호수는 안내판이 뽑힌 채로 천덕꾸러기처럼 방치된 곳도 있었다. 마을 주민들이 정성스럽게 받들어 모시는 보호수도 있었고, 나무를 만지기만 해도 나쁜 일이 일어난다고 해서 무서워하는 경우도 있었다. 모양이 아름다운 나무도 있었지만 여기저기 훼손된 상태에서 하루바삐 치료받고 관리받아야 하는 상태에 있는 나무도 있었다.

북쪽에는 소나무와 같은 침엽수가 많았고 남쪽에는 느티나무, 팽나무와 같은 활엽수가 많았다. 수백 년이 되었지만 배롱나무나 연산홍처럼 줄기가 가느다란 나무도 있었고, 나무 둘레만 십여 미터가 되는 은행나무, 느티나무처럼 웅장한 자태를 보여주는 나무도 있었다. 안내판에 적힌 주소지와 내비게이션의 주소가 달라서 보호수를 찾아 헤매기도 하였다. 이것은 지난해 부산 지역의 보호수를 찾아다닐 때와 흡사한 경우인데, GPS에서 거리상으로는 단거리이지만, 길이 좁아서 접근하는 데 애로사항이 있었던 경우도 많았다.

마무리될 즈음 우리나라에서 가장 오래된 나무인 향나무를 찾아 울릉도로 가는 날이었다. 태풍으로 인하여 예매와 취소를 반복하다가 세 번째 울릉도행 여객선에 탑승할 수 있었다. 엄청난 뱃멀미를 하면서 가장 오래된 나무를 찾아가는 마지막 여정을 쉽게 허락하지 않는 것 같은 마음에 다시 한 번 머리 숙이면서 울릉도 향나무를 만나기도 하였다. 제주도의 천년 팽나무를 만나면서 애초 전국의 보호수를 한 권의 책으로 담아보려는 계획을 마무리하는 시간을 맞이한다. 실로 감개무량한 순간이었다.

오랜 세월 버티고 있는 나무도 조용히 천천히 변한다. 수천 년을 살아도 언젠가 나무는 생명을 다하게 될 것이다. 영원한 듯해도 천천히 자라고 서서히 소멸하고 마는 것이다. 그것을 사람들이 이해하면서 나무의 목소리를 알아듣고 숨소리를 함께 나눌 때 나무도 사람도 생명력을 더하고 함께 공존하게 될 것이다. 좋은 나무는 잘 태어나는 것도 있지만 사람이 잘 가꾸어갈 때 그 가치가 더해지는 것이다. 아프면 감싸주고 치료해 주고 상징을 부여하고 이름을 불러줄 때 어느 시인의 말처럼 서로에게 의미가 되는 것이리라.

가다가 멋진 나무들을 보면 한참이나 멍하니 정신을 빼앗기곤 했다. 웅장하거나

보기만 해도 힐링 되는 나무들의 감성스토리

멋진 모습을 보면 사람이라면 누구나 가슴 뛰는 경이로움을 체험한다. 그런 모습과 느낌을 나무는 참으로 많이도 안겨주었다.

겨울날 앙상한 가지만 남은 커다란 나무들이 전하는 속삭임을 듣기 위해 눈이 내리는 날이나 차가운 바람이 부는 날 조용히 나무를 찾아 나서는 일이 생길 것만 같다. 추위를 견뎌내기 위한 만반의 준비를 마친 나무는 을씨년스럽게 바라보는 나그네에게 따뜻한 말 한마디를 건네줄 것 같은 기분이 든다.

이 책이 발간되기까지 여러 사람들의 도움을 빼놓을 수가 없다. 보호수를 찾아 여정을 함께한 같은 학교 동료인 김종오 교수, 드론으로 멋진 사진을 찍어준 최민수 대표, 제주도 콘텐츠에 관심을 가져준 이연우 교수와 전규미 선생, 학과에서 관심을 가지고 지켜봐준 여러 교수님들의 조언에도 감사드린다. 무엇보다도 대자대비의 마음으로 격려를 해주신 감천문화마을 관음정사 주지이신 보우스님과 바쁘신 중에 서평과 표사를 흔쾌히 해주신 조해훈 교수님과 전동균 교수님께 깊은 감사의 말씀을 드리고자 한다. 그 외에도 길을 가다가 보호수를 만나면 사진을 찍어 보내준 지인들과 어디에 가면 멋진 나무가 있다는 정보를 시시때때로 전해준 분들이 정말로 많았다. 그 고마움을 지면으로 대신하고자 한다.

이 책의 결실을 고스란히 안겨주기 위하여 기획과 디자인을 위해 물심양면으로 도움을 주신 백산출판사 진욱상 대표님과 진성원 상무님에게도 깊이 감사드린다. 아울러 좋은 결실이 있기를 묵묵히 기약하면서 내용과 오타 수정에 관심을 기울여준 가족에게도 감사의 마음을 전하고 싶다.

2019. 11.
엄광산의 화려한 수채화를 보면서
대표 저자 여호근

경상남도

경상북도

충청남도

충청북도

자연 산책

서울특별시

✈

서울 중구 정동 배재학당

회화나무

서울 지역에 천둥 번개가 치면서 비가 내리고 있다. 잠시 빗줄기가 소강상태에 접어들어 정동 배재학당에 있는 보호수를 찾아간다.

이 나무는 덕수궁 궁궐 안에 있던 나무였다고도 한다. 800년이 넘은 나무가 궁궐이 축소되면서 덕수궁 밖에 위치하게 되었다고 하는데 정확하게 확인되지는 않는다.*

서울은 가는 곳마다 역사의 흔적이 있다. 수레가 많이 다녀 '수렛골'이라 불리는 길이 있는 서소문길을 따라 가다가 배재학당 안으로 들어간다. 배재학당을 세운 미국 선교사 아펜젤러 기념공원이 있고, 배재중고등학교, 배재대학교가 있다. 독립신문사 터를 알리는 안내글이 새겨진 자연석도 있다.

보이는 회화나무는 늘씬하다. 검은색의 굵은 가지와 잔가지들이 선명하게 보인다. 잎들이 적당히 매달려 가지들의 모습을 가리지 않고 드러나게 만든다. 줄기를 지탱하는 알루미늄 섀시 같은 재질의 은빛 지지대는 보기에 깔끔하다. 비가 오니 나무 밑으로 각양각색의 우산을 쓰고 오가는 사람들의 모습도 보기에 괜찮은 조화다.

보호수 안내판은 찾을 수 없었고 보호수에 대한 정보는 중구청 홈페이지에서 참고하였다. 배재빌딩관리사무소에서 만든 안내판에는 강한 바람으로 나뭇가지가 부러지면 위험하니 통행하는 사람과 차량은 주의하라는 내용이었다.

◇◇◇◇
* 중구청 홈페이지; http://www.junggu.seoul.kr

학교와 회화나무는 잘 어울린다

나무는 다이어트를 한 듯 늘씬하다

큰 키에 가지들의 모양이 다 보인다

마치 마른 사람의 갈비뼈를 보는 듯하다

근원 주변에는 발목 높이로 벽돌을 쌓아

잔디를 심어 놓았다

은빛 철봉으로 경계를 나타내고

주변 정리도 깔끔하다

나뭇가지를 받치는

지지대도 은빛재질이다

가지 끝에서 물오르듯

피어난 잎들이 빗물을 머금어

더욱 푸르게 빛난다.

수종 회화나무   **수령** 825년   사진촬영 2019. 7. 26
지정번호 서2-1   **지정일자** 1972. 10. 12
수고 22m   **둘레** 7.12m
소재지 서울특별시 중구 서소문로 11길 43(정동 34-16)

○주변 관광지: 명동거리, 남대문시장, 북창동 전통음식점, 청계천

보기만 해도 힐링 되는 나무들의 감성스토리

✈

서울 서초구 서초동

서초역 향나무

서초역 7번 출구로 나오면 왕복 8차로의 반포대로가 나온다. 화단으로 중앙분리대가 설치되어 있는데 반포대로와 서초대로가 만나는 교차로 지점의 반포대로상에 연륜이 보이는 향나무가 한 그루 서 있다. 보통 800년이 넘으면 줄기가 용트림을 하는데 이 나무는 곧게 자라고 있다. 건너편에는 대법원과 대검찰청 건물이 지척에서 선명하게 보인다. 모범을 보이려고 곧은 모습을 보이는 것일까.

서울에서 향나무로는 가장 키가 크고 오래된 나무로 알려지고 있다. 1968년에 보호수로 지정된 것은 보호수에 관심 갖기 시작한 초창기 일이었다. 2009년 '천년향'이라고 이름이 붙여졌다. 수형은 분재를 해놓은 듯 가지 끝에 둥그런 형태로 잎을 매달고 있는 모습이 몇 개의 초록색 풍선을 매달고 있는 것처럼 보인다. 허리쯤에서 크게 두 갈래로 갈라진다. 고사된 가지 몇 개는 잘린 채로 남아 있다. 높은 가지는 쇠줄을 이용해서 땅에 고정시켜 놓았다. 중앙분리대 위에 있어서 접근하기 쉽지 않다.

서초동에서는 지하철이 생기기 전에 약속 장소로 이 향나무가 1순위였다. 도로를 만들 때 향나무를 베어버리려 했는데 주민들이 크게 반대하여 살려놓았다.

자동차가 달리며 뿜어내는

매연에 시달리지는 않는 것일까

신호등처럼 교차로 중간에 서 있다

사람도 다가갈 수 없는 곳

차량들은 스쳐만 지나가는 곳

천년 동안 자리를 지켜오는데

건물이 들어서고 도로가 만들어지면서

섬을 지키는 등대지기가 되었다

역사를 지켜온 향나무

너무 혹사시키는 건 아닌지

자랑스럽기도 하고 미안하기도 하다.

사진촬영 2019. 7. 26

보기만 해도 힐링 되는 나무들의 감성스토리

수종 향나무　　　　　　　　**수령** 871년(2009년 1월 기준)

지정번호 서22-3　　　　　　**지정일자** 1968. 7. 3

수고 18m　　　　　　　　　**둘레** 3.9m

소재지 서울특별시 서초구 서초동 1748-10

○주변 관광지: 세빛섬, 서래마을, 양재천 연인의 거리, 반포대교 무지개분수

부산광역시

✈

부산 사하구 괴정동 샘터공원

회화나무

괴정동의 지명과 관련이 있다 하여 찬찬히 살펴보니
훤칠한 모습에 누구나 반할 만하다.

회화나무를 한자로는 괴화(槐花)나무로 표기하는데
중국발음과 비슷한 회화로 부르게 되었다고 전한다.

일찍이 회화나무가 사람이 사는 집에 흔히 심어진 까닭은
'槐'자는 '木'자와 '鬼'자가 합쳐서 만들어진 것이라서,
회화나무를 집에 심어두면 잡귀를 물리친다 하여
조선시대에는 궁궐의 마당이나 출입구 가까이에 많이 심었으니
궁궐에는 귀신이 찾을 리가 만무하다.

서원이나 향교 등에 회화나무를 심어서
악귀를 물리치곤 하였으니
신진사대부의 앞마당에 자리하여
선비와 배움을 함께한 좋은 성분이
바로 '루틴'이 아니던가!
고혈압 예방과 콜레스테롤 완화에 이로움이 있단다.

보기만 해도 힐링 되는 나무들의 감성스토리

남평 문씨와 함께한 지
600여 년이 흘렀지만
지금도 아낌없이 편안한 휴식을 안겨주어
마을 주민들의 사랑을 듬뿍 받아서
여름이면 더욱더 푸르름으로
이에 화답을 한다.

'학자수(學者樹)'라
이곳에 소망명패가 주렁주렁 달렸으니
모든 소원을 성취하리라.

동네 아낙네의 빨랫방망이
두드리는 소리가 경쾌함을 더해준다.
그 이름이 바로 괴정 회화나무 샘터공원이구나.

정령 마을 주민과
함께 마을의 자랑으로 내려오다가
너 나 할 것 없이 삶이 바빠
내팽개쳐버린 나머지
빽빽한 주택 사이에서
시름시름 앓다가
힘에 부치어 볼품을 잃고,
천연기념물 지정이 해제되어 잠시 희망을 벗었으나
풍성하게 터를 내어 쾌적하게 꾸며서
옛 모습을 돌려주니 회화나무도 즐거워서
넘실넘실 춤을 추며 새가지를 드리워대니

천하제일의 으뜸이오

현대판 리조트가 따로 없다.

바로 이곳이 웰빙 천국 아닐까?

수령 675년 괴정샘터공원 회화나무

수종 회화나무   **수령** 675년
지정일자 1993. 10. 12   **수고** 20m
둘레 6.5m   **소재지** 사하구 괴정동 1244-5(사하로 185번길)

✈

밀레니엄 나무

••

거대한 당신의 모습에
빨려드는 느낌이다.

이름하여 밀레니엄 나무……
통일신라시대 원효대사의 넋이 서린
장안사와 문무대왕이 스쳐지나간다.

둘레는 6m, 높이는 20m로
우리의 느티나무 중에서는 가히 으뜸으로
수령은 1300년을
훌쩍 뛰어넘는다.

정월보름과 음력 6월이면
정결한 몸가짐과 정성스런 마음으로
당신에게 막걸리 다섯 말을 헌주(獻酒)하니,
그것이 바로 당제로다.
장안마을에 평화로운 기운이 성큼성큼 찾아드니
오호쾌재(嗚呼快哉)라!

당신의 발 아래로 약수천이 졸졸 흐르니

불로장생수가 따로 없다.
바로 이곳이 극락이요
내 마음의 도솔천이다.

숱한 세월이 지나가도
변함없이 오늘에 멈추었으니
그것이 바로 당신의 혼(魂)이요
장수하는 삶인지라.
당신을 장수나무, 밀레니엄 나무로 부를 테니
당신도 기분 좋아
넘실넘실 춤을 추어 양팔로 화답하고
좋은 기운 절로 퍼져 만방에 이로움이 가득하니
힐링(Healing) 나무로 부르련다.
육중하게 뻗은 몸이
동서남북 가리키며
내 아픈 과거 뒤로하고
외과수술 받았으니

지금은 괜찮아서
푸른 잎으로 그늘을 드리우며
남녀노소(男女老少) 방문객을 반겨준다.

연꽃이 지천으로 당신을 에워싸고
어여쁜 꽃을 피워대니
개구리도 마냥 즐거워

수영선수가 따로 없다.

칠월이면
연꽃이 만발하고,
넝쿨박이 주렁주렁 만물상을 연출하니,
가히 장관이다.

그래서일까
당신 앞에 다가가면
전원적이다 못해 현대적이다.

수수하면서도 화려하다.
근사하다.
편안하다.

당신은
우리들의 희망이다.

또 다가올
새로운 밀레니엄처럼……

국내 최고의 느티나무라 하여 "밀레니엄 나무"로 명명함

수종 느티나무
수령 1340년(2018년 기준)
지정일자 1978. 8. 12
수고 25m
둘레 8m
소재지 창안읍 장안리 294
가치 당산목

인천광역시

인천 남동구 장수동
은행나무

몸통에서 5갈래 큰 가지가 균형 있게 뻗어 있다. 음력 7월, 10월에 제물을 차리고 풍년과 무사태평을 기원하는 제를 올리고 있다고 한다. 주변에 은행나무집, 장수보리밥집, 푸드트럭 등이 있다. 맑고 깨끗한 개울이 마을을 지난다. '장수동 만의골 은행나무 당제고사'를 만의골 상인번영회에서 주관하여 지내고 있다. 10여 개의 철제 지지대가 우람한 은행나무의 가지를 지탱해 주고 있다. 은행나무 가지와 잎이 위로 뻗어 비어 있는 하늘을 덮는 수수한 화려함은 실로 장관이다. 식물의 생장을 통해 자연의 법칙을 깨우치게 한다. 이 은행나무에는 무한한 자연의 이치가 담겨 있는 듯하다. 그리고 은행나무는 인천광역시 기념물 제12호로 지정되어 있다.

은행나무를 바라보는 순간
와아 하고 감탄사가 나온다

뻗은 가지 가까이서 손으로 그리면
잘 짜인 공식처럼
지치지 않는 생명으로
조화와 균형을 가르쳐준다.

보기만 해도 힐링 되는 나무들의 감성스토리

사진촬영 2019. 7. 26

수종 은행나무
수령 800년
지정일자 1992. 12
수고 30m
둘레 8.6m
소재지 인천광역시 남동구 장수동 63-6
 • 인천광역시 기념물 제12호

○주변 관광지: 소래포구, 어울공원, 양떼목장, 로데오광장

보기만 해도 힐링 되는 나무들의 감성스토리

✈

인천 강화군 불은면 고능리

은행나무

강화도 방면으로 이동한다. 인천에서 해저 터널을 통과하여 인천해안 순환도로로 이동하였더니 8km가 남아 있음을 알려준다. 그리고 연이어 '초지진, 마니산, 신형사지' 등의 안내도가 눈에 띈다. 은행나무 가로수가 부분적으로 식재되어 있다. 사이클을 즐기는 모습이 이곳 강화군에서는 극히 자연스러운 느낌이다.

불은면 사무소에서 좌회전해 농로길을 달리자 7km가 남았음을 알려준다. 커다란 외관을 자랑하는 은행나무가 있고, 아래엔 은행 열매가 셀 수 없이 떨어져 있다. 달려 있는 열매까지 더한다면 어마어마하다. 냄새도 그렇다. 나무 아래엔 마을에서 동제를 지냈는지 짚이 엮인 채로 남아 있다. 은행나무 몸통으로 만들어진 모형물을 살펴보면 990년 세월이 고스란히 묻어난다. 가장 오래된 몸통부분은 짙은 색이며 바깥 부분까지 색상은 조금 연하지만 그래도 짙다. 가운데를 보고 있자면 산양 두 마리가 우리를 바라보는 이미지였다. 오른쪽에는 어머니 산양이, 왼쪽엔 자녀 산양이.

• •

큰 몸통에는 할아버지 은행나무가

왼쪽엔 어머니 은행나무가

오른쪽엔 자녀 은행나무가 자라는 것처럼

짙고 옅은 색상이 조화롭게

오순도순 힘껏 자라고 있다.

사진촬영 2019. 8. 4

수종 은행나무 　　　　 **수령** 990년
지정일자 2000. 6. 26 　　 **수고** 20m
둘레 7.4m 　　　　　　 **소재지** 인천광역시 강화군 불은면 고능리 521

　○주변 관광지: 갑곶돈대, 광성보, 초지진, 마니산

보기만 해도 힐링 되는 나무들의 감성스토리

✈

인천 강화군 길상면 초지리

소나무

초지진(草芝鎭)은 인천광역시 강화군 길상면 초지리에 있는 요새로, 바다로 침입하는 외적을 막기 위하여 조선 효종 7년(1656)에 구축하고 1679년 조선 숙종 때 성으로 지었다. 1866년 10월 천주교 탄압을 구실로 침입한 프랑스 극동 함대와 1871년 4월 무역을 강요하며 침략한 미국의 아세아 함대, 그리고 1875년 8월에 침공한 일본 군함 운요호를 맞아 치열한 전투를 벌였던 격전지이다. 그러나 당시 프랑스·미국·일본의 함대는 우수한 근대식 무기를 가진 데 비하여 조선군은 빈약한 무기로 대항하여 싸웠기에 매우 고전하였다. 초지진 소나무 안내판에는 '용맹스럽게 싸우다 모두 전사했다'고 기록되어 있다.

현재 초지진의 진지와 주요 시설이 있었을 것으로 추정되는 자리에는 음식점 등 각종 시설이 들어서 축조 당시의 모습을 찾아볼 수 없게 되었다. 유일하게 복원되어 있는 초지돈대는 높이가 4m 정도이고 장축이 100여m 되는 타원형의 돈대이다.

초지돈대 주위로 소나무가 많이 있는데 그중에는 신미양요 당시 대포에 맞은 상처를 간직한 소나무도 있다. 초지돈대로 올라가는 계단을 중심으로 양쪽으로 커다란 소나무 두 그루가 있는데 우람한 모습으로 주변을 지켜보고 있다. 우람한 체구의 경비를 담당하는 병사 같은 느낌이 든다. 굵은 줄기가 위로 뻗어 있고 여러 갈래로 뻗은 가지들이 삼각형 모양으로 잘 퍼져 있어 튼튼하게 보인다.

서양의 군인들이

총과 대포를 들고 쳐들어올 때

칼로 막아서며 최후를 맞이했던

많은 민초들을 지켜보았더이다

서러운 영혼들을 지켜보면서도

후손들이 지켜주리라 믿고

든든하게 뿌리를 내리고 있더이다

노을이 질 때면 황홀한 아름다움으로

빛을 내는 소나무는 든든함으로

큰나무라고 이름지었더이다

수종 소나무 　　　　**수령** 400년 　　　　**지정연도** 2015년
수고 10m 　　　　**둘레** 2.3m 　　　　**일련번호** 9-48
소재지 인천광역시 강화군 길상면 초지리 624 　　　　**관리자** 강화군 시설관리공단
○주변 관광지: 동검도, 강화로얄워터파크

사진촬영 2019. 8. 4

보기만 해도 힐링 되는 나무들의 감성스토리

대구광역시

✈

대구 달성군 현풍휴게소(하행선)

느티나무

현풍휴게소 하행선에는 500년 수령의 느티나무가 자리하고 있다. 1977년 구마고속도로 하행선에 현풍휴게소 건설공사를 위하여 평탄작업을 하던 불도저가 '500년 느티나무'로 향하기만 하면 엔진이 꺼졌다는 이야기가 전해지고 있으며, 휴게소 준공을 기념하기 위하여 '500년 느티나무' 아래에 제사상을 차려놓고 제사를 지낼 때, 멧돼지 한 마리가 나타나서 제사상을 덮치고 음식을 먹었는데 바로 즉사하였다는 이야기도 전해지고 있다. 이처럼 '500년 느티나무'를 바라보면 신령스러운 느낌이 물씬 풍긴다. 오늘날 '500년 느티나무'는 현풍휴게소(하행선)의 상징으로 자리매김을 하고 있다.

　현풍휴게소 우측 뒤편에 정말로 멋진 나무가 산소를 뿜어내고 있다. 수종은 느티나무이며, 자그마치 나이는 500살이다. 우리나라 보호수 중에서 가장 흔한 수종으로 마을의 입구나 정자 및 당산에 주로 위치하고 있으며, 우리에게는 매우 친숙한 나무이다. 느티나무는 장수목(長壽木)으로 국내 최고는 부산 기장에 있는 느티나무로 1340년의 수령을 자랑한다. 그래서 그 나무를 '밀레니엄 나무'라 부르고 있다.

••
구마고속도로 하행선에 현풍휴게소의 평탄작업을 하면서
불도저가 '500년 느티나무'를 향해서 계속 다가오자

44

신령스런 기운이 감돌았는지 불도저 엔진이 꺼지고 만다.
준공기념 제사음식을 멧돼지가 먹은 후에
바로 즉사하였다는 이야기가 전해지는 신령스러운 나무이다.
'500년 느티나무' 테마공원은 소박하면서도 정갈함이 물씬 풍긴다.
이 나무와 느티나무에 관한 이야기와 가치 등이 소개되고 있다.

공원 진입부에는 '구마고속도로 작은 역사관'과
'500년 느티나무' 미니 도서관이 마련되어 있다.
원추리꽃과 칡꽃이 보는 눈을 즐겁게 한다.

고속도로 여행의 피곤함을 덜어줄
맨발지압 산책로가 바닥에 설치되어 있다.
대다수의 사람들은 신발을 신고 지압 산책로를 걷고 있다.
공원에는 분위기 조명이 여기저기 설치되어 있어서
'500년 느티나무 공원'의 운치를 한껏 더해준다.
이 나무의 신령스러움이 소원을 들어줄 것으로 판단하여
소원 리본이 흥부의 박처럼 주렁주렁 매달려 있다.
마치 한 그루가 두 그루처럼 보이는 모습이 특이하다.
나무를 지지해 줄 지지대가 설치되어 있다.
마치 지팡이 같다.
흔들의자도 설치되어 있다.
연인들의 속삭임도 느껴진다.
없는 것이 없다고 할 만큼
이곳은 느티나무의 종합백화점 같다.

휴게소 옥상에는 재미있는 트릭아트 포토존이 있다.
로미오와 줄리엣이 생각난다.

사진촬영 2019. 7. 9

다양한 콘텐츠들이 조화롭게 구성되어 있다.
그래서 현풍휴게소의 '500년 느티나무' 테마공원은
대한민국 경관대상 최우수상을 수상하였다.

전국의 보호수들이
현풍휴게소처럼 그 가치를 인정받기를 소망해 본다.

수종 느티나무	**수령** 500년(1982년 기준)	**지정일자** 1999. 7. 22
수고 13m	**가치** 당산목	**둘레** 1.6m(나무직경)
소재지 대구광역시 달성군 현풍읍 성하리 272		**가치** 당산목

○주변 관광지: 석빙고, 사문진 주막촌, 달성습지, 마비정 벽화마을

보기만 해도 힐링 되는 나무들의 감성스토리

✈

대구 수성구 범어동 범어역

은행나무

대구직할시에 들어선다. 보호수는 한적한 산속에도 있지만 대도시 속에도 존재한다. 범어역 5번 출구 앞에 작은 공원이 만들어져 있고 그 안에 연륜이 있는 은행나무 한 그루가 서 있다.

다음은 안내석에 있는 내용이다.

"이 나무는 조선 세조 14년(1468) 상동 268번지에 심은 나무로서 이 고장의 전설과 얼을 간직한 귀중한 거목으로서 1972년 8월 31일 대구직할시 보호수 제18호로 지정 보호하던 중 이번 동서 도로 확장 공사로 인하여 철거되어야 할 처지에 있는 것을 안타까워하는 전 동민의 심정과 자연을 보존하는 정성을 기리기 위하여 보존위원회를 구성하여 우람하고 의젓한 이 나무를 1981년 9월 30일 정화여자중고등학교 교정에 옮겨 보존하게 되었다. 정화여중고 이전으로 2001년 4월 1일 범어네거리로 옮겨 놓았다."

주변의 나무들보다 연륜이 들어 보이는 기둥이 드러난다. 하지만 줄기는 튼튼하고 잎은 무성하다. 밑동부분에서 여러 줄기가 하나로 합쳐진 것처럼 보인다. 수관은 가슴 높이쯤에서 사방으로 퍼진다. 키가 크거나 풍성한 몸집이 아니고 가지들도 적당하게 뻗어 있어 서 있는 모습이 힘들어 보이지 않고 가뿐하다. 해가 지면서 조명이 들어와 은행나무를 비추어주니 더욱 화사하게 보인다. 공원으로 꾸며진 은행나무 주변에는 나무들과 꽃들이 심어져 있다.

은행나무를 지켜보는 고층빌딩들이 있고 수많은 자동차가 보호수 옆을 휙휙 지나가고 있다.

고층 빌딩 속에 있는 은행나무는
여기가 좋은 것일까
아니면 조용한 산속을 그리워할까
500살이 넘었지만
마음이 신세대라면
왁자지껄하고 번쩍거리는
도시도 괜찮을 것이다
하나인지 둘인지
아니면 여럿이 뭉친 것인지
꽈배기처럼 생긴 기둥을 보면서
흩어지면 죽고 뭉치면 산다는
말이 스쳐 지나간다.

사진촬영 2019. 7. 24

수종 은행나무 　　　　　**수령** 550년
지정번호 대구직할시 18호 　　**지정일자** 1972. 8. 31
소재지 대구 수성구 범어동

○주변 관광지: 호수공원, 고모령비, 모명재, 들안길 먹거리타운

대전광역시

✈

대전 유성구 봉산동
느티나무

대전 유성구 하늘바람 아파트 107동 부근에서 내비게이션이 목적지에 도착했음을 알려준다. 그런데 그곳에는 나무가 있었지만, 우리가 찾는 느티나무는 보이지 않았다. 그래서 벤치에서 휴식하고 있는 어르신께 오래된 느티나무에 대해 여쭈었더니, 이 느티나무밖에 없다고 한다. 봉산동 느티나무 기념물 제48호로 지정된 나무이다. 한때는 이 느티나무의 수령이 2000년이라는 안내판도 있었지만, 현재는 500년 수령의 나무로 소개되고 있다.

이 나무는 바구니(봉산동) 마을 주민들이 오래전부터 매년 음력 정월대보름날 이 나무에 대해 목신제를 올리어 액운을 막고 열나흘 동안 마을의 안녕과 평화를 기원하고 있다고 한다.

또한 이 마을 사람들은 구죽 액막이놀이 보존회를 조직하여 목신제를 전통 민속예술로서 계승·발전시키고 있다. 느티나무 바로 앞에는 '바구니 홰싸움놀이 참가자 명단'이 커다란 바위에 각인되어 있다. 나무 밑부분은 울퉁불퉁한 모습이다. 가슴높이보다 조금 높은 곳에 목신제를 지낼 때 드리웠을 소망 종이가 아직 새끼줄에 남아 있다. 몸통 가운데는 외과수술로 시멘트 재질의 충진재가 채워져 있고, 정면에서 보면 뿔이 펼쳐진 황소나 산양의 머리를 닮아 인상에 남는다. 나무로 된 지지대가 육중한 나뭇가지를 받치고 있다.

보기만 해도 힐링 되는 나무들의 감성스토리

오백 년이 우습다기보단

하늘 바람에 잊혀진

이천 년이 아쉬워서

살기 좋은 브랜드

그 이름 휴먼시아

사진촬영 2019. 8. 14

수종 느티나무　　　　**수령** 500년(지정일자 기준)
지정연도 1982년　　　**수고** 20m
둘레 7.4m　　　　　　**소재지** 인천광역시 강화군 불은면 고능리 521
• 시도기념물 제48호(2017. 03. 13 지정)
○주변 관광지: 유성온천, 유림공원, 현충원, 반석역 카페거리, 벽화마을

✈

대전 서구 복수동
느티나무

대전시 서구 탄방로 65번지에 위치하고 있는 왕버들을 찾아갔다. 왕버들은 없고 그 자리에는 '이편한 00' 브랜드의 아파트 건축공사가 진행되고 있었다. 이 보호수도 사라진 것이 아닌지 걱정된다.

같은 서구의 복수동에 있는 느티나무를 찾았다. '느티나무 어린이 공원'이 조성되어 있는 곳이다. 느티나무 두 줄기가 서로 반대쪽으로 뻗어가면서 울창한 잎을 피우고 있다. 주변에는 가슴 높이 정도의 스테인리스 재질의 철제 경계봉을 보호수 주변에 설치하여 보호수에 접근할 수 없도록 하고 있다.

16세기 말부터 현 위치에서 임진왜란과 한국전쟁을 거치면서 주민들과 생사고락을 같이한 마을의 수호신이다. 나무 밑동이 썩어 죽어가고 있을 때 대전광역시 보호수로 지정되면서 전문가의 치료를 받아 오늘에 이르렀다. 원래 한 그루였으나 치료과정과 지역개발로 인해 지면을 1.5m 높이면서 두 그루처럼 보이게 되었다.

복수동 느티나무 보존회를 만들어 연 1회 어버이날에 즈음하여 목신제를 올리고 경로잔치를 열어 주민화합의 기회로 삼고 있다.

● ●
키가 작아 보이지만
많은 부분이 땅속에 묻혀 있다

보기만 해도 힐링 되는 나무들의 감성스토리

어린이들을 보기 위해

나무도 허리를 굽혀 바라본다

철제 지지대로 가지를 받치고 있다

공작새가 날개를 활짝

펼치고 있는 모습이다.

사진촬영 2019. 8. 14

수종 느티나무	**수령** 430년	**품격** 구나무
지정일자 1982. 10	**수고** 15m	**둘레** 8m
가지벌림 20m	**소재지** 대전광역시 서구 복수동 47번지	

○주변 관광지: 한밭수목원, 엑스포 시민광장, 둔산 선사유적지, 수정재

보기만 해도 힐링 되는 나무들의 감성스토리

광주광역시

✈

왕버들

신만산길에서 구만산길로 이어지는 곳에 왕버드나무가 위치하고 있다. 이곳 왼쪽에는 화방산(241.7m), 송원대학교, 오른쪽으로는 포천역이 한눈으로 다가온다.

마산매골 오른쪽 제일 끝부분에 '괘고정수(掛鼓亭樹)'라고 부르는 광주광역시 기념물 제24호가 있고, 오른쪽에는 '다올가든'이 있다.

광주시 기념물로 지정되어 있는 왕버드나무는 필문(畢門) 이선재(李先齋: 1390~1453)가 심었다고 전한다. 그 당시 이 나무가 죽으면 자신의 가문도 쇠락할 것이라 하였고 그 후 이선재의 후손이 과거에 급제하여 이 나무에 북을 걸어놓고 축하잔치를 하였다고 한다. 이에 유래하여 괘고정(掛鼓亭)이라는 이름으로 부르게 되었다고 한다. 1589년(선조 22) 기축옥사(己丑獄事)라 부르는 정여립모반사건(鄭汝立謀叛事件) 때, 이선재의 5대손 이발(李潑)과 그의 가족이 죽임을 당하면서 나무도 바로 고사하였다고 한다. 그 이후에 '이발'의 억울함이 밝혀지면서 다시 새잎이 돋아서 가문이 다시 중흥하였다고 한다. 왕버드나무 바로 옆에는 느티나무 한 그루가 연리지를 형성하고 있다.

••
광산이씨 가문의 좋은 기운 때문에
느티나무가 왕버드나무 옆으로 살포시 다가오니
끊임없이 화목한 기운을 내어준다.

사진촬영 2019. 8. 27

수종 왕버들   **수령** 600년
지정일자 1998. 5. 7   **수고** 20m
둘레 5~5.5m   **소재지** 광주광역시 남구 원산동 579-순천시 주암면 내광마을
　○주변 관광지: 표충사, 양림동, 푸른길 공원, 펭귄마을

✈

광주 서구 화정동

팽나무

광주광역시 서구 화정동에 있는 팽나무다. 도심지 중앙에 보호수가 있고 주변에는 상가들이 많다. 팽나무 아래 '念珠亭(염주정)'이라는 글자가 바위에 세로로 새겨져 있다. 정자가 있었던 것으로 추정되는데 지금 정자는 보이지 않는다. 콘크리트로 보호수 주변에 경계를 만들어 놓고 등받이가 있는 나무벤치 네 개가 놓여 있다. 벤치에 앉으면 등 뒤로 보호수가 있고 앞으로는 아스팔트가 있는 도로와 상가들이 보인다.

팽나무 네 그루가 있는데 나이가 많은 두 그루가 보호수로 지정되어 있다. 보호수로 지정된 두 그루는 밑동부분에 울퉁불퉁 옹이가 생겼다. 육체미 선수의 근육처럼 튀어 나온 혹들이 연륜을 나타낸다. 울퉁불퉁한 옹이들은 이런저런 모습을 상상하게 만든다. 하늘을 향해 뻗은 팽나무의 가지들은 구부렁거리며 나름대로의 모습을 보여준다.

보호수 아래 벤치는 커피 마시기 좋은 장소인 듯 옆의 휴지통에는 마시고 난 커피잔이 넘쳐나고 있다. 도심지에서 커다란 나무를 가까이 할 수 있는 것은 한적한 시골 마을에서 커다란 나무를 대하는 것과 또 다른 느낌이 든다.

보호수 바로 앞 식당에서 돌솥비빔밥으로 점심을 먹었다.

••
도심지의 나무는 강인함이 있다
콘크리트 사이에 있는 나무는
혼자 버티기 쉽지 않아
무리를 지어 터를 잡고 있다
나뭇가지 사이로 전신주가 보이고
커다란 나무보다 더 큰 건물이
나무를 감싸는 배경이 된다

나뭇가지 끝을 보면 하늘이 보이는데
도심지의 나뭇가지에는 빌딩이 걸려 있다
빼곡하게 주차한 자동차들
나무가 비켜주어야 할 듯하다.

수종 팽나무 2본
유형 정자목
수령 374년(지정일자 기준 350년)
지정번호 1995-1, 1995-2
지정일자 1995. 10. 11
수고 11m, 10m
둘레 3.1m, 2.9m
소재지 광주광역시 서구 화정동 1379 183번지
관리자 서구청

○주변 관광지: 만귀정, 풍암호수, 금당산, 양동시장
518기념공원

사진촬영 2019. 8. 27

울산광역시

✈

울산 중구 남외동
은행나무

울산광역시 중구 병영1동 행정복지센터를 찾아간다. 이곳 병영은 '조선시대 경상좌도 병마절도사 본영이 있었던 기개 높은 마을, 일제 강점기에 독립 만세운동을 벌였던 충정과 의리의 고장, 올곧은 사상가이자 빼어난 한글학자인 최현배의 고향'으로 대리석으로 만든 안내문에 소개되어 있다.

행정복지센터의 앞마당에는 세 그루의 보호수가 있다. 고유번호 2009-1인 수령 110년의 은행나무, 고유번호 2009-2인 수령 100년의 향나무, 고유번호 2009-7인 수령 250년의 곰솔이 있다. 모두 나름대로의 아름다움을 뽐내고 있다. 곰솔은 45도 정도의 기울기로 비스듬하게 자라고 있고 줄기의 윗부분은 직각 이상으로 꺾이고 한 바퀴 정도의 휘어짐이 어우러져 특이한 모양새를 보여주고 있으며 큰 가지 하나는 어떤 이유인지 모르겠지만 잘려 있다. 향나무는 큰 기둥의 비틀림과 여러 줄기들의 요란스럽지 않은 휘어진 모양새가 조화를 나타내고 있다.

은행나무는 가지가 위쪽으로 쭉쭉 뻗어 있고 좌우로 줄기들이 날개를 펴지 않아 그 모양새는 미루나무처럼 보인다. 벽돌로 4~5단을 쌓아 은행나무 주위에 동그랗게 화단을 만들어놓았는데 어른 허리 정도의 높이로 아담하게 만들어졌다. 큰 기둥에서 한두 개의 어린 은행잎들이 피어나는데 가을로 접어드는 시기라 노란색으로 물들고 있었다. 일주일이나 이주일만 지나면 노란색으로 물든 은행잎을 볼 수 있을 것만 같았다. 도심지 중간에서 각자 특이하고 뚜렷한 개성을 가진 세 그루의 보호수를 한 마당에서 바라볼 수 있는 것은 행운임이 틀림없을 것이다.

　은행나무 옆의 화단에는 이곳을 거쳐 간 병마절도사들의 공덕을 기리는 비석이
서 있고 그 앞 대리석에 한글로 새긴 안내문이 17개 있다.

..
이곳 마당에는 각각 멋진
세 그루의 보호수가 있다
곰솔이 있고 향나무가 있고 은행나무가 있다
곰솔은 약간 기울어져
있으면서도 자세를 잡고 있고
향나무는 부족한 듯한 모양새와
여유로움을 보여주고
은행나무는 위로 쭉쭉 뻗어
용기와 기개를 나타내고 있다
어린 은행잎이 노란색으로
물들어 가면서 가을이 왔음을
알려주고 있다.

사진촬영 2019. 10. 17

수종 곰솔   **수령** 약 250년   **지정일자** 2009. 12. 7
수고 12m   **둘레** 2.7m   **고유번호** 2009-7
소재지 울산광역시 중구 병영3길 8(남외동)   **관리자** 중구청 공원녹지과

○주변 관광지: 입화산 참살이숲, 학성공원, 큐빅광장, 태화루

보기만 해도 힐링 되는 나무들의 감성스토리

🔖 병영(兵營)의 유래

지금은 병영성내를 조선 초에는 거마곡(巨磨谷)이라 하였다. 태종 17년(1417)에 경상좌병영(慶尙左兵營)이 세워졌다가 세종 8년(1426)에 한동안 폐지되었으며, 세종 19년(1437)에 다시 설치되었다. 세종 8년(1426)에 울산군의치소(울산군청)를 병영성(兵營城) 안으로 이전한 일도 있었다. 구한말 진위대(鎭衛隊)인 육군 보병 제2연대 3대대가 머문 군사기지였으며, 5백 년 동안 군사요충지로 울산의 문화, 경제, 주민의 성격 등에도 큰 영향을 끼쳤다. 현 병영초등학교 자리가 동헌(東軒)이었고, 성 안에 있었던 병마절도사영(兵馬節度使營)의 준말이 병영(兵營)으로 유래되었다.

✈

곰솔

울산광역시 동구 주전동으로 향한다. 오후 5시쯤 되어 가는데 벌써 어두움이 드리워진다. 주전마을은 과거와 현재가 공존하는 어촌마을이다. '주전몽돌해변'은 울산광역시에서 울산 12경의 하나로 2002년에 지정하였다. 2011년 국토해양부 마을 경관사업에 선정되어 4년간 38억이 투자되어 도심 속의 휴양지로 각광받고 있다. 바다 옆에는 많은 펜션과 음식점 그리고 카페들이 보이고 방파제에는 빨간색의 석가탑 모양을 닮은 등대가 트레이드마크가 되었다. 언덕 위의 '번덕마을'에 커다란 곰솔이 있다.

곰솔 앞에는 주택이 자리 잡고 있으며 주민이 거주하고 있다. 집주인 아주머니께 곰솔의 내력을 물어본다. 산 위에 더 크고 오래된 당산나무가 있었는데 새로운 도로가 나면서 그 나무는 고사하였고 지금의 이 나무에 당산제를 지낸다고 하였다. 안내문에는 곰솔의 높이가 29m라고 되어 있는데 그렇게 높아 보이지 않는다. 나무 밑에서 29m 높이를 쳐다보려면 고개가 아플 정도가 되어야 한다.

곰솔의 자태는 웅장하다. 가지가 사방으로 뻗어 수세가 왕성하게 보인다. 세 가닥의 옆으로 뻗은 가지는 철제 지지대로 받쳐 놓았다. 바다가 있는 쪽을 향해 바라보니 나무의 온전한 모습이 하늘을 배경으로 하여 드러난다. 위로 자라는 만큼 옆으로도 충분히 세력을 뻗치고 있다. 몇몇 가지들은 잘라졌는데 가지치기가 된 것처럼 전체적인 모양을 해치지 않고 정리되어 있으며 쇠줄로 가지들을 연결하여 서로 지탱할 수 있도록 만들어놓았다. 다닥다닥 붙은 나무껍질은 거북의 등처럼 강인하게 보인다. 산 쪽을 바라보고 곰솔을 바라보니 석양으로 넘어가는 해는 노란색으로 하늘을 살짝 물들이고 있다.

바다와 인접한 마을이 그러하듯 이곳은 제당이 많은 마을이며 이러한 제당과 관련된 문화는 역사와 전통을 함께하고 있다. 1970년대까지 그린벨트로 묶여 있던 주전마을이 빼어난 경관으로 인해 많은 사람들이 찾는 곳이 되었다. 그 특성을 보면 작은 울산이라고 해도 될 만하다. 울산도 1960년대 공업단지가 만들어지면서 공업도시가 되었지만 반구대 암각화 등 전통과 산업화가 함께 존재하는 것처럼, 주전마을도 과거의 전통과 현대의 휴양지로서의 모습이 잘 어우러져 조화를 이루고 있다.

● ●
언덕 위 번덕마을의 곰솔
바닷가의 현대적 휴양지 풍경과
당산제를 지내는 모습이 오버랩된다
바다를 지키기도 하고
거센 바람을 이겨내기도 하는 나무
나무의 웅장한 자태는 경외심을 갖게 한다
자연도 변한다
다만 천천히 변할 뿐이다
상전벽해라고 하는 것처럼
이 어촌마을이 현대적 휴양지로 변했다
수백 년 언덕 위에서 마을을
내려다보고 있는 나무는
모든 것을 알고 있을 것이다.

사진촬영 2019. 10. 17

수종 곰솔 　　　　　　　　　**수령** 187년(1982년 150년 추정)
지정번호 12-2-35-1 　　　　**지정일자** 1982. 11. 10
수고 29m 　　　　　　　　　**둘레** 3m
구분 정자나무 　　　　　　　**소재지** 울산광역시 동구 주전동 120(번덕마을 중간)
특징 이곳 번덕마을 정자나무는 주민의 무사안녕과 풍어를 기원하는 당산제를 지내고 있으며, 제를 지내지 않을 경우에는 고기
　　　가 잡히지 않는다는 전설이 있고, 제를 지내는 적합한 시기는 정월 대보름날임

○주변 관광지: 방어진항, 대왕암, 어풍대, 주전몽돌해변, 울기등대

보기만 해도 힐링 되는 나무들의 감성스토리

울산 울주군 구량리
은행나무

울산광역시 울주군 두서면 구량리로 향한다. 이곳에는 천연기념물인 은행나무가 있다. 가을이 되어 울산 지역의 산에도 단풍이 들기 시작한다. 구량리는 '은행나무 마을'로 알려져 있다. 은행나무가 이 마을의 상징이 된 것이다. 구량리 중리 마을의 논과 밭 사이에 키가 큰 은행나무가 서 있다. 중리 마을에는 벽화가 많이 그려져 있다. 주민들과 방문객들에게 친근감을 주기 위해서일 것이다. '어제보다 더 나은 오늘이 될 거예요.' '당신은 웃어요. 내가 꽃이 될게.' 등의 시구가 벽에 적혀 있다.

목재로 만들어진 사각형의 안내문에는 이 은행나무에 대한 내력이 적혀 있다. 조선 단종시대에 이지대(李之帶) 선생이 낙향하면서 뒤뜰 연못가에 심었다고 한다. 연못은 논밭으로 변하였고, 이 나무를 훼손하면 해를 입고, 이 나무에 정성껏 빌면 아들을 낳는다는 전설이 있었다.

유래에 얽힌 역사적 가치와 조상들의 염원이 담긴 문화적 가치 그리고 노거수로서의 생물학적 가치를 인정받아 1962년 천연기념물로 지정되었다.

가을철에 은행 열매가 맺히는데 이 나무는 수나무여서 열매를 생산하지는 않는다. 밑동부분에서 두 개의 가지로 갈라지고 어른 두 키만큼의 높이에서 여러 갈래의 가지로 갈라져 뻗어 있다.

나무 밑에 구멍이 있었는데 여기에다 치성을 드리면 득남한다고 전해졌으며, 나무의 수명을 연장하기 위하여 1982년 구멍을 메우는 외과수술을 했다. 밑동부분의 구멍을 메우고 환풍구처럼 생긴 철망이 있다. 은행나무 주변으로 사방 가슴 높이의 철책을 막아 놓아 근처에 접근하지는 못하였다. 나무 앞에는 죽은(竹隱) 이지대 선생의 제단비(祭壇碑)가 자리하고 있다.

　나무를 지탱하고 있는 지지대는 굵은 나무로 만들어진 사다리 모양으로 한쪽에서 나무를 받치고 있다. 나무 지지대의 크기는 지지대 중에서 아주 큰 경우에 해당된다. 쇠로 만들어진 지지대는 갈라져 나온 가지 중 세 군데를 둘러가면서 지탱하고 있다.

　옆에 있는 작은 은행나무는 잎이 노랗게 물들었는데 이 커다란 은행나무는 아주 조금 노랗게 변하려고 하는 모습을 보일 뿐이다. 일주일 정도만 늦게 찾아왔어도 좀 더 노란 모습을 볼 수 있었을 텐데 하는 생각이 들었다.

　이 나무는 2015년 4월 산림청 국립산림과학원, 문화재청과 함께 울주군이 이 은행나무를 보존하기 위해 유전자(DNA)를 추출하고 후계목을 육성하기로 하였다.

··
청명한 하늘을 배경으로
우람하게 서 있는 은행나무는
단풍이 늦게 드는 모양이다
어찌 보면 수백 년을
참아내고 견뎌내면서 한 박자 쉬엄쉬엄
가는 것이 큰 나무의 지혜인 듯 보인다

은행나무가 마을을 대표하는
상징이 되고
바람막이가 되고
이웃이 되어
편안한 마음을 주민들과 나눈다
꽃이 피는 봄, 잎이 무성한 여름

보기만 해도 힐링 되는 나무들의 감성스토리

노란 옷을 입는 가을

눈 온 대지 위에 속살을 드러내는 겨울

계절별 개성 있는 모습으로

함께 살아가고 있다.

사진촬영 2019. 10. 25

수종 은행나무(천연기념물 제64호)
수령 600년
지정일자 1962. 12. 3   **수고** 22m
둘레 12m   **소재지** 울산광역시 울주군 두서면 구량리 860
○주변 관광지: 반구대 암각화, 천전리 각석, 파래소 폭포, 간절곶, 자수정 동굴나라

울주군 구량리 은행나무

천연기념물 제64호(1962년 12월 3일 지정)

은행나무는 살아 있는 화석이라 할 만큼 오래된 나무로 우리나라, 일본, 중국 등지에 분포하고 있다. 우리나라에는 중국에서 유교와 함께 들어온 것으로 전해지고 있다. 이 은행나무는 조선시대 이지대(李之帶) 선생이 단종이 즉위하였던 1452년 무렵 수양대군에 의해 나라가 어지러워지자 벼슬을 버리고 낙향하면서 가져와 뒤뜰 연못가에 심었다고 한다. 따라서 이 나무의 나이는 600년 정도로 추정되며 높이 약 22m, 가슴높이의 둘레가 약 12m에 이른다.

현재 연못은 논밭으로 변하여 옛 모습을 찾기는 어려우나 이 나무를 훼손하면 해를 입는다 하고, 아들을 낳지 못한 여인이 이 나무에다 정성껏 빌면 아들을 낳는다는 전설이 있는 것으로 보아, 상당히 신성하게 여겨져 왔음을 알 수 있다.

보기만 해도 힐링 되는 나무들의 감성스토리

제주특별자치도

✈

제주 애월읍 상가리

팽나무

제주시 애월읍 상가리는 산간 중간쯤에 위치한 전형적인 농촌마을이다. 상가리는 해발고도 100m~1,000m까지 길게 북서 방향으로 이어지고 광활한 경작지와 목장지대가 있으며 자연환경이 아름다운 마을이다. 상가리에는 수령 1000년의 팽나무와 우리나라 최초이자 임금님께 진상하였다고 알려진 400년 된 감귤나무가 있다.

상가리에는 여러 그루의 보호수가 있다. 450년이 된 가시나무, 440년이 된 센달나무도* 상록활엽교목으로 남부지방과 제주도에 분포하며 꽃은 5월에 연한 노란색으로 피며, 8월에 검은 녹색으로 익는다. 후박나무보다 잎이 좁아 '좁은 잎 후박나무'라고도 불린다.

보호수로 지정되어 있는 나무 중 상가리 한가운데에는 이 마을의 상징처럼 서 있는 수령이 천 년으로 추정되는 팽나무가 있다. 나무 주위에는 제주도의 화강암으로 된 돌담(제주에서는 '댓돌'이라고 함)이 빙 둘러 쌓여 있는데 한쪽 부분의 돌담은 무너진 상태다. 제주도의 팽나무는 11월 21일 현재 나뭇잎이 노란색으로 조금 물들어 가는 모습이다.

천 년이 된 팽나무는 큰 줄기들이 서로 엉켜 자라고 있으며 밑동부분에는 커다란 구멍이 나 있다. 실제로 4.3사건이 발생했을 때 이곳에 사람이 숨었다고도 한다. 어

◇◇◇◇
* 상록활엽교목으로 남부지방과 제주도에 분포하며 꽃은 5월에 연한 노란색으로 피며, 8월에 검은 녹색으로 익는다. 후박나무보다 잎이 좁아 '좁은 잎 후박나무'라고도 불린다.

렸을 때 숨바꼭질을 하면 저렇게 생긴 큰 구멍이면 들어가 숨곤 했는데 요즘 아이들은 그런 놀이를 하지는 않을 것 같다.

철제 보호대로 가지들을 지탱하고 있고, 큰 줄기에는 혹처럼 생긴 옹이들이 울퉁불퉁 돋아나 있다. 어찌 보면 강아지를 닮은 동물의 모습, 또는 달마대사의 모습이 보이기도 한다. 상상력을 동원하여 바라보면 이런저런 동물이나 사물의 모양처럼 보인다.

나무의 밑동부분 한쪽에는 어른 허리 높이 정도로 평평하게 시멘트로 만들어놓은 공간이 있다. 이곳에서 돗자리 하나 펴면 앉아서 편하게 휴식을 취할 수 있을 것이다.

팽나무는 제주도말로 '퐁낭'이라고 한다. '상가리 폭낭투어'라고 팽나무 옆에 안내판이 서 있다. '상가리 마을회관 - 교회돌담과 마을 올레길 - 하운암 - 하늘정원 - 문화곳간 - 팽나무 보호수 - 상가리 사무소'로 연결된 코스는 걸어서 약 1시간 정도 소요되는 코스다.

••
마을은 아름답다
산과 바다가 있는 제주는
본디 천혜의 자원이고
아름다운 섬이거늘

박사와 판검사가 많이 배출되어
박사마을로 불리는 마을 한가운데서
천 년을 버텨온 퐁낭은
수호신이며 상징으로 버팀목이 되고 있다
제주의 시간은 천천히 흐른다

육지에서는 낙엽이 되었는데

제주에서는 잎새들이 이제서야

조금씩 물들어간다.

사진촬영 2019. 11. 21

수종 팽나무   **수령** 1000년(1982년 지정 당시 기준)
지정일자 1982. 10. 22   **수고** 8m   **구분** 기형목
둘레 5.7m   **소재지** 제주시 애월읍 상가리 1666
관리자 변승택   **고유번호** 13-6
가치 기형목이며 제주도에서 가장 오래된 수령의 나무임

○**주변 관광지**: 반구대 암각화, 천전리 각석, 파래소 폭포, 간절곶, 자수정 동굴나라

보기만 해도 힐링 되는 나무들의 감성스토리

💡 상가리 설촌유래(上加里 設村由來)

이 마을에 어느 시기부터 사람이 들어와 살기 시작했는지 그 기록은 찾을 수 없다. 1200년대 중반 차(車), 주(朱), 현(玄) 3성이 이 마을로 들어와 살기 시작한 것이 설촌의 시작이라는 설과 양기(梁璂) 양유침(梁有琛) 부자가 제주시 가락천 변에서 살다가 이주해 와서 설촌했다는 설이 있다. 이 설은 아직까지 이 마을에 살고 있는 양씨 집안에서 믿고 있다. 다만 광활하고 비옥한 토지(베들미, 소가질)가 있고 음료수가 될 수 있는 물(관물 군산이물 우꾸릉물 등)이 있어 이 시기에 설촌되었으리라 추정할 수 있다.

1300년대까지 본리는 고내현(高內縣)에 속해 있다가 분리되었다. 최초의 이 마을 이름은 더럭(넓은 들에 돌무더기 많은)으로 볼 수 있다.

이 마을 이름을 한자이름으로 표기하기 이전에는 '더럭'이었다가 뒤에 가서 한자로 표기해야 할 필요성이 생기면서 가락(加樂)으로 표기하기 시작한 것으로 믿고 있다.

곧 '더럭'이라는 이름은 현재 상, 하가리를 총칭한 이름이었다. 이를 한자로 표기하기 위하여 이두 표기법에 따른 '더'자를 더할가(加), '럭'자를 '럭'에 가까운 락(樂)자로 표기해 가락(加樂)이 되고 1700년대 중반에 '더럭'이 두 마을로 갈라지면서 '웃더럭(上加樂)' '알더럭(下加樂)'으로 되었던 것을 줄여 '상가' '하가'로 불리게 된 것이 아닌가 생각할 뿐이다.

✈

제주 제주시 영평동
팽나무

제주시 영평동은 '부록천'이라는 이름의 하천이 흐르고 있다. 영평동에는 상동, 중동, 하동 마을이 있는데, 700년의 세월을 살아온 팽나무는 하동마을의 중간쯤에 위치하고 있다.

팽나무는 우람한 수세를 보여주고 있고 한쪽에서 보면 한 방향으로 가지가 많이 자라 비대칭적인 모습을 보이고 있지만 그 정도는 버틸 수 있다는 자신감이 느껴질 만큼 기둥이 튼튼하게 보인다. 근육질의 몸매처럼 울퉁불퉁한 큰 줄기는 여러 개의 줄기들이 한꺼번에 붙어버린 듯한 모양이다.

철제 봉으로 동그랗게 팽나무를 싸고 있으며 세로로 손가락 두세 마디 간격으로 철창같이 만들어놓았다. 나무에게 철제 치마를 입혀놓은 느낌이다. 철봉에는 하얀색 페인트로 칠을 해놓았는데 많은 부분 페인트가 벗겨진 상태다. 나무를 감싼 철봉으로 인해 나무가 조금은 답답하게 보이기도 하고, 한편으로는 나무에게 함부로 접근하지 못하도록 하는 방패 같은 역할을 하는 것으로 보이기도 한다. 팽나무 앞에는 대리석으로 허리 높이의 단을 만들고 그 위에는 목재로 평상을 만들어놓아 시원한 그늘 밑에서 쉴 수 있도록 해놓았다. 바로 그 앞에는 4개의 플라스틱 의자가 고정되어 있다.

주위에 있는 집들의 낮은 돌담과 나무 옆에 있는 구멍이 뻥뻥 뚫린 맷돌보다 커다란 현무암은 제주도의 특징적인 풍경을 그대로 보여주고 있다.

나무는 철로 만든 옷을 입고 있다
답답하게 느껴질까
아니면 안전한 느낌일까

사람들이 어떻게 대하든
나무는 말이 없다
그냥 모든 것을 받아들인다

살아 있는 생명들끼리는
보호하려고
경계를 만드는 것보다
만져주고 보듬어주는 것이
더 필요한 모습이 아닐까

사진촬영 2019. 11. 21

수종 팽나무 　　　　**수령** 700년(1990년 지정 당시 기준)

지정일자 1990. 12. 29 　　**수고** 20m

구분 정자목 　　　　**둘레** 5m

관리자 김윤탁 　　　　**고유번호** 13-9

소재지 제주시 영평동 949-1

○주변 관광지: 산짓물공원, 아라리오 뮤지엄, 이호테우해변, 제주동문시장

82

보기만 해도 힐링 되는 나무들의 감성스토리

세종특별자치시

✈

세종 조치원읍 봉산리
향나무

아침 일찍 봉산동 향나무로 향한다. 모양새가 예사롭지 않다는 것을 미리 찾아보았다. 형태는 낮게 자라지만 위로 올라갈수록 몸통이 비틀린다. 가지들은 용트림을 하는 듯이 꿈틀거리며 옆으로 퍼져 있다. 이 나무가 울창하게 자랄 때에는 마을에 평화롭고 좋은 일이 있으며, 쇠약해지면 좋지 않은 일이 생긴다고 한다.

향나무 옆에는 강화 최씨 종가의 안채 터와 행랑채 터가 있다. 이 나무는 강화 최씨인 최중용(崔重龍)이 심고 그 후손들이 잘 가꾸고 있다.

마을 입구에는 '봉산동 향나무'라고 써진 안내판이 설치되어 있으며, 향나무가 있는 근처에 주차장이 잘 구비되어 있고 주변이 잘 정비되어 있다. 향나무가 너무 넓게 우산처럼 퍼져 있어서 나무로 된 지지대를 열 개 이상 받쳐 놓았다. 지지대가 기둥처럼 보여 여러 그루의 나무가 있는 것처럼 보인다.

큰 기둥부터 꽈배기처럼 꼬이고 울퉁불퉁 용트림을 한다. 멀리서 보면 울창한 줄기와 잎에 가려 줄기의 모습이 제대로 보이지 않지만 가까이에서 보면 큰 줄기와 작은 줄기의 꼬임이 멋진 모양을 드러낸다. 오래 사는 향나무들은 대체로 몸통을 비틀며 자란다. 예측할 수 없는 줄기들의 변형은 신기하기 짝이 없다. 저 많은 지지대들이 없다면 더 신기한 모습으로 가지들이 자라났을지도 모르겠다.

보기만 해도 힐링 되는 나무들의 감성스토리

오래 살려면

용처럼 되어야 하는 건가

꿈틀거리는 가지들이

움직이는 듯하다

기둥은 서로 꼬여 있다

옆으로 자라고 있으며

위로 자라지 않고

앞으로도

옆으로만 자랄 듯하다.

사진촬영 2019. 8. 14

수종 향나무　　　　**수령** 460년(1558년에 심은 것으로 추정)
지정번호 천연기념물 제321호
지정일자 1982. 11. 9　　　**수고** 3.2m
둘레 2.84m　　　　**소재지** 조치원읍 봉산동

○주변 관광지: 세종 호수공원, 방죽천, 뒤웅박고을, 밀마루 전망대, 영평사

강원도

✈

영월 주천리

밤나무

비가 부슬부슬 내린다. 전방 이정표에는 직진 방향은 평창, 왼쪽은 중앙광장, 오른쪽으로는 영월을 알리는 도로 이정표가 있다. '술빛 고을 주천'이 가장 먼저 눈에 들어온다. 이어서 '조견당 찻집' '김종길 고택'이라는 나무 표지판이 어설프면서도 소박하다. 보호수 수종은 밤나무이고 수령은 500년인데, 밤나무가 이 정도의 세월을 견디고 있다는 것이 정말로 신기할 뿐이다. 이 고택은 1827년(순조 27)에 건립된 것이다. 안채 평면은 대청을 중심으로 좌측에는 툇간(건물을 덧달아서 낸 칸, 물림칸)이 있다. 500년 수령의 밤나무 두 그루가 다정하게 측문을 중심으로 마주보고 자라고 있다. 담장은 소박하면서도 정갈한 느낌을 안겨주며, 소록소록 내리는 빗방울 때문에 고즈넉한 한옥의 운치가 한결 감미롭게 다가온다. 담장에는 담쟁이넝쿨이 빼곡히 뻗어서 시원함을 더해준다. 밤나무의 중심부는 외과수술로 빈 공간이 채워져 있다. 고택 야외 정원에는 황금빛 '회화나무' 한 그루가 자태를 뽐내고 있다. 고택의 정문 왼쪽 여닫이문에는 '국태민안(國泰民安)과 시화연풍(時和年豊)'이, 그리고 오른쪽 여닫이문에는 '건양다경(建陽多慶)과 입춘대길(立春大吉)'이 각각 사람 '人'자 모양으로 붙어 있다. 그리고 아래의 왼쪽은 마님이, 오른쪽에는 선비 조형물이 목례로서 맞이하고 있는 모습이 독특하다.

지금은 사람이 잠시 자리를 비웠는지, 인기척이 전혀 느껴지지 않는다. '연락주세요. 010-6344-****'라고 적혀 있고 대문에는 자물쇠가 채워져 있다.

보기만 해도 힐링 되는 나무들의 감성스토리

주인장을 뵙지 못하고 발길을 되돌리려니, 왠지 아쉬움이 남는다. 이 고택은 정말로 짜임새가 있으면서도 소박함을 안겨주는 한옥이다. 바로 앞집에도 담장을 훨씬 넘긴 옥수수 사이로 이미 고사한 밤나무가 눈에 들어온다.

고즈넉한 선비의 혼이 오롯이 배어서
밤나무와 돌배나무에 살포시 깃드니
영글어가는 옥수수알처럼
전통의 옥(玉)구슬이 여기저기에 서려 있다.

사진촬영 2019. 7. 20

수종 밤나무　　　　　　　**수령** 500년(1982년 기준)
지정일자 1982. 11. 13　　　**수고** 20m
둘레 4.3m　　　　　　　　**소재지** 강원도 영월군 주천리 1196
○주변 관광지: 장릉, 청령포, 고씨굴, 별마로 천문대, 법흥사, 어라연

✈

원주 학곡리

용소나무

유료 낚시터를 지나 용소나무의 목적지에 거의 도착해 보니 '달마사'라는 이름의
사찰이 있다. 스님에게 용소나무의 위치를 물어보니 상세하게 알려주신다.

치악산에 살던 아홉 마리의 용들 중에 여덟 마리는 용소(龍沼)에서 승천하고 한
마리가 물길에 떠내려 오다가 이 소나무를 타고 승천했다고 하여 '용소나무'다. 지금
까지 용송(龍松)은 용을 닮아서 붙여진 이름인데 여기는 이 나무를 타고서 용이 승
천했다는 다른 전설이다.

소나무를 보호하고 보기 좋게 만들기 위해 나무 데크를 만들어 둘러보기는 좋지
만 비탈진 곳에 만들다보니 소나무의 밑동부분 중 가슴 높이 아래부분은 데크 밑에
숨어 있는 형국이다.

멀리서 보이는 소나무의 형상이 예사롭지 않다. 주위의 풀숲을 헤치고 솟아오른
소나무는 얽혀 있는 붉은 줄기를 드러내면서 한눈에 들어온다. 줄기도 굵고 전체 나
무의 크기가 거대하며 큰 줄기를 받치고 있는 지지대도 보인다.

나무 데크 앞에서 본 모습은 커다란 삼각형으로 우람하기 그지없다. 나무로 만든
경계목 앞에는 소원열쇠를 매달 수 있는 철망을 설치해 놓았는데 오랫동안 방치되
어 열쇠들이 녹슬어 있었다. 누군가가 소원열쇠를 판매하다가 수지타산이 맞지 않
아 접은 것으로 짐작된다.

이 용소나무는 소원을 들어준다는 전설이 있으며 이를 알려주는 안내판이 있다.

'조상님들이 대소사가 있을 시 몸과 마음을 깨끗하게 하고 정화수 한 그릇을 바치고 소원을 빌며 마음의 평온을 찾는 곳입니다. 소원을 빌어보세요. 이루어집니다.'라는 내용이다. 소원열쇠를 판매하기에 적합한 장소이지만 이곳을 찾는 사람들이 많지 않았을 것이고 소원열쇠 주인은 영업을 계속할 수 없었을 것이다.

••
큰 나무일수록 보는 방향에 따라서
그 모습이 크게 변한다
하나의 밑동에서 줄기가
꽈배기처럼 꼬면서 갈려나간다
어찌 보면 너무 잘 생긴 미남인데
다르게 보면 이상하게 생긴 기형이다
가지마다 각자 꿈틀거리며 멋대로 뻗어 가는데
전체적으로는 아름다운 수형이다
밑으로 늘어진 가지와 위로 솟구친 가지
여러 그루인 듯 보이지만 한 그루인 나무
혼돈 속에 조화로움이다.
소원열쇠를 매달아놓은 철제 기둥이 있다
그 앞에 녹이 슨 채로 매달려 있는
소원들이 이루어지길 빌어본다.

수종 소나무　　　　　　　**수령** 300년
지정번호 강원-원주-69　　**지정일자** 1999. 11. 13
수고 13m　　　　　　　　　**둘레** 3,8m
소재지 원주시 소초면 학곡리 258-1 답
관리자 원주시장

○주변 관광지: 치악산, 상원사, 미륵불상, 간현 관광지, 소금산 출렁다리

✈

횡성 군청 내

느티나무 3본

관리상태 양호하고, 꽃이 피어 있는 특이한 나무가 횡성군청 내에 있다. 횡성군의회와 허가민원과 앞에 'S라인 모양'의 느티나무 한그루[a]가 자라고 있다. 하나의 몸통에서 세 개의 가지가 균형감 있게 위를 향하고 있다. 바로 옆에는 방금 로스팅한 감미로운 원두커피가 향기를 품어낸다. "I got everything"이라고 표시되어 있다.

공원방향 언덕 위에 우뚝 펼쳐진 느티나무 한 그루[b]가 위용을 뽐내고 있다. 수령은 처음에 보았던 느티나무와 동갑내기이지만 언덕 위라서 그런지 훨씬 모양이 대단하다.

조금 더 걸어가니 '읍하리 삼층석탑'이 위치하고 있다. 이 탑의 1층 이하 기단부분은 땅속에 묻혀 있는지는 알 수 없으나 횡성군 상동리 3층 석탑과 양식이 비슷한 것으로 전한다. 하지만 시기적으로는 이 석탑이 조금 뒤에 제작된 것으로 보고 있다. 강원도 유형문화재 제23호로 지정되어 있다.

바로 옆에는 읍하리 석불좌상(石佛坐像)이 있는데, 강원도 유형문화재 제22호로 지정되어 있다. 이들 문화재 2점을 보호라도 하듯이 310년 수령의 느티나무[c]가 특이한 모양인 'Y'자 형으로 자라고 있다. 이 보호수는 비스듬한 모습 때문에 아랫부분 4곳에 철제 지지대가 설치되어 있다.

'4·1 횡성군민 만세운동'의 역사적 사실을 알리는 안내판이 공원에 설치되어 있는데, 1919년 당시 수백 명의 군민들이 읍내 장터에 모여서 태극기를 앞세우고 만세운동을 전개하여 8명이 체포되었다고 한다. 그러나 4월 1일에는 1,300명이 운집하였으며, 이어서 2일에도 200여 명이 일본 헌병분소에 모여서 대한민국의 독립과 체포자 석방을 요구하며 격렬하게 시위에 참가하였으며, 4월 12일까지 각 면단위로 거센 만세운동을 하였으며, 이로 인해 다섯 분이 목숨을 잃었다고 한다. 이에 횡성3·1공원에는 그 기념비가 설치되어 있다.

··
횡성군에 태극기가 모여들고
대한독립 외쳐댄다.
그 마음 기린다고 느티나무 3그루도
각자의 본분을 다하고 있다.
그래서 모양이 각기 다를 뿐이다.

보기만 해도 힐링 되는 나무들의 감성스토리

사진촬영 2019. 7. 20

구분	보호수a	보호수b	보호수c
수종	느티나무	느티나무	느티나무
수령	250년	250년	310년
지정일자	1982년 11월 13일	1982년 11월 13일	1982년 11월 13일
수고	20m	20m	12m
나무둘레	4m	4m	5m
소재지	읍하리 472-5	읍하리 58-7	읍하리 58-7
관리자	횡성군수	횡성군수	횡성군수

○주변 관광지: 병지방계곡, 백로마을, 횡성한우시장, 올챙이 추억전시관, 강원 쥬라기랜드

✈

평창 천변리
느릅나무

2018 동계 올림픽이 열린 평창으로 향했다. 바로 옆으로 평창강이 흐르고 있어 마을 이름도 천변리(川邊里)이다. 이곳에 느릅나무 보호수가 있다. 우리나라에 느릅나무는 많지만 보호수는 흔하지 않다. 커다란 느릅나무가 강변에 떡 버티고 있는 것만 해도 하나의 볼거리다.

왕성한 가지들이 하늘을 향해 뻗어 있다. 더 높이 자라고 싶은 한두 가지가 하늘로 쑤욱 올라가 있다. 다른 곳의 보호수는 마을이장을 관리자로 지정한 곳이 많은데 이곳에는 천변리 자연보호회를 관리자로 하고 있다.

보호수 둘레는 나무 데크로 육각형의 박스형태를 만들어 나무 기둥의 모양에 맞도록 수석의 좌대를 만들듯 딱 맞게 나무를 감싸고 있어 밑동을 보호하기에는 제격이다. 줄기 중앙에 외과수술의 흔적이 있지만 450년이 넘었는데 상태는 매우 건강하게 보였다. 보호수 아래에는 육각정자가 세워져 있다.

보호수 옆에 좌우 강 쪽으로 커다란 두 개의 동계 올림픽 기념 조형물이 세워져 있다. 하나는 스키점프를 하는 조형물이고 다른 하나는 스피드스케이트를 타는 형상이다. 보호수가 있는 둑방길은 한쪽으로 평창강을 옆에 두고 산책길이 있고 자전거도로가 만들어져 있다.

보호수를 중심으로 차도를 건너면 평창 시장이 있는 중심가가 있고, 평창강 쪽으로는 강변주차장이 만들어져 있다. 느릅나무는 약효가 좋아 귀한 한약재로 많이 사용되기도 한다.

　잠깐 들른 평창 시장 안에서 메밀로 만든 부침과 옥수수로 만든 올챙이묵으로 강원도의 맛을 몸소 체험했다.

평창은 동계 올림픽이 열린 곳
평창강 천변의 커다란 보호수 옆에
동계 올림픽 기념 조형물들이 세워져 있다
사람은 좋은 일을 기리기 위해
조형물을 만들지만
나무는 자연스럽게 살아있는 것만 해도
기념이 되고 추억이 된다
한겨울 오래 서 있기 대회가 있다면
이 느릅나무가 금메달감이다.

사진촬영 2019. 7. 20

수종 느릅나무   **수령** 453년   **지정번호** 강원–평창–4
지정일자 1982. 11. 13   **수고** 25m   **둘레** 5.3m
소재지 평창군 평창읍 천변리 11–2   **관리자** 천변리 자연보호회

○주변 관광지: 오대산, 대관령 알프스 양떼목장, 흥정계곡, 금당계곡, 이효석 문학의 숲

보기만 해도 힐링 되는 나무들의 감성스토리

홍천 북방리

복자기나무

태풍의 여파로 오후 5시 30분이지만 구름 때문에 어두운 느낌이 든다. 빗방울이 조금씩 떨어진다. 초등학교 분교에 위치하고 있지만 지번이 정확하지 않아서 이리저리 찾다가 교사(校舍) 뒤편에 위치하고 있는 보호수를 발견하였다. 화계초등학교 대룡분교인 이 학교는 2019년 11월 현재 학생 수 5명에 교사 수 2명인 작은 학교다. 이곳을 찾았을 때는 여름방학 중이라 학교 운동장에 풀이 자라고 있어서 폐교처럼 느껴졌다.

이 초등학교 오른쪽에도 제법 커다란 은행나무 한 그루가 눈에 들어온다. 학교 건물 출입구 위쪽에 "꿈을 가꾸는 즐거운 학교"라는 문구가 어린이들의 미래를 한껏 대신한다. 나무의 주된 몸통부분은 외과수술로 다 메워져 있다. 제일 가운데 가지는 부러진 것인지, 양쪽으로 두 개의 가지가 위로 자라고 있다. 마치 황소가 뿔을 세워서 앞으로 보고 있는 것 같다. 복자기 나무가 예쁘게 물든 모습을 보기 위하여 가을에 꼭 한 번 더 오고 싶다. '나도박달'이라고도 부르는 이 나무는 국내의 복자기 나무 중에서 가장 오래된 것으로 전한다.

5월이면 꽃이 피고 꽃가지에는 갈색털이 있으며, 열매는 10월이면 열리게 되는데, 시과(翅果)*로서 길이는 5cm, 나비는 1.5cm로 회백색이고 나무처럼 딱딱한 것이 특징이다. 단풍나무 중에서 가장 색이 고우면서도 짙다고 하니, 상상만 해도 단풍으로 짙게 물들어 있는 것 같다.

◇◇◇◇
* 열매껍질이 날개처럼 되어서 바람을 타고 날아가 흩어지는 열매

온갖 시련을 가슴에 다 품고

어린이들의 꿈을 위하여

울퉁불퉁한 모습 대신

예쁜 가을단풍으로 물들어

꿈과 행복이 가득한 복주머니를 지니고 있다.

수종 복자기 나무
수령 170년(2003년 기준)
지정일자 2003. 7. 25
수고 10m
둘레 6.2m
소재지 강원도 홍천군 북방면 북방리 455-2

○주변 관광지: 팔봉산, 가령폭포, 용소계곡,
강재구 공원, 알파카 월드

보기만 해도 힐링 되는 나무들의 감성스토리

사진촬영 2019. 7. 20

✈

은행나무

향교는 조선시대 각 지방에 설치된 국립교육기관이다. 향교에는 학자수(學者樹)라고 불리는 회화나무, 그리고 공자께서 은행나무 아래서 제자들을 가르쳤다고 하여 은행나무가 많이 심어져 있다. 조선시대에는 교수 1명이 유생 70명을 담당했고, 향교에서 교육을 이수하면 진사 자격으로 성균관에 입교하여 소정의 교육을 거쳐 과거에 응시하였다고 향교의 안내문에 적혀 있다.

향교 마당에는 은행나무 세 그루가 있다. 이 중에서 보호수 안내 팻말 바로 옆에 있는 은행나무가 보호수다. 어떤 사람들은 가장 키가 크고 나무 둘레가 굵은 나무를 보호수라고 하기도 하는데 조금 작은 듯이 보이는 이 은행나무가 바로 보호수로 지정된 나무이다.

뿌리에서 올라간 기둥이 허리 높이쯤에서 예닐곱 개의 가지로 갈라져 뻗어 나간다. 안내판에는 수령이 250년으로 소개되어 있는데 더 젊게 보인다.

이 보호수가 교차로에 있어서 잘 보이기 때문에 플래카드를 걸었던 모양이다. 다른 쪽의 줄이 끊어져 보호수 쪽에 달려 있는 플래카드가 둘둘 말린 채로 보호수에 매달려 있다. 보호수 밑동 바로 옆에는 마주 보이는 상가의 입간판이 세워져 있다. 상가 주인의 이기심인지 아이디어인지 모르겠다.

향교에 많이 심은 은행나무

공자의 가르침은 먼저

사람이 되라는 것이었다.

춘천향교에 있는 세 그루

모두 건강하게 자라면

먼 훗날 보기도 좋고

향교와 더욱 잘 어울릴 것이다

보호수 치고는 너무 만만해서 그런지

플래카드도 걸고 입간판도 세워놓는다

그래도 나무는 아무 불평 없이

모든 것을 다 받아주면서

그렇게 아름드리가 되어간다.

수종 은행나무
품격 춘천시나무
수령 120년
수고 17m
지정번호 강원-춘천-13
지정일자 1982. 11. 13
둘레 2.6m
소재지 춘천시 교동 27-1
유형 명목

○주변 관광지: 검봉산, 구곡폭포,
　　　　　　　　남이섬, 소양호, 춘천호,
　　　　　　　　방동리 고구려 고분

사진촬영 2019. 7. 20

◇◇◇◇
* 명목(名木): 성현, 위인, 또는 왕족이 심은 것이나 역사적인 고사나 전설이 있는 이름 있는 나무

✈

화천 신읍리
물푸레나무

시계가 오후 6시 30분을 가리킨다. 춘천향교에서 150년 수령의 은행나무 2그루를 만나고서는 바로 화천군으로 향하였다. 서산으로 해가 뉘엿뉘엿 지기 시작하였다. 내비게이션 안내에서 약 48km 정도 떨어져 있음을 알린다.

구불구불한 지방도로를 지그재그로 달려갔다. 곳곳에 낙석 장애물이 눈에 들어온다. 이렇게 한참을 달려가자 제법 큰 모습으로 나무 한 그루가 눈에 들어온다. 어찌나 반가운지, 그 기분을 한마디로 표현하기 어렵다. 물푸레나무에 도착한 시간을 보니 오후 7시 40분이 되었다.

우리가 찾고 있는 바로 그 보호수가 밭 한쪽에 위치하고 있는 것이 아닌가, 300살의 물푸레나무이다. 이 나무는 옛날에 한 농부가 논에 모를 심기 위하여 소를 이용하여 논갈이를 하던 중 잠시 쉬면서 소몰이 회초리를 논둑에 꽂아놓았는데, 그것이 자라서 지금처럼 고목이 되었다는 이야기가 전해진다. 그러다 보니 인근 주민들은 이 나무를 산신당으로 하여 제를 지내왔으나 현재는 지내지 않는다고 한다. 논밭 한쪽 가장자리에 보호수를 관리하기 위한 나무로 만든 울타리가 설치되어 있다. 물푸레나무 수종이라서 그런지 주변의 다른 나무들보다는 잎이 조금은 연한 색상을 보여주고 있다. 그래서 눈에 잘 띈다.

보기만 해도 힐링 되는 나무들의 감성스토리

춘천에서 파로호를 끼고 이리저리 들어가니

4-5가구의 민가와 물푸레나무가

하나가 되어 평화를 기원하고 있다.

바로 옆 숲속예술학교의 수많은 나무에는

평화의 꿈들이 주렁주렁 매달려 있다.

사진촬영 2019. 7. 20

수종 물푸레나무   **수령** 300년(1982년 기준)

지정일자 1982. 11. 13   **수고** 20m   **둘레** 5.5m

소재지 강원도 화천군 화천읍 신읍리 210   **가치** 정자목

○**주변 관광지**: 파로호, 광덕산, 이외수 문학관, 산천어 마을, 대성산지구 전적비

✈

철원 육단리
소나무

철원은 후고구려라고도 불린 태봉(泰封)의 도읍지이기도 했다. 강원도의 북서쪽에 있는 군(郡)으로 휴전선이 지척에 있는 곳이다. 이곳을 통과하려면 민간인통제선(민통선)을 넘어야 하고 군부대의 검문검색을 통과해야 한다. 지난밤에 왔다가 야간에는 통행금지 구역이라 되돌아간 지역이다. 신분과 출입목적 등을 확인한 후 주의사항을 듣고 '차량임시통행증'을 받아 차량 전면 유리창에 부착하고 운행한다. 승용차 한 대가 겨우 지나갈 수 있는 도로 폭의 농로를 통과하기도 하고 주변이 온통 산으로 둘러싸인 56번 지방도를 타고 간다. 과장된 말이긴 하지만 허공을 보면 하늘보다 산이 더 많이 보인다는 곳이다.

철원군에는 4그루의 보호수가 지정되어 있다.*

그중 하나가 근남면 육단리에 있는 소나무이다. 내비게이션의 안내는 산속에 목표물이 있음을 알려준다. 주변 비닐하우스에서 일하는 아주머니에게 보호수의 위치를 물어보니 모른다고 했다. 말투가 외국에서 온 해외 이주민인 듯했다.

내비게이션이 가리키는 목표물을 바라보니 백여 미터쯤 떨어진 곳에 한 그루 나무가 우뚝 솟아 있고 그 모습이 용의 머리처럼 보인다. 군계일학이다. 그쪽으로 이동해 보니 보호수 표지판이 보인다. 한여름의 수풀이 무성한 가운데 키가 크고 우람한 소나무 한 그루가 떠억 버티고 서 있다. 한 방향에서 보면 40도 이상 기울어

---

* 공공데이터포털(http://www.data.gp.kr), 강원도 철원군 보호수, 2019. 10. 28 기준

보기만 해도 힐링 되는 나무들의 감성스토리

져 자라고 있었는데 가지들이 조화롭게 팔을 뻗어 중심을 잡고 있는 모습이다. 기울어 있으면서도 잔가지들이 마디를 줄이며 구부러져 전체적인 수형을 헤치지 않는다. 어떤 가지들은 하늘을 향하기도 하고 일부는 버드나무처럼 축 늘어선 듯이 땅을 향해 가지를 드리우고 있다. 상층부의 가지들은 구불구불 자라면서 용트림하는 듯한 움직임을 보여준다. 사유지에 있는 것인지 관리자가 '고흥섭'이라는 이름으로 안내되어 있다.

··
찾아가기 힘든 곳에 있는 만큼
웅대하고 멋들어진 모습
기울어 있으면서도 기품을 유지하는 것은
도통한 경지에서나 가능한 일이 아닌가
산속에서 공부를 많이 한 선비가
후일 큰 벼슬을 하는 경우가 많다
지금은 북쪽의 끝자락에 있지만
남북통일이 되면
국토의 심장부에 있을 것이다
낙락장송은 간절히
그날을 기다리고 있을 것이다.

수종 소나무   **수령** 300년
지정번호 강원―철원-3   **지정일자** 1982. 11. 13
수고 17m   **둘레** 3.2m
소재지 철원군 근남리 육단3리
관리자 고흥섭

○주변 관광지: 한탄강, 고석정, 삼부연폭포, 송대소 주상절리, 빛의 사원

✈

양구 중리
물푸레나무

어제 저녁 화천에서 철원으로 이동하여 그곳에서 자기 위하여 어두운 밤길을 달려갔는데, 한참을 달려가자 민간인 출입통제선(일명, 민통선)에 도달하였다. 당연히 더 이상 진입할 수 없게 되어 우리는 달려간 길을 되돌아서 화천군 상서면 영서로 일대에서 잠을 청해야 했다.

아침에 편의점에서 구입한 삼각김밥과 육개장라면으로 끼니를 대신한 후, 일찍 (6시 30분) 출발하여 철원군 근남면 육단리 410번지에 위치하고 있는 소나무 보호수를 향해서 달려갔으며, 그다음으로 철원군에서 양구에 위치한 박수근 나무로 향하였다. 말대로 이 나무는 양구에서 출생한 화가 박수근과 관계있는 나무로서 양구향교 위쪽 일립그린 아파트 담벼락 아래 있다.

이 나무는 박수근 화백의 "나무와 여인 및 나무와 두 여인"을 비롯하여 많은 작품 소재와 관련이 있는 나무이다. 세월이 지나 양구군에서는 이 나무를 보호수로 지정하여 관리해 오고 있다. 담벼락에는 박수근 화백의 이력 및 작품소개와 함께 이 느릅나무와의 관계를 소개하고 있다. 하지만 아파트에서 이 느릅나무로 향하는 출입문과 안내 등은 관리가 잘되고 있지 않음이 실감난다. 그리고 아파트에서 담벼락 옆으로 내려가도록 설치한 철제 계단은 왠지 불안함을 안겨준다. 정비가 되었으면 좋겠다. 밑부분에 한쪽 가지가 잘린 흔적이 남아 있다.

느릅나무 한 그루가 양구읍을 향해 말없이 굽어보고 있다.

양구읍내 시장을 오가다가

이곳 느티나무 아래에서 휴식을 취한 후

두 여인이 이곳을 떠난다.

느릅나무는 예나 지금이나 양구읍의 상징으로서

말없이 저렇게 있을 뿐이다.

박수근 〈나무와 두 여인〉 1962년

수종 느릅나무
수령 300년(2016년 기준)
수고 16m
지정일자 2016. 1. 26
둘레 2.1m
소재지 강원 양구군 양구읍 중리

○주변 관광지: 펀치볼, 광치계곡, 파서탕, 후곡약수터, 제4땅굴

사진촬영 2019. 7. 21

✈

인제 덕산리
소나무

인제, 원통, 이곳에서 군생활을 한 경험이 있는 사람들이 '인제 가면 언제 오나, 원통하다'고 한 곳이다. 개인적으로 노도부대에서 생활했던 기억들이 떠오른다. 오랜 시간이 지나도 군생활의 기억은 첫사랑보다 더 생생하게 떠오른다. 여자들이 싫어하는 남자들의 얘기가 군대 얘기와 축구 얘기라고, 그래서 가장 싫어하는 것은 '군대에서 축구한 얘기'라고 한다.

지금은 간선도로가 뚫려서 서울로 또는 동해안으로 이동하는 주요 지점이 되었지만 도로가 확장되기 전에는 오지 중의 오지였다. 인제는 군사지역이다. 공원 포토존에도 군인들의 동상과 탱크가 그려져 있다. 오늘도 비를 맞으며 이동한다. 비와 함께 만들어진 물안개가 강원도의 산허리를 감싸고 있는 것도 하나의 장관이다. 산속으로 난 도로를 따라 구름 위를 올라갔다 내려갔다 하는 기분은 하늘을 나는 마법사 같다.

덕산리의 소나무는 수형이 가지치기를 한 듯 깔끔하다. 너무 깔끔하여 분재가 서 있는 것만 같다. 이유인즉슨 큰 가지가 벼락에 부러진 것이다. 이 나무는 김일성 사망일자(1994년 7월 8일)에 폭우가 쏟아지며 벼락이 칠 때 북쪽의 큰 가지가 그 벼락에 부러지는 기이한 현상이 발생했다. 이런 소나무가 이곳에 여러 그루가 있었는데 모두 사라지고 지금은 이 한 그루만 남았다. 이 나무에는 커다란 두 줄기가 있었는데 하나는 북쪽으로 자라고 다른 하나는 남쪽으로 자라고 있었다. 그런데 벼락에 북쪽의 줄기가 부러졌다는 것이다.

　전체적인 모습은 한쪽으로 40도 이상 기울어져 있어 커다란 A형 철제 받침대를 두 개 세워놓았는데 마치 이것이 기린의 다리와 같아 이 소나무가 한 마리의 기린같이 보인다. 안내판을 스테인리스 재질로 만들어놓아 거울처럼 반사가 심해 시인성이 떨어진다. 안내판은 잘 보이도록 만드는 것이 필요하다.

곳곳이 한국전쟁 당시 전투가 벌어졌던 곳
전쟁영화의 세트장을 지나는 기분이다
가지치기 한 듯 산뜻한 모습
어디 아픈 곳은 없는지 걱정마저 된다
나무 중간에는 가지들이 없다
김일성 사망일에 벼락을 맞아 북쪽의 큰 가지가 부러졌단다.
남쪽의 가지들은 예쁘다
산뜻하게 구불거리면서
갓 파마를 하고 나온 듯한 모습
철제 지지대를 다리 삼아
늘씬한 기린같이 생겼다
목이 긴 기린의 머리 위에
사슴뿔이 얹어진 모습이다.

사진촬영 2019. 7. 21

보기만 해도 힐링 되는 나무들의 감성스토리

수종 소나무 　　　**수령** 300년 　　　　**지정번호** 강원–인제–14호
지정일자 2006. 7. 14 　　**수고** 12m 　　　　　**둘레** 3.5m
소재지 인제군 인제읍 덕산리 504–2 　　　　　　**소유자** 농림수산부(국)
관리자 덕산리 이장 김남수
특이사항 김일성 사망(1994. 7. 8)일자에 폭우가 쏟아졌고 벼락에 주간이 부러지는 기이한 현상이 발생

○주변 관광지: 설악산, 곰배령, 백담사, 방동약수, 대승폭포

✈

고성 토성면 백촌리
팽나무

백촌리(栢村里)* 마을 표지석을 지나서 마을로 진입하면 왼쪽에 멋진 모습의 적송(赤松) 한 그루가 눈에 들어오고, 조금 더 마을로 가게 되면, 팽나무 한 그루가 위치하고 있다. 팽나무는 마을 도로의 중앙에 위치하고 있어서 나무 보호를 위한 펜스가 충분한 공간을 확보하지 못하고 팽나무보다 조금 더 넓은 공간을 겨우 차지하고 있는 정도이다. 그래서 좀 답답한 느낌이 든다.

그리고 조금 오른쪽 야산에는 멋진 소나무 숲을 이루고 있는데, 그곳에 '백송정' 정자가 위치하고 있다. 백송정 바로 앞에는 적송 한 그루가 비스듬히 길게 펼쳐지면서 자라고 있다. 보호수인 팽나무는 1400년대에 경주 김씨의 후손이 이곳으로 이주하여 터를 잡으면서 심은 것으로 전해지고 있다. 그 당시에는 팽나무 주변으로 성이 있었으며, 나무 주변으로 군량과 병기를 보관하는 창고가 있었다고 하며, 지금도 마을 주변에는 성곽의 흔적을 일부 발견할 수 있다고 한다. 그리고 마을 뒤편에는 울창한 소나무 숲이 형성되어 있으며, 올라가는 곳에 팽나무의 후계목들이 자연 발아하여 자라는 모습이 신기할 따름이다.

◇◇◇◇
* 백촌리 버스정류장에는 무릉도원로 71번지로 제시되고 있다.

보기만 해도 힐링 되는 나무들의 감성스토리

팽나무를 중심으로

마을 뒤편 소나무가

다정다감하게 숲을 이루어

옛날 성(城)을 대신하여

푸르른 기운과 상쾌한 피톤치드로

힐링을 안겨준다.

사진촬영 2019. 7. 21

수종 팽나무 　　　　**수령** 520년(1994년 기준)
지정일자 1982. 8. 12 　　**수고** 23m
둘레 4.0m 　　　　　　**소재지** 강원도 고성군 토성면 백촌리 80-4

○주변 관광지: 화진포, 송지호, 통일전망대, DMZ 박물관, 울산바위

보기만 해도 힐링 되는 나무들의 감성스토리

✈

속초 노학동

소나무 군락지

강원도의 보호수에는 소나무가 많다. 침엽수가 자라기 좋은 환경이기 때문이다. 앞으로는 보호수뿐만 아니라 소나무 자체를 강원도가 아니면 보기 힘들 수도 있다. 지구 온난화 현상의 영향으로 남부지역의 소나무들이 점점 고사하고 있다.

미시령을 넘어 동해안으로 가는 길이 안개 속에 묻혀 한 치 앞이 보이지 않아 시속 20㎞ 이내로 운행하였다. 미시령 고개를 넘어서자 이내 하늘이 맑아졌다.

속초 노학동에는 아름드리 소나무들이 군락을 이루고 있다. 대충 눈어림으로 봐도 백 그루는 넘는 군락지다. 소나무 향이 그윽하다. 그중에서 두 그루만 보호수로 지정되어 있다. 수많은 소나무 중 서열 1위와 2위 소나무다. 군락지 주위로는 철망 구조물로 경계를 만들어놓았다.

사방에 빽빽하게 소나무들이 자리 잡고 있으며 수고가 20미터가 넘어 일반 렌즈로는 보호수만을 카메라에 담을 수 없다. 소나무들이 키재기 경쟁이라도 하듯 하늘로 쭉쭉 뻗어 있다. 밀집된 공간에서 서로 생존하기 위한 현상인지 중간부분까지 가지가 거의 없다가 상층부에서 가지를 펼쳐 솔잎을 매달고 있다.

두 그루의 보호수는 대여섯 발자국 거리에 있다. 보호수 주변은 알루미늄 재질의 봉으로 경계를 만들어놓고 보호수 안내판을 세워놓았다. 보호수 1호는 가슴 높이 부분에서 줄기가 세 갈래로 갈라져 하늘로 솟는다. 밑동부분은 검다가 가슴높이 부분에서 꼭대기까지 붉은색이다. 보호수 2호는 가슴 높이에서 줄기가 두 갈래로 갈라져 하늘을 향해 자란다. 2호 소나무 밑동에서는 버섯이 자라고 있었다. 보호수는 200년 전부터 성황당으로 모셔지고 있다.

●●
소나무들이 사방에 백 그루도 넘는데
유별나게 잘난 두 명의 친구만
보호수라는 이름을 얻었다.
주변에 소나무 친구들이 많아서
외로울 시간도 없겠다
20미터가 넘는 소나무들이
옹기종기 사이좋게 모여 있다
빼곡하지만 옆으로 침범하지 않고
하늘로 하늘로 자기만의 영역을 만든다
꼭대기에서 서로 가지를 펼치고 솔잎을 피워
향기로운 소나무들의 정원을 만든다
홀로 있으면 독야청청한 멋이 있고
함께 있으면 서로 보듬는 따뜻함이 있고
이 땅의 소나무는 지혜로움으로
수백 년 수천 년을 살아가고 있다.

보기만 해도 힐링 되는 나무들의 감성스토리

수종 소나무　　　　　　　　**수령** 400년
품격 시나무(정자목)　　　　**지정번호** 강원-속초-1 / 강원-속초-2
지정일자 1982. 11. 3　　　　**수고** 21m / 21m
둘레 3.5m / 3m　　　　　　**소재지** 속초시 노학동 569-1번지
보호수 유래 약 200년 전부터 성황당으로 모셔오고 있음

○주변 관광지: 등대전망대, 범바위, 청대산, 학무정, 바다향기로

✈

양양 현북면

소나무

속초에서 7번 국도로 내려가니 강릉·양양 방향은 직진, 북양양IC는 오른쪽임을 안내하는 도로이정표가 눈에 들어온다. 양양에서 하조대 방향으로 이동하니, 하조대 정자(河趙臺 亭子)와 등대(燈臺) 방향을 표시한 관광이정표가 나온다. 초입부에는 좌우측으로 10여 대쯤 주차가 가능한 공간이 마련되어 있으며, 낭만가도를 안내하는 종합안내도와 그 옆에는 양양군 관광안내도가 보인다. 바닷가 방향으로 조금 더 걸어가니 '군사시설 출입금지'라는 표지판이 설치되어 있다. 안내소 직원으로부터 보호수가 있는 곳을 소개받은 후 조금 위로 걸어가니, 하조대 정자가 나타났다. 바다는 짙은 해무로 인해 아무것도 보이지 않았다. 다소 실망한 기운으로 바다를 응시하고 있을 무렵, 바다의 안개가 조금씩 걷히더니 애국가에 등장하는 소나무가 순식간에 시야에 들어온다. 암벽 틈으로 뿌리를 내려서 혼신의 노력으로 자신의 모습을 보여주고 있음에 감탄을 자아내게 한다.

하조대 정자 바로 옆에는 뿌리가 서로 교차한 소나무 두 그루가 눈에 들어온다. 그래서 '부부 소나무'로 명명하고 싶다. 바로 옆에는 '臺趙河'*라고 색인된 표지석이 있다. 하조대에서 관광안내소가 있는 곳으로 내려와서 등대가 있는 곳으로 향했다. 잘 조성된 산책로와 계단 덕분에 편안하게 등대에 도달하였다. 등대에서 하조대 소나무 방향으로 사진을 찍은 후 관광안내소가 있는 곳에 도달하였다. 점심시간에서

◇◇◇◇
* 예전에는 글자를 제일 오른쪽에서 왼쪽으로 읽었기 때문이다.

1시간 정도 지나다 보니, 배에서 신호가 들려왔다. 곧장 공원 내부에 있는 음식점을 향했다. 도토리묵과 옥수수 빈대떡으로 허기를 채웠다.

동해물과 백두산이 마르고 닳도록
하느님이 보우하사 우리나라 만세
하조대의 소나무가
애국가 영상에서 우리를 반겨준다.

사진촬영 2019. 7. 21

보기만 해도 힐링 되는 나무들의 감성스토리

수종 소나무   **수령** 200년(1982년 기준)
지정일자 1982. 11. 13   **수고** 9m
가치 풍치목   **소재지** 강원도 양양군 현북면 하광정리

○주변 관광지: 남대천, 오색주전골, 남애항, 용소폭포, 기사문항, 낙산해변

✈

강릉 어단리

소나무

한국인이 마시는 커피가 2017년 기준으로 1인당 연간 512잔이라고 한다.* 하루 3잔 이상 커피를 마시면 커피중독이라고 하는데 그런 기준으로 보자면 주변에 커피중독자들이 많다. 보호수 근처에는 강릉 테라로사 커피공장 본점이 있다. 마을 전체가 이곳을 찾아오는 사람들의 주차장인 듯하다. 보호수 옆에 커다란 주차장이 있어서 주차하였는데 이곳도 커피매장의 주차장이었다.

어단리(御壇里)는 고려시대 관리들이 낙향하여 제단을 만들고 임금에게 제를 올렸다고 하여 붙여진 마을 이름이다. 보호수는 밑동에서 한 뼘쯤에서부터 네 갈래로 줄기가 갈라져 위로 뻗어 있어 보는 방향에 따라 두 그루나 세 그루 또는 네 그루로 보인다. 보호수 아래에는 폐기된 철물들과 쓰레기들이 방치되어 있고 인근 커피매장에 오는 고객들이 자주 주차를 해놓는다. 그늘이 생기는 보호수 밑의 공간은 특히 태양이 뜨거운 여름철에 주차하기 좋은 곳이다. 보호수를 촬영하다 보면 그 밑에 주차된 차량이 같이 등장하는 경우가 많다.

보호수를 살피면서 사진촬영을 하는 동안 커피매장에서 나온 사람들 중 몇 명은 스마트폰을 이용해 보호수를 찍는다. 보호수 바로 앞에 주택이 있고 사람이 거주하고 있다. 보호수는 우리가 보호하는 나무일 수도 있고 나무가 사람을 보호할 수도 있겠다. 300년 된 소나무가 마당에 버티고 있으면 얼마나 듬직하고 평온한 마

◇◇◇◇
* 연합뉴스, 2018. 2. 18. "커피에 빠진 한국인, 지난해 커피 시장규모 10조 원 첫 돌파"

보기만 해도 힐링 되는 나무들의 감성스토리

음이 들까.

　소나무의 수형은 10미터쯤에서 사방으로 가지를 뻗어 삼각형을 이루고 있어 뭉툭한 화살표 모양을 하고 있다. 가지들이 상층부로 올라갈수록 붉은색을 띠고 있다.

●●
밑동에서 갈라진 줄기들이
보는 방향과 각도에 따라
두 그루 세 그루 네 그루로 보인다
커피는 줄서서 마시는데
보호수는 주차장밖에 안 되는구나!
수백 년 동안 가지들은
움츠리고 뻗어가는 정도가
그렇게 조화로울 수가 없다
보호수는 보호를 받는 나무가 아니라
보호를 해주는 나무가 되기도 한다.

사진촬영 2019. 7. 21

수종 소나무　　　　　　**수령** 300년
지정번호 강원-강릉-33　　**지정일자** 2008. 4. 18
수고 15m　　　　　　　**둘레** 4.5m
소재지 강릉시 구정면 어단리 1087-7

○주변 관광지: 경포대, 정동진, 안반데기, 정동심곡바다부채길, 커피박물관

✈

향나무

괴란마을 주민들은 이 나무를 신목(神木)으로 여기면서 1년에 한 차례 고사를 지낸다고 한다. 마을 어귀에 520년 수령의 향나무 한 그루와 제당이 자리하고 있다. 제당은 남부지방과는 달리 함석을 주변에 드리우고, 지붕도 함석으로 덮고 있는 것이 이색적이다. 휴대폰 전파 이송을 위한 전신주가 향나무 1m 거리에 있는 것이 못내 아쉽다. 향나무 왼쪽으로는 전깃줄이 이어지고 있다. 그 중앙에 향나무가 이러지도 저러지도 못하고 갇혀 있음이 마음을 찡하게 한다. 이 나무는 마을을 지키는 수호신으로서 마을에 좋은 기운을 듬뿍 내어줄 기세이다. '괴란길 106' '두암골길 96-2'를 가리키는 이정표가 내 마음의 보석 상자에 살포시 담기는 순간이다.

••
괴란마을 풍광은
마치 알프스의 나지막한 언덕을 연상하게 한다.
밭과 산과 하늘이 매우 조화롭다.
한시라도 빨리 향나무 주변도 알프스처럼
쾌적한 환경으로 변화되기를 간절히 소망해 본다.

수종 향나무   **수령** 300년
지정일자 1982. 11. 13   **수고** 17m
둘레 2,8m   **소재지** 강원도 동해시 괴란동 206-2

ㅇ주변 관광지: 망상해변, 무릉계곡, 촛대바위, 천곡황금박쥐동굴, 만경대

보기만 해도 힐링 되는 나무들의 감성스토리

사진촬영 2019. 7. 21

✈

삼척 성내동
회화나무

제5호 태풍 '다나스'가 지나간 후의 하늘은 매우 맑다. 애국가에 나오는 공활하고 파란 하늘이 저런 하늘일 것이다. 삼척의 죽서루는 보물 제213호이고, 관동팔경*의 하나다. 죽서루 안에도 회화나무 보호수가 한 그루 있는데 나이는 350년이 넘었다. 우리가 만난 회화나무는 죽서루 밖에 있다. 죽서루 주차장에서 보면 차도 건너편에 석축으로 쌓아올린 3미터가 넘는 축대 위에 600년이 넘고 키가 20미터가 훌쩍 넘는 커다란 회화나무가 보인다. 삼척시 보호수 1호로 지정되었다. 안내판에는 다음과 같은 글귀가 적혀 있다. "오랜 세월 자라온 보호수는 우리 모두의 자랑입니다. 정성으로 살피고 보호하여 길이길이 보존합시다."

석축 위에 있어서 회화나무는 더 크게 보인다. 큰 줄기는 크고 웅장하다. 밑동 근처에는 가느다란 넝쿨가지가 보호수를 칭칭 감고 있다. 큰 줄기 가운데 손가락만 한 작은 가지들이 나와 앙증맞다.

나무는 언덕 끝자락에서 마을을 내려다보고 있다. 언덕 아래서 나무를 보려면 고개를 하늘로 들어야 한다. 오르막이 있는 차도에서 바라보면 전체적인 수형이 마치 바나나가 서 있는 것처럼 보인다. 바나나의 색깔은 덜 익은 녹색이다. 언덕 위에서 홀로 독야청청한 모양새다.

◇◇◇◇
* 관동팔경: 강원도 동해안에 있는 명승지 여덟 곳. 통천의 총석정, 고성의 삼일포, 간성의 청간정, 양양의 낙산사, 강릉의 경포대, 삼척의 죽서루, 울진의 망양정, 평해의 월송정

보기만 해도 힐링 되는 나무들의 감성스토리

인근에 천태종 삼산사(三山寺)가 있는데 경관이 웅장하고 아름답다.

관동 절경 죽서루를

위에서 내려다본다.

언덕 위에 있어서

고개를 들어 우러러보아야 한다

높은 곳에 위치하고 있어

존경받는 회화나무다

밑동에서부터 꼭대기까지

가지들이 붙어 있다

큰 가지가 없는 줄기에는

잔가지가 붙어서 잎을 매달고 있다

홀로 모진 바람을 맞아온 당당함으로

울창한 한여름의 잎들을 피우고 있다.

사진촬영 2019. 7. 21

수종 회화나무   **품격** 도나무   **수령** 600년
지정번호 삼척-1   **지정일자** 1982. 11. 13   **수고** 23m
둘레 4.5m   **소재지** 삼척시 성내동 15-1

○**주변 관광지:** 삼척미로정원, 이사부길, 초곡 용굴촛대바위, 환선굴, 영은사

보기만 해도 힐링 되는 나무들의 감성스토리

✈

잣나무

'태백산 국립공원 ← 금천등산로길 1km'라는 안내도가 눈에 들어온다. 이곳 잣나무골을 '금천'이라 부른다. 옛날에는 '거무내골'이라고 불렀다. '검은내'를 한자로 쓰면 흑천(黑川)인데 검은 것이 석탄이고 이것은 돈이 되는 것이라서 금천으로 변한 것이 아닌가 추측해 본다.

비가 억수같이 쏟아진다. 잠시 기다렸더니 비가 다소 잦아든다. 그래서 한 손에는 우산을 들고 카메라 셔터를 누른다. 잣나무 6그루가 우리를 기다린다. 이곳에 있는 잣나무들은 약 300년 전 마을 주민들이 후손들의 안녕을 비는 마음으로 12그루를 심었다고 한다. 현재는 6그루만 자라고 있는데 마을 주민들은 매년 마을의 안녕을 위하여 제를 올리고 있다고 한다. 이 잣나무는 풍치목으로서 금천동 마을의 상징이 되고 있다. 계곡물 소리가 매우 요란하게 들린다. 순식간에 물이 불어나고 있다. 잣나무 아래에는 자손(후계목) 잣나무들이 제법 자라면서 자신들의 모습을 알아달라고 소리를 지르는 것 같다. 비를 맞고 있는 '금천5' 버스승강장이 잠시 비를 피해가라며 우리를 맞이한다.

••
성인 잣나무 6그루와
어린 잣나무 8그루가

태백산 자락 금천동에 터를 잡고서
태백산 국립공원에서 흘러내려오는
계곡 물소리를 벗 삼아서
자연의 교향곡을 만들어 간다.
잣나무 위에서 새소리가 들린다.

수종 잣나무
수령 300년
지정일자 1999. 11. 13
수고 17m
소재지 태백시 금천동

○주변 관광지: 태백산, 용연동굴, 추전역,
　　　　　　　　구문소, 황지연못, 석탄박물관

보기만 해도 힐링 되는 나무들의 감성스토리

사진촬영 2019. 7. 21

✈

정선 남면 무릉리
소나무

해가 서산으로 넘어가려고 한다. 빛이 사라지기 전에 보호수의 모습을 카메라에 담고 싶어 조금 서두른다. 마을 이름이 무릉도원(武陵桃源)을 연상하게 하는 무릉리(武陵里)이다. 멀리 민둥산이 보인다. 민둥산은 정상 주변에 나무가 없고 억새만 있어서 붙여진 이름이다. 인근에 민둥산역이 있고 보호수 앞쪽으로 지장천이 흐르고 있다.

소나무의 수형은 한 방향으로만 가지들이 축 늘어진 모습이다. 늘어진 가지를 철제 지지대가 받치고 있다. 상층부의 가지들은 구불거리면서 자라고 있다. 어떤 가지는 180도 구부러졌다. 중간부분의 가지 하나가 생명을 다했는지 갈색 솔잎을 매달고 있다.

보호수 옆에 정자가 세워져 있고 정자 명패에는 '도원정(桃源亭)'이라고 새겨져 있다. 주변에 소나무와 느티나무 등 나무를 많이 심고 작은 공원으로 아기자기하게 꾸며 놓았다. 88올림픽을 기념하여 심은 나무와 안내석이 있다. 관리자가 '마을공동'으로 되어 있는 것도 무릉리 보호수의 특징이다.

하늘을 향해 가지들이 자라는 것이 보편적이거늘 본성을 거스르며 땅을 향해 내려오는 가지들이 경이롭다. 각각의 가지들이 꿈틀거리면서 땅으로 내려온다. 땅속으로 들어가려는 것인지 다시 하늘로 솟구치려는 것인지 이를 확인하려면 수십 년이나 수백 년이 걸릴 수도 있다. 그리하여 나무 이야기는 대를 이어 전해져야만 한다.

보기만 해도 힐링 되는 나무들의 감성스토리

••
땅으로 가지를 내리는 나무들은

본성이 뿌리일까

땅속에 있으면 뿌리가 되고

땅 위에 있으면 줄기가 되지만

영험한 나무들은

어디로든 내닫는다

신령스러운 나무를

바라보면서 우리는 바란다

올림픽의 성공을 기원하고

대한민국의 번영을 바라고

남북통일을 소원한다.

사진촬영 2019. 7. 21

수종 소나무   **수령** 250년   **지정일자** 1982. 11. 13
수고 15m   **둘레** 1.7m   **관리자** 마을공동
소재지 정선군 남면 무릉리 464

○주변 관광지: 아리랑시장, 레일바이크, 아우라지, 화암동굴, 정암사 적멸보궁

경기도

✈

이천 백사면 송말리

은행나무

송말 1리 마을에 '영원사 1km'라고 소개하는 이정표가 있다. 원적산 남쪽 기슭에 위치한 영원사(靈源寺)에 은행나무가 있다. 계곡을 끼고 산으로 향하는 길이기 때문에 '혹시라도 장마 영향으로 길이 문제가 있는 것은 아니겠지' 하며 조마조마한 마음으로 차량으로 이동하였다. 큰 무리 없이 금세 영원사의 넓은 주차장에 도착하였다. 가운데 사찰로 올라가는 계단이 있었으며, 왼쪽에는 '정심당(靜心堂)'이라는 현판이 있는데, 이 건물은 이 사찰의 종무소가 있는 곳이다. 정면 바로 앞에 '황홀하다'는 표현이 절로 나올 만큼 나무를 바라보면 황홀한 감정에 젖어든다. 바로 오른쪽에는 연이 만발한 연못이 있다. 800년의 나이에 걸맞은 위용을 뽐내는 대단한 은행나무다. 이 은행나무는 대웅전과 조화를 이루고 있다.

영원사에는 갈산동 석불입상(이천시 향토유적 제7호, 고려 중기 제작품으로 추정)이 있다. 이 은행나무는 고려 전기(문종 22년, 1068) 혜거국사가 심었다는 이야기가 전해지고 있다. 신라 선덕여왕 6년(638) 해호선사(海浩禪師)가 창건했는데, 창건 당시의 절은 지금보다 조금 위에 있었다고 한다. 초창기부터 일제 강점기까지는 영원암이라 불렀으며 당시 수마노석(水瑪瑙石)으로 조성한 약사여래좌상을 봉안하였다. 수마노석은 석영(石英)의 하나로 매우 아름다운 빛과 광택이 있다. 범종각에는 목어, 종, 북이 있다.

청량함이 계곡 길 따라

마음이 가벼워

마음 따라 걸음도

정심(靜心)하리

영원사 은행나무처럼

수종 은행나무　　　　　**수령** 800년
지정일자 1982. 10. 15　　**수고** 25m
둘레 4.5m　　　　　　　**소재지** 이천시 백사면 송말리 436
○**주변 관광지:** 설봉호, 도드람산, 산수유마을, 도예촌, 애련정

보기만 해도 힐링 되는 나무들의 감성스토리

광주 퇴촌면 도마리
느티나무

이천에서 광주시로 이동을 하니 '남한산성 7km, 습지 생태공원 무갑산 9.4km'라고 쓰인 이정표가 눈에 띈다. 진입도로에서 우측방향(무수리)으로 내려가서 바로 오른쪽 '도마치리' 방향으로 이동하면 느티나무가 나타난다.

별장처럼 멋진 건물의 내부에 보호수 느티나무가 자라고 있다. 아무리 셔터를 눌러도 각도가 맞지 않아 사진이 제대로 찍히지 않았다. 때마침 집안에서 청소하는 주인이 보여 보호수를 촬영하려고 왔는데 들어가도 괜찮은지를 여쭙자 흔쾌히 수락해주었다. 풀어놓은 진돗개를 자기만의 전용공간으로 보낸 후 집안으로 들어오라고 선의를 베풀어준다. 구도나 햇빛 방향이 맞아 양호한 사진을 촬영하였다. 아마 이집 주인은 가을에 느티나무에서 떨어지는 낙엽도 기쁘게 치울 것 같은 느낌이 든다. 보호수에 대한 애정이 묻어난다. 사진촬영을 하러 온 손님에게 건네는 말에서도 드러난다. "좋은 일을 하는데, 대문을 열어드리는 것은 당연하지요!" 느티나무를 곁에 두어 마음도 그만큼 커졌나 보다.

. .
500년의 시간이 흐르고
마음씨 고운 주인은 나무를 닮아간다
그 아래엔 빠르게 걷는 진돗개가
나무를 지키고 있다

이제 우리는 하나가 되어간다

진돗개, 집주인, 느티나무,……

수종 느티나무
수령 560년
지정일자 1983. 3. 10
수고 24m
둘레 6.3m
소재지 광주시 퇴촌면 도마리 210-7

○주변 관광지: 남한산성, 분원도요지, 무갑산,
　　　　　경기도자박물관, 중대물빛공원

보기만 해도 힐링 되는 나무들의 감성스토리

사진촬영 2019. 8. 1

✈

하남 항동

은행나무

경기도 하남시 항동으로 간다. 벌써 11시가 가까워지고 해가 중천을 향하고 있다. ㈜다솜식품 바로 앞에 은행나무가 있다. 은행나무 오른쪽에 정자가 있으나 사용하지 않은 듯하고, 그 앞의 공터에 풀이 많이 자라 있었다.

이 은행나무는 옛날 정씨 문중의 한 노인이 가문의 번성과 마을 액운을 막아주길 기원하면서 심었던 것으로 전하며, 나무는 874년 동안 천수를 누리고 있다. 이 나무에는 귀가 달린 뱀이 살았다고 하며 마을 사람들은 신목으로 모셨다고 한다. 한국전쟁이 발발하기 전에는 이 나무가 울어서 변란을 예고하였더란다.

지금은 정씨 문중과 마을에서 시제를 지낼 때, 이 보호수의 은행을 제단에 올리고 있다고 한다. 예전에는 은행 열매를 팔아서 송아지를 샀다고도 한다. 몸통에 외과수술 흔적이 있으며, 가지도 정리된 흔적이 있다.

..
은행나무 주변이 좀 더 넓었으면
우리의 마음 따라 넓어지도록
말하지 않아도 느껴지는 나무의 은혜
조화와 균형을 가르쳐준다.

수종 은행나무
수령 874년
수고 29m
둘레 9.4m
소재지 경기도 하남시 항동 127-2
○주변 관광지: 검단산, 한강생태공원,
　　　　　　　나무고아원

사진촬영 2019. 8. 1

✈

연천 군남면 남계리
물푸레나무

하남 은행나무에서 출발하여 연천군 군남면 남계리 보호수로 향한다. 이동 중 남양주 별내휴게소에서 점심으로 치즈돈까스를 먹었다. 전곡에 도달하기 전에 '간도문화마을(대한민국 영토관)' '더클라우드CC' '한탄강지오파크' 등의 안내도가 보인다.

선사시대(구석기시대) 조형물이 전곡과 선사시대의 관련성을 보여준다. 상징적 이미지로서는 제 역할을 다하고 있다. 문산(적성) 방면으로 좌회전하여, 군남교차로에서도 다시 좌회전을 하였다. 남계2리 경로당에 도착하였다. 연천시 정보에는 '남계리 167-1'로 되어 있으나 아무리 봐도 그곳에는 보호수가 없었다. 두어 차례 헛걸음을 하다가 때마침 동네 아주머니 한 분이 밭일하러 나서시기에 보호수가 있는 곳을 여쭈었더니, 자세한 위치와 가는 방법을 안내해 주셨다. 덕분에 쉽게 찾아갈 수 있었다. 물푸레나무에는 송이버섯이 거꾸로 매달려 있다. 알려진 주소는 틀린 것이었다. 수종도 '느티나무'가 아닌 '물푸레나무'였다. 동네의 어르신 네 분이 나무 아래에 앉아서 도란도란 얘기를 하고 있다.

보기만 해도 힐링 되는 나무들의 감성스토리

물푸레나무의 기억은

삼백이십 년 그늘을 벗 삼아

담소가 피고 앉은

이들의 추억도

물푸레와 어울려 사는 것

사진촬영 2019. 8. 1

수종 물푸레나무　　　　　**수령** 320년
지정일자 1982. 10. 15　　　**소재지** 경기도 연천군 군남면 남계리 167-50

○주변 관광지: 한탄강 관광지, 임진강 유원지, 열쇠 전망대, 전곡 선사박물관

보기만 해도 힐링 되는 나무들의 감성스토리

✈

동두천 지행동
느티나무

동두천시 지행동 213-1에 소재한 1000년 수령의 은행나무를 찾아서 내비게이션의 안내를 따라 두 번이나 찾아갔으나 찾지 못했다. 하는 수 없이 1000년 수령의 느티나무를 찾기로 했다. 느티나무가 있는 곳도 등재된 정보와는 조금 달랐다. 아파트 뒤편에 비스듬하게 누워 있는 모습이었다. 아파트에 사는 어린이들이 느티나무가 있는 곳으로 힘겹게 자전거를 들고 올라온다. 그 모습이 너무 일상적으로 보인다. 느티나무가 있는 바로 뒷집 옥상에는 포도송이가 주렁주렁 달려 있다.

철제 지주봉이 느티나무의 가지를 지탱하고 있다. 나무는 마치 용이 하늘로 승천하려는 듯한 형상이다. 위에서 나무를 내려다보면 사람들의 오른 손바닥 같겠다. 손목에서 펼쳐진 엄지와 검지가 집게 모양으로 굽어 있다. 약속하는 손처럼. 가운데 부분은 외과수술로 몸통이 채워져 있다. 나무 표피에 이끼가 끼어 다음 천년을 덮어간다.

조선 초기 세종에서 성종대의 무인 어유소(魚有沼) 장군이 무과에 급제하기 전에 이 나무를 훌쩍 뛰어넘으면서 무술을 연마했다는 이야기가 전해지고 있다.

••
천년을 한곳에 머물러
곁에 둔 사람 닮아가네
누구와 약속하듯
다가올 천년을 기다린다.

수종 느티나무　　　　**수령** 약 1000년
지정일자 2002. 11. 15　　**수고** 8m
둘레 5m　　　　　　　　**소재지** 경기도 동두천시 지행동 181

○주변 관광지: 마차산, 탑동계곡, 자재암, 요석공주별궁지

보기만 해도 힐링 되는 나무들의 감성스토리

사진촬영 2019. 8. 1

✈

포천 신북면 금동리

은행나무

신북면 금동리(錦洞里)는 금광마을이 변천되었다고 한다. 포천 마식령산맥의 국사봉 북쪽 기슭에 위치한 마을이다. 마을 북쪽 종현산(588m)과 국사봉(764m)의 큰골에서 흘러내린 물이 합류하여 한탄강으로 흘러가서 이곳을 열두개울이라 부른다고 한다. 따라서 이곳에는 선녀바위, 무장소, 만장바위 등이 있다고 한다. 그리고 이곳 금동리 지동(紙洞)마을에는 신비스러운 은행나무 한 그루가 있다. 1927년 즈음에 나무의 소유주가 이 나무를 베어 없애려고 하자 마을 주민 30명이 공동으로 매수하여 관리하고 있다고 한다. 마을의 안녕을 위하여 제를 올리는 장소이기도 하다. 1945년 8월 15일과 한국전쟁 등 나라와 마을에 큰일이 있을 때는 나무가 소리를 낸다고 전해온다.……

은행나무의 외관은 편안하고 균형미가 있어 보인다.

. .
1000년 가깝게 지켜본 일들이
당신의 속을 채우게 했듯
그 깊이가 우리를 편안케 한다.

보기만 해도 힐링 되는 나무들의 감성스토리

수종 은행나무   **수령** 약 1000년   사진촬영 2019. 8. 1

수고 30m   **둘레** 8m

소재지 포천시 신북면 금동리 지동마을

○주변 관광지: 산정호수, 허브 아일랜드, 용암유황온천, 고모저수지

↘

양주 남면 한산리

은행나무

연천의 철길을 가로질러 양주로 간다. 도로 옆으로 양주천이 흐른다. 은행나무 주위에는 양파, 오이를 심어놓았고, 옥수수밭이 있다. 그 주변에 창고가 있다.

은행나무 바로 옆에 후계목이 자라고 있다. 옛날 이 마을에 어질고 착한 송씨 성을 가진 사람이 살았는데, 어느 날 밤에 도깨비가 은행나무에서 나타나서 날마다 돈을 가져다주는 꿈을 꾸었다고 한다. 그러자 송씨는 제사를 위해 아껴둔 쌀로 떡을 지어 제사를 지냈는데 그 후로는 어려운 일 없이 평안하였다고 한다.

∷

한밤에 도깨비가 금을 주더랍니다
흰빛 쌀로 떡을 지었더랬죠
너도 나도 나누어 먹냐고
흐뭇하게 지켜보겠죠.

보기만 해도 힐링 되는 나무들의 감성스토리

수종 은행나무　　　　**수령** 750년
수고 23m　　　　　　**둘레** 2.7m
소재지 경기도 양주시 남면 한산리 627

○주변 관광지: 회암사지 박물관, 필룩스 조명박물관, 가나아트 파크

의정부 민락동

향나무

의정부시 민락동 송산사지 근린공원 내 송산사(松山祠) 뒤편에 사이좋은 모습으로 향나무 5그루가 자리하고 있다. 송산사지는 고려 말 충신으로서, 새 왕조로 탄생한 조선의 임금을 섬기지 않고, 은거하며 여생을 끝마친 조견, 원선, 김주, 이중인, 김영남, 유천 등 여섯 사람의 위패를 모셔둔 곳이다.

이 마을은 '조견, 정구, 원선' 등 세 사람이 먼저 돌아온 곳이어서 '삼귀마을'이라고 불렀으며, 그 이후 이분들의 충절을 기리기 위해 향나무를 식재한 것으로 전한다. 그 후 흥선대원군의 서원철폐령에 따라 건물은 헐려 없어졌고, 송산사 부지에 위패만 모셔두고 '삼귀단'이라 하였다. 1964년 후손들에 의해 위패석, 재단석, 병풍석을 만들어 여섯 분을 배향하고 향나무도 함께 관리하였다.

시대의 충절은 여섯으로 가고
여생은 다섯 그루의 향이 되어
잊지 않으려는 의미만 남는다

수종 향나무　　　　　　**수령** 290년

수고 16m　　　　　　　**둘레** 2.1m

소재지 경기도 의정부시 민락동 산66-5

○주변 관광지: 수락산, 부대찌개 거리, 행복로, 망월사

보기만 해도 힐링 되는 나무들의 감성스토리

✈

남양주 수동면 지둔리
시무나무

남양주시 수동면 일대에서 유숙을 하였다. 아침 6시에 기상하여 7시에 오늘의 일정을 시작하였다. 지둔리로 이동하는 도중에 가평베네스트, 수동면 종합행정센터, 농협, 수동중학교, 무량사, 물동레 애견 캠핑장 등의 이정표가 보인다.

조금 지나서 지둔리에서 좌회전하니 '물맑은 수목원 2.5㎞'를 가리키는 안내판이 있다. 안개가 자욱한 날이다. 1.3㎞ 이동하니 조용한 마을이 있다. 오늘은 얼마나 더운 날씨를 안겨주려고 이렇게 안개가 짙은 것일까. 남양주시에서 관리하는 '지둔천' 안내판이 보호수 뒤편 계곡 앞에 있다.

오늘의 주인공 '시무나무'는 한 번도 들어보지 못한 수종이다. 수관은 빼어나지 않은 편이다. 옛날 이 나무의 깊은 몸통 속에 커다란 구렁이가 살았는데, 사람들은 이 구렁이와 나무를 마을을 지켜주는 수호신으로 여겼다고 한다.

한국전쟁 당시 주변에 많은 포탄이 투하되어 불길이 일었지만 나무가 조금 그을리기만 하고 타지는 않았다고 한다. 그 후 마을 주민들은 이 나무를 신성시하게 되었으며, 이 나무의 잎을 보고 한 해 농사의 풍년과 흉년을 예측했다고 한다. 현재는 몸통에 진한 이끼가 많이 덮여 있다. 이른 아침 호박잎과 깻잎을 따는 아낙네의 입가에 미소가 가득하다.

500년의 세월이 지나자 자연과 동화된 것인지
시무나무 몸통에는 이끼가 가득하다.
보호수 아래에 쓰레기 집하장이 있어서
각종 폐기물들이 가득하다.

이른 아침 깻잎에 머물렀던 아낙네의 미소도
시무나무의 현실엔 전혀 관심이 없는 듯하다.

보기만 해도 힐링 되는 나무들의 감성스토리

사진촬영 2019. 8. 2

수종 시무나무   **수령** 500년
지정일자 1982. 10. 15   **수고** 14m
둘레 2.1m   **소재지** 경기도 남양주시 수동면 지둔리 420-1

○주변 관광지: 광릉수목원, 정약용 유적지, 몽골 문화촌, 김교각 기념관

✈

구리시 보호수를 찾아서

소나무

한국석유공사의 은행나무를 확인했으나 들어갈 수가 없었고, 소나무를 찾아서 주위를 맴돌았으나 찾을 수 없었다.

지둔리에서 출발하여 수동면 복합행정센터를 향해서 다시 나갔다. 'Cafe 꽃의 감성'이 마음을 사로잡았으나 직접 방문하지 않았다. '워크힐 방향(광장동) / 아차산 일대 보루군' 어렵사리 내비게이션의 도움으로 목적지 부근에 간신히 도착하였으나 계속 주변을 맴돌았다. 갔던 길을 다시 가고, 또 가고 세 번에 걸쳐서 도전하였으나 결국 되지 않아서 길찾기 앱으로 찾아가니 '한국석유공사' 정문이다. 보호수 은행나무가 바로 한국석유공사 부지 내부에 있다고 한다. 그런데 출입할 수 없다고 한다. 안타까운 일이다. 공문결재를 통한 후에 가능하다고 한다. 허탈한 마음을 달래고 구리시의 또 다른 보호수인 소나무를 검색하였다. '구리시 아천동 산42-1'로 파악되어 있었다. 이번 보호수 탐방 조사를 하는 동안 '산'으로 되어 있는 경우는 극히 드물다. '고구려대장간마을' 이정표 쪽 산 위에 보호수가 있음을 GPS가 표시한다. '고구려대장간마을'은 영화 · 드라마 세트장 같은 느낌이 든다. 그곳에는 보호수가 보이지 않았다.

다시 내려와서 산속을 직접 걸어 올라가 보았다. 우거진 산속에서 보호수를 찾기란 '한강물에 빠진 금반지 찾는 격이었다.' 결국 허탕을 치고 내려왔다.

구리시에 등록되어 있는 보호수는 단 2그루뿐이다. 그나마도 한 그루는 시민들

보기만 해도 힐링 되는 나무들의 감성스토리

이 보호수를 만나볼 수 없는 상황이고, 다른 한 그루는 어느 곳에 있는지, 쉽게 찾을 수가 없었다.

사진촬영 2019. 8. 2

수종 소나무
수령 120년
소재지 경기도 구리시 보호수

○주변 관광지: 아차산, 장자호수공원

✈

느티나무

이 나무는 조선시대에 한양–중국을 연결하던 관서대로(연행로)변의 사적 제144호인 '벽제관지(碧蹄館址)' 앞쪽에 자리하고 있다. 이 느티나무들은 성종 7년(1476)에 새로운 벽제관*을 자랑하기 위하여 연못을 만들고 그 주변에 심었던 것이라고 한다. 나무 앞쪽에는 공덕비가 있는데, 오늘날까지도 느티나무와 공덕비는 마을의 역사를 그대로 보여주는 상징물이다. 느티나무 맞은편에는 덕양초등학교, 119 소방관서, 경로당이 있다. 느티나무 아래 자전거 거치대가 있고 거기에는 어린이용 자전거가 놓여 있다. 잠금장치가 전혀 없다. 느티나무의 기운 때문인지 아래에는 '아이맘 카페'가 위치하고 있다. 사단법인 대한노인회 고양시 덕양구지회의 '새마을 경로당'이 자리하고 있다.

••

느티나무 가족들이 오랫동안

마을을 지켜왔듯

그 아래에는

덕양구 어르신들께서

담소를 즐기신다.

◇◇◇◇
* 벽제관(碧蹄館): 조선시대 조선과 중국을 왕래하던 사신이 쉬던 객관

수종 느티나무 **수령** 500년
지정일자 1982. 10. 15 **수고** 20m
둘레 3.4m **소재지** 고양시 덕양구 고양동 235-1

○주변 관광지: 최영장군묘, 중남미문화원, 고양향교, 고양유스호스텔

✈

부천 소사본동

은행나무

부천 세종병원 진입구 초입부에 위치하고 있다. '백합 기독교 서점'이 주변에 보인다. 은행나무 가지치기(전지)작업을 하였는지 나무의 끝부분이 절단된 모습이다. 자연스럽지는 않다. 아마 보호수 관리로 인해 가지가 절단된 것이 아닌가 유추하게 한다. 대리석으로 만들어진 제단이 있다. 은행나무 주변 생육 공간 확보는 물론 감지기가 설치되어 있으며, 야간 조명등까지도 조화롭게 잘 정비되어 있다. 다만 주 간선도로에서 차량으로 진입하려 하면 세종병원 방문객들 차량으로 인해 제법 정체되고 있다. 차량 소통을 위한 특별한 대책마련이 시급해 보인다.

열매의 향기가 천년을 이어가듯
세종병원을 찾는 모든 분들께서 장수하시기를

보기만 해도 힐링 되는 나무들의 감성스토리

사진촬영 2019. 8. 2

수종 은행나무 　　　　　**수령** 1000년
수고 12m 　　　　　　　**둘레** 4.87m
소재지 경기도 부천시 소사본동 100-1

○주변 관광지: 시민의 강, 도당 수목원, 원미산, 백만송이 장미원

파주 광탄면 용미리

느티나무

파주로 가는 도중 '벽제 진국 설렁탕'을 먹었다. 너무 맛있게 한 그릇을 비웠다. '용미3리'로 가기 위해 우회전을 해야 하는데 느티나무가 있는 곳까지 제대로 안내가 되지 않아서 두 번이나 다시 돌아 겨우 도착하였다.

영주교 본부가 용미3리에 있으며 느티나무는 영주교 교학당 뒤편에 있다. 그리고 옆에는 축사가 있다. 느티나무 아래에는 풀이 많이 자란다. 강아지 녀석은 이방인의 방문에 계속해서 짖어 댄다. 파주시 보호수 표시물은 제대로 만들어져 있다. 이 나무는 무학대사가 도읍지를 정하기 위하여 전국 방방곡곡을 다니다가 느티나무를 심었던 것으로 전해진다. 마을이름은 '용미4리'까지 있다.

수백 년 앞서 걸어 나무를 심었네
심던 손도 가고
그 뜻도 쓸던 흙도 스러지고
오백 년 지킨 자리엔
이름 모를 손님에게 흔들리는 풀만 자라나

보기만 해도 힐링 되는 나무들의 감성스토리

수종 느티나무 **수령** 500년
수고 25m **둘레** 6m
소재지 경기도 파주시 광탄면 용미리 376-7

○주변 관광지: 마애이불입상, 율곡 이이 유적, 헤이리 예술마을, 퍼스트 가든

김포 하성면 마곡리

향나무

한강변에 길게 늘어서 둘러쳐진 철조망과 출입금지 경고 안내문이 아직도 대한민국에는 전쟁이나 미사일의 위협으로부터 긴장감을 늦출 수 없음을 보여준다. 평화를 해치는 일이 일어나서는 안 되겠기에 견고한 철조망이 있고 군인들이 경계근무를 서고 있는 것이리라. 물새들은 저 경계를 훨훨 날아 자유롭게 넘나들고 있다.

주변이 밭인 관계로 농로를 따라 계속 진입하니 앞은 막혀 있다. 차에서 내려 걸어서 가니 보호수 푯말이 보인다. 도로 안내가 제대로 정치되지 않은 상황이다. 향나무이지만 몸통이 가는 편이다.

우리가 향한 길이
친절하지는 않아도
분명 향은 자라고 있다

다 자란 날
그 이름 평화

수종 향나무

소재지 김포시 하성면 마곡리 530-2

○주변 관광지: 문수산성, 애기봉, 김포국제 조각공원, 김포 함상공원

보기만 해도 힐링 되는 나무들의 감성스토리

광명 광명동

회화나무

대명교회 맞은편에 있으며, 회화나무에 꽃이 부분적으로 핀다. 옛날에 한 나그네가 이 회화나무 아래서 쉬며 무심코 가지 하나를 꺾어 멀리 던졌다고 한다. 그 후 몇 발자국을 떼자마자 온몸을 떨며 쓰러지고 며칠 만에 숨을 거두었다는 이야기가 있다. 그 후 마을 사람들은 이 나무를 신성시해 소중하게 여긴다고 전해진다. 보호수 아래 정자가 설치돼 있으나 날이 더워서인지 사람들이 없다. 가까이에 ㈜일지서적, 대경서적이 있다. 바로 주변에 생활체육 시설이 설치되어 있다.

예부터 학자수라 불린 회화나무 꽃이
칠팔월에 피어나니
지혜의 단비가 장마처럼 내리리

사진촬영 2019. 8. 2

수종 회화나무   **수령** 333년
지정일자 1982. 10. 15   **수고** 18m
둘레 1.2m   **소재지** 경기도 광명시 광명동 575-17

○주변 관광지: 도덕산, 안터 생태공원, 광명동굴

보기만 해도 힐링 되는 나무들의 감성스토리

✈

시흥 하중동

향나무

관곡마을 동아APT 앞, 관곡공원 위에 멋진 모습을 지닌 향나무 한 그루가 지주봉의 도움을 받아 빼어난 모습을 뽐내고 있다. 약 1000년의 세월을 지나온 탓인지, 몸통 가운데 부분은 외과수술로 채워져 있다. 이 보호수는 전염병을 물리쳤다는 이야기가 전해지고 있다. 일제 강점기 이 마을에 장티푸스가 번지면서 많은 사람들이 목숨을 잃어갔다. 그 무렵 마을에 살고 있는 권씨가 이 향나무에 앉아서 '워이 ~ 워이~'라고 아이들을 쫓았다. 그 꿈을 꾼 후부터 이 마을에는 전염병이 사라지고 마을이 평온해졌다고 한다. 마을 사람들은 이 향나무가 도와준 덕분이라고 생각하면서 이 나무를 신성시하고 있다고 한다. 그래서일까 향나무가 있는 아래에는 웰빙타운 건물에 '잼잼(Jam Jam) 어린이집'이 있으며, 녹향새빛의원 앞에도 '은가비 어린이집'이 위치하고 있다. 일 년에 두 차례, 정월 초이튿날과 칠월 초하루에 나무에 대한 고사를 지낸다고 한다.

가구당 5천 원의 제수비를 마련하여 통장과 협의하여 제수를 마련하고 고사를 지낸다. 고사는 비가 내려도 해당 일자에 지낸다고 하니 정성이 대단하다. 고사는 '강신을 하고 축문을 읽는' 순으로 진행되며, 당주의 절을 남자는 3번, 여자는 4번 한다. 자녀가 있으면 그 다음에 한다. 동네 어르신부터 연장자 우선으로 올리고, 나이가 젊은 순으로 간다.

보기만 해도 힐링 되는 나무들의 감성스토리

1000년의 세월을 이어오면서

마을에 평화를 안겨주고 영험함이 가득하여

지금도 마을주민들은 합심하여 그 예를 올린다

그러자 향나무도 그 정성 이해하여

주변 어린이 집에 좋은 기운을 듬뿍 안겨준다.

수종 향나무   **수령** 약 1000년
지정일자 1982. 10. 8   **수고** 12m
둘레 3m   **소재지** 경기도 시흥시 하중로133번길 19 앞

○주변 관광지: 오이도, 소래산, 옥구정, 물왕 저수지

안양 석수동
느티나무

제2경인고속국도 석수IC에서 경수대로를 이용하여 삼막사거리에서 좌회전해 '원차우 관악점' 방향으로 진입하면 '추오정 남원 추어탕' 맞은편의 석수 2동 마을회관 앞에 비상한 외형의 느티나무가 보인다. 나무의 몸통은 전반적으로 외과수술을 하여 나무의 수형이 그대로 나타난다. 특이한 점은 느티나무 옆에 고사한 측백나무인지 향나무인지가 함께 있다는 점이다. 이 향나무와 느티나무에는 지난번 제사 때 올렸을 법한 명태가 흰 천에 싸여 틈에 꽂혀 있다.

　맞은편에 있는 추어탕 집에서 이 나무를 보면 나무 몸통의 가운데 부분과 오른쪽 가지가 오래되어 부러진 것 같다. 그래서 나무의 왼쪽 가지와 오른쪽 뒷부분 가지가 현재의 모습을 나타내는 듯하다. 뒤편에 위치한 석수2동 마을회관 건물은 1970~80년대 건축구조를 하고 있다. 지금은 사용하지 않는지 지붕에 풀이 자라고 있다. 안양시 보호수는 수령 535년의 느티나무와 635년의 보리수나무 2종이 지정되어 있다. 600년 이상 자란 보리수가 안양에서 자라고 있다는 사실은 놀랍다. '삼락로 36'이라고 건물 외벽에 표시되어 있다.

　안양시 석수동(石水洞)은 예부터 명당 터라 하였으니 밀양 박씨, 전주 하씨, 청주 심씨 등의 거주지로 진주 하씨 집성촌으로 불리고, 통일신라시대에 원효대사, 의상대사, 윤필거사 등의 막을 지었기에, 삼막(三幕)골이라 하였다. 꽃이 많고 미곡을 저장하는 창고가 있어서 '꽃챙이(花倉洞)', 허허벌판에 자리를 잡았다고 해서 '벌터

보기만 해도 힐링 되는 나무들의 감성스토리

(坪村)', 풍수로 보아 솔개의 형상이라고 하여 '연현(鳶峴)', 농경지였다가 일제 강점기에 새로운 주택이 들어서 '신촌(新村)'이라 불린 마을들이 합쳐져 석수동이 되었다고 한다.

••

석수동에 풍수지리 완연하여
진주 하씨 문효공(文孝公)파 영의정이 배출되고
오늘에 이르니!
벌터 마을은 우물을 파면 망한다는 전설이 있어
안양천에서 물을 길어다 먹었다
일제시대 우물을 팠고
나중에는 마을이 없어졌다
그래서인지 지금도
마을 주민들은 큰 나무 앞에
정성들여 제를 지내고 있다.

수종 느티나무　　**수령** 535년
지정일자 1982. 10. 15　　**수고** 25m
둘레 5.3m　　**소재지** 경기도 안양시 석수동 689 석수2동 마을회관 앞

○주변 관광지: 삼성산, 삼막사 계곡, 동편마을 카페거리, 평촌 먹거리촌, 수리산 출렁다리

보기만 해도 힐링 되는 나무들의 감성스토리

과천 주암동

은행나무

보호수를 찾아서 '경부고속도로 양재IC'를 지나서 양재대로로 진입하여 은행나무 길로 향하니 '송하 토종 옻닭, 엄닭'집 간판이 오른쪽에 있다. 여름철이라서 '콩국수, 묵밥, 냉면' 등의 계절메뉴도 현수막에 걸려 있다. 30여 미터 전방에 은행나무 한 그루가 시야에 들어온다. 낮은 언덕처럼 형성된 곳에서 아래에는 지주봉이 가지마다 무게를 받쳐주고 있다. 지주봉의 색깔이 부담스럽다. 옅은 녹색이나 흰색이면 좀 더 어울리겠다. 바로 옆집은 아무도 살고 있지 않은지, 유리창이 깨져 있으며, 다소 흉흉한 느낌도 든다. '차라리 저 집이 공원화된다면 얼마나 좋을까.' 하고 중얼거려 본다.

은행나무의 장수기운 가득한데,
바로 옆 폐가에는 깨어진 유리창으로
찬바람이 나부낀다.
이곳에도 따스한 바람이
뽀송뽀송 피어나길 바라본다.

수종 은행나무　　　　　**수령** 500년　　　　　사진촬영 2019. 8. 2
지정일자 1982. 10. 5　　　**수고** 17m
둘레 4.4m　　　　　　　**소재지** 경기도 과천시 주암동

○주변 관광지: 관악산 연주대, 청계산, 과천서울대공원, 과천서울랜드

184

보기만 해도 힐링 되는 나무들의 감성스토리

✈

성남 중원구 상대원동

상수리나무

조금 특이한 나무를 찾아가기 위하여 내비게이션을 따라 지그재그로 달려갔다. '성남시 중원구 보통골로 8번길 21' 원광운수(주)와 서광사 사찰에서 산 위를 목적지로 안내하였다. 새벽 등산을 하고 내려오는 마을 주민분에게 오래된 나무가 어느 곳에 있는지 물으니 조금 위쪽 오동나무인지 오래된 나무가 있다고 알려준다. 그곳으로 곧바로 달려가 셔터를 눌러 댔다. 보호수 안내판이나 표지가 없었다. 다시 위치 검색을 해보니 원광운수(주) 뒤편 산속이 목적지라고 안내한다. 다시 풀밭을 지나 도착한 나무엔 넝쿨이 휘감고 있다. 넝쿨로 인해 저 나무가 고사하면 어떻게 될까 걱정이 앞선다. 주변도 전혀 정리되지 않았다. 보호수 안내판도 보이질 않는다. 그냥 저렇게 있어야만 하는 것일까?

∙∙
상수리 그리워 찾아갔지만
인적이 뜸하다
이름도 없다

도토리는 닫혔고
잡풀들만 무성하다.

사진촬영 2019. 8. 3

수종 상수리나무
수령 550년
지정일자 1982. 10. 15
수고 20m
둘레 3.52m
소재지 성남시 중원구 보통골로 8번길 21
○주변 관광지: 남한산성, 모란민속오일장,
　　　　　　 성남아트센터, 봉국사,
　　　　　　 정자동 카페거리

보기만 해도 힐링 되는 나무들의 감성스토리

성남 중원구 은행동
느티나무

중원구 보통골로 8번길(서광사 있는 곳)에서 은행동 7-7을 향해 이동했다. 한참 달려가자 우회전 길이 나와 따라갔다. 산길이 구불구불 이어지고 내려가는 코스였다. 사이클 선수들이 열심히 언덕길을 올라가고 있는 남한산성. 지화문(至和門)으로 가면 '原台(원태)'라는 간판을 단 재실처럼 생긴 커다란 건물이 있다. 커피, 기념품 판매점이 있는 곳에서 좀 더 걸어가면 지화문이 보인다. 지화문 너머로 보호수가 보이는 게 아닌가? 등산객에게 '보호수(오래된 큰 나무)'가 주위 어디에 있는지 물어보았으나 잘 모른다고 했다. 그렇다. 일반인들은 보호수에 큰 관심이 없다. 우리가 출근길 가로수에 별다른 관심이 없듯. 돈이 되지도 않고, 경제를 흐르게 하지도 않는다. 차라리 '로또 복권 1등 당첨된 나무'라고 알려졌다면 인기를 끌까.

아침 일찍 반대편에서 산행을 하였는지 이곳 지화문 앞에 도착한 일행들의 등산복엔 온통 땀으로 범벅이다. 스치듯 보아도 감탄사가 절로 나올 느티나무 네 그루가 지화문의 사천왕인 양 수문장을 대신하고 있다. 아쉽게도 가장 가운데 있는 나무는 생명을 다하는 모습이 눈에 뜨인다. 소리 없는 비명이 들리는 듯해 안타깝다. 제발 말라 죽지 말고 새순이 피어 기둥이 되고 가지가 되어 그 삶을 이어가기를 간절한 마음으로 기원해 본다.

보기만 해도 힐링 되는 나무들의 감성스토리

스토리와 콘텐츠,

즐길거리가 없으니 사람들의 관심을 끌기에는 어려움이 있다.

유명인과 연예인, 스포츠 선수 등이

이 나무를 배경으로 촬영을 하거나 소개를 한다면

바로 SNS의 물결을 타고

인스타그램에 오르내리는 대상이 될 수 있을까?

수종 느티나무   **수령** 450년
지정일자 2006. 6. 20   **수고** 14m
둘레 1.43m   **고유번호** 경기-성남-23
소재지 경기도 성남시 중원구 은행동 산132-2

○주변 관광지: 이배재고개, 성남시립식물원, 성남 시민공원

보기만 해도 힐링 되는 나무들의 감성스토리

의왕 월암동
회화나무

붉은 바탕에 흰색 글씨로 '의왕 월암공동주택 반대 주민대책위원회'라고 적힌 간판이 '월암 2리'라고 쓰인 나무 간판의 글자보다 크게 게시되어 있다. 자연의 녹색과는 달리 눈에 쉽게 띈다. 편도 1차로 길을 조금 더 가니 '청국장' 음식점이 있고, 보호수 앞마당에는 '차와 식사'를 판매하는 분위기 있는 장소가 있다. 정말로 멋진 수관을 자랑하고 있었다. 계절이 8월 초인지라 회화나무 꽃이 아래로 하늘하늘 떨어진다. 하늘에서 선녀님이 내려온다면 이런 광경일까. 자신의 직분에 충실히 임하는 '차와 식사' 가게의 강아지가 손님의 방문을 쉽게 허락하지 않으려는지 소리를 낸다.

회화나무 위에는 여기저기서 새들이 노는 모습이다. 남원 양씨 선조가 이곳에 터를 잡고서 마을이 번성하고 후손들이 잘 되길 바라는 마음으로 이 회화나무를 심었다고 전하고 있다. 그 후 화성군 봉담면 출신, '최이호'라는 인물이 이곳에서 정착하여, 큰 마을로 번성했다고 한다.

..
남원 양씨 선조가 이곳으로 정착해
학자수를 심었더니
그 기운이 가득하여
마을의 화평을 이루겠지.

수종 회화나무
수령 520년
지정일자 1982. 10. 15
수고 15m
둘레 3.7m
소재지 의왕시 도룡마을길56
　　　　(월암동 176)

○주변 관광지
청계 휴먼시아 수변공간, 철도박물관,
성라자로 마을, 왕송호수

보기만 해도 힐링 되는 나무들의 감성스토리

사진촬영 2019. 8. 3

✈

여주 산북면 백자리

느티나무

하나펜션 방향으로 진입하면 30m 오른쪽에 있다. 개울물이 조금 흐르고 있다. 두루미인지 황새인지가 날아다닌다. 우렁이, 다슬기, 피라미 따위의 먹이가 많이 있나 보다. '현주농장(농촌지도자회 농산물 직거래장터)'이 있다. 정리되지 않은 주변은 관리가 필요해 보인다.

••

나이는 430살이지만

내 뿌리를 펼치는 데 필요한

충분한 생육공간이 부족하니

지금부터라도 조금의 관심을

사진촬영 2019. 8. 3

수종 느티나무   **수령** 430년
지정일자 1982. 10. 15   **수고** 18m
둘레 6.5m   **소재지** 경기도 여주시 산북면 백자리 345-1

○ 주변 관광지: 세종대왕릉(영릉, 英陵), 신륵사, 이포보, 금은모래강변공원

195

✈

은행나무

섭씨 36도를 웃도는 날이다. 용문사 은행나무는 만인의 사랑을 독차지하고 있다. 그리고 용문산 기슭에 있어서 용(龍)과 관련된 사연이 있는 것 같다. 오늘은 8월 3일, 가장 덥고 휴가철이 한창인 시기이다. 지금은 오후 2시가 넘어 가장 더운 시간대이다. 더위를 식히려는 많은 사람들이 용문사 계곡에서 피서하고 있다. 매표소에서 15분쯤 걸어가니 우람한 위용을 뽐내는 은행나무가 나타났다. 나무가 너무 커서 카메라에 한 번에 담기지 않았다. 때마침 용문사와 관련된 사진전이 펼쳐지고 있었다. 대웅전 좌측에 사람을 닮은 특이한 조형물이 있다.

••
시원한 계곡물 소리와
짙은 녹음이 탐방객들에게
머물고 가라고 손짓을 한다.
천백 년의 세월을 간직한
은행나무도
더 머물고 가라고 흔쾌히
그늘을 내어준다.

수종 은행나무　　　　**수령** 1100년
지정일자 1962. 12. 3　　**수고** 42m
둘레 14m　　　　　　**소재지** 경기도 양평군 용문면 신점리 626-1
천연기념물 제30호(1962년 12월 03일)

○주변 관광지: 두물머리, 두메향기, 서후리숲, 세미원, 쉬자파크

가평 설악면 방일리
은행나무

'20년 맛집 방일 추어탕'이라는 커다란 입간판을 세워놓은 식당 옆에 은행나무
가 있다. 돌계단으로 다섯 계단 위에 은행나무 밑동을 볼 수 있도록 화단을 만들어
놓았다. 은행나무는 도로변에 우뚝 솟아 있다. 설악면 방일리 마을에 은행나무 한
그루를 심었던 주인장께서 지금도 이 마을을 굽어보고 있는 것 같은 느낌이 든다.

방일리 은행나무가
맛있는 추어탕을 대령하니
오가는 사람마다 맛있다고 자랑한다.

보기만 해도 힐링 되는 나무들의 감성스토리

수종 은행나무　　　　　**수령** 170년
지정일자 1982. 10. 15　　**수고** 24m
둘레 3.6m　　　　　　　**소재지** 경기도 가평군 설악면 방일리 226-10

○주변 관광지: 청평호반, 용추계곡, 쁘띠프랑스, 허수아비마을

✈

용인 처인구 남사면 완장리
느티나무

마을의 정자로서 잘 자라고 있다. 800년 수령 2그루와, 600년 수령 2그루 등 총 4그루가 한곳에 자리하고 있다는 것이 신기하다. 마을이 편안해 보인다. 논농사를 짓고 있는 곳에서 조금만 떨어지면, 상당히 대비되는 대단위 APT 단지가 들어서고 있다. 느티나무가 있는 뒤편에는 개울이 있는데 물고기가 오가는 것이 보이며 징검다리가 정겹게 설치되어 있는 것이 돋보인다.

소박하면서도 매우 짜임새 있게
느티나무 가족들이 자신의 직분에 맞도록
수형을 뽐내고 있다.
생활 속에서 우리들의 짜임새는
어떻게 만들어갈까?

보기만 해도 힐링 되는 나무들의 감성스토리

사진촬영 2019. 8. 3

수종 느티나무
수령 800년, 600년
소재지 경기도 용인시 처인구 남사면 완장리 554-1

○주변 관광지: 에버랜드, 캐리비안베이, 한국민속촌, 와우정사, 보정동 카페거리

수원 팔달구 우만동

향나무

구부러진 포크 모양의 소나무가 가던 길을 멈추게 한다. 한 가지에서 뻗어 세 가지를 낳은 모습이 가족의 구조와 닮았다.

'80화엄경변상도'는 80권의 화엄경에 따라 일곱 장소에서 아홉 번의 설법이 행해지는 칠처구회(七處九會)의 설법장면을 그린 불화이다.

광교산(光敎山) 봉녕사(奉寧寺)의 출입문이 보인다. 인기척이 전혀 없다. 봉녕사는 대한불교 조계종 소속의 유일한 천년 고찰(古刹)이다. 이 사찰은 고려시대 원각국사가 창건한 사찰로서 광교산 기슭에 있다. 1971년 비구니 묘전스님이 주지로 부임하시고 비구니 승가교육의 요람으로 중흥시킨 곳이다. 봉녕사 사찰에 들어선 시간은 오전 7시 30분경이다. 이때 수도승들께서 직접 빗자루를 들고 경내를 쓰는 소리가 하루의 시작을 담담하게 알린다. 스님께 보호수의 위치를 여쭈어 법종루를 통과해 지나갔다. 대적광전, 희견보살상, 다보탑, 석가탑 비슷한 석탑과 법당 내의 벽에는 '80화엄변상도'라는 불화가 그려져 있다. 약사전 내부에는 경기도 유형문화재 제152호인 '불화'가 있으며 대적광전 좌측 뜰에는 향나무가 이목을 끈다. 이곳 봉녕사의 경내에는 800년 된 향나무와 백송(白松)이 있어 억지스럽지 않은 단정함이 우리의 하루를 담담히 물어온다.

천 년 전에도 그러하였듯

누군가의 독경소리는

마음을 쓰는 빗자루 소리와

불자의 걸음에 묻어

향나무에 물어도

부처님께 듣는다.

보기만 해도 힐링 되는 **나무들의 감성스토리**

사진촬영 2019. 8. 4

수종 향나무　　　　　　**수령** 800년
지정일자 2007. 5. 22　　**수고** 9.4m
둘레 2.8m　　　　　　　**소재지** 경기도 수원시 팔달구 우만동 248

○주변 관광지: 수원 화성, 장안사랑채, 광교 호수공원

205

경기도

느티나무·회화나무

안산읍성 객사가 있는 수암마을에 있는데, 읍성 객사 자리에는 지금도 두 차례 발굴조사가 진행 중이다. 회화나무(520년)는 읍성 객사가 위치한 그 아래에 자리하고 있다. 객사 앞에는 느티나무(470년)가 자라고 있으며 객사는 정청*에 전패(殿牌)를 모셔두고, 임금의 친정을 상징하면서 지방관이 임금을 대하되, 충성을 다짐하는 곳이었다. 고을의 수령이 집무를 보는 동헌보다도 객사의 경우 오히려 격이 높아서 관아시설 중에서 가장 규모가 크고 화려한 것으로 전하고 있다. 특히 이곳은 1797년(정조 21) 8월 16일에 정조대왕이 아버지 사도세자의 능을 참배하기 위해 하룻밤을 묵어간 적이 있기에 '안산행궁'이라 부르기도 했다.

어르신은 라디오로 음악을 듣고 있고, 마을의 중년과 젊은이는 객사 툇마루에 앉아 독서를 하는데 그 한가함이 평온하다.

안산 객사 앞마당에
느티나무 한 그루가
잘 쉬어가라고 맑은 공기를 내어준다.

◇◇◇◇
* 객사 건물 중 가장 중요한 위치

사진촬영 2019. 8. 4

수종 느티나무 / 회화나무　**수령** 470년 / 520년
지정일자 1982. 10. 8　**수고** 22m / 18m
둘레 2.8m　**소재지** 경기도 안산시 상록구 수암동 256-5, 수암동 479-1

○주변 관광지: 대부해솔길, 시화호 조력발전소, 다문화거리, 안산갈대습지

보기만 해도 힐링 되는 나무들의 감성스토리

✈

군포 당정동
느티나무

당정역(한세대) 인근에 'Arte House E' 건물과 '느티나무' 건물명이 있다. 그리고 느티나무 아래 있는 '미림정(美林亭)' 음식점은 상호를 잘 작명한 것 같다. 전복삼계탕이 주메뉴이다. 공원이 잘 조성되어 있고, 야간조명도 설치되어 있다. 보호수 느티나무에는 나뭇잎 모양을 형상화한 벤치가 설치되어 있으며 자손(2세) 느티나무가 또 자라고 있다. 다만 벤치가 깨끗하지 않아 앉기가 부담스럽다. 차라리 벤치가 없는 편이 미관상 좋겠다.

왜 느티나무를 바라보고 있으면 마음이 편안해질까?
일상생활에서 잠시 벗어나
나무를 마주할 때
기분이 사뭇 다르다
나를 잠시 비우고 나무의 넉넉함을 담아본다.

수종 느티나무　　　　**수령** 500년　　　　　　　　　　　　　사진촬영 2019. 8. 4
지정일자 1982. 10. 8　　**수고** 16m
둘레 2.5m　　　　　　　**소재지** 경기도 군포시 당정동 1016-4

○주변 관광지: 수리산, 대야미 마을, 누리 천문대, 반월호수

보기만 해도 힐링 되는 나무들의 감성스토리

✈

화성 향남읍 증거리

느티나무

마을로 진입하여 느티나무를 찾는 과정에서 첫 번째 시찰은 실패했다. 왜냐하면 농로를 통해 마을로 가야 하는데 농로에서 마을로 이어지는 길에 곡식을 말려두고 있어서였다. 그것을 피해 우회해 마을 뒤편으로 진입하니 느티나무가 있는 장소로 도착하였다.

느티나무의 수령은 1300년이라고 한다. 어쩌면 부산 장안사 느티나무와 수령이 엇비슷할 수 있겠다. 이 느티나무는 가운데 부분이 부러지고 몸통에서 새로운 가지가 자라 지금의 모습이 되었다. 앞에서 보면 마치 코끼리가 코를 하늘로 쭉쭉 뻗은 자세 같다. 가까운 주택에는 집이 노후화되어 흙담장이 부서지기 직전이다. 느티나무 옆의 작은 텃밭에는 호박, 고추, 가지, 부추, 방울토마토 등이 다양하게 심어져 있다. 느티나무 뒤편 언덕에는 고구마가 건강하게 자란다. 농부의 손길은 바빠 쉬지 않는다. 고구마 밭두렁에서 자라는 풀을 없애려고 제초제를 뿌린다.

••

억센 바람, 모진 모래 견디길
천년 하고 삼백 년
코끼리처럼 굵은 그 몸통에
새긴 주름마저 자애롭다

늙어도 싫지가 않고

마주 미소 짓게 한다.

사진촬영 2019. 8. 4

코끼리를 닮은 느티나무

수종 느티나무   **수령** 약 1300년

지정일자 1982. 10. 15   **수고** 17m

둘레 7.5m   **소재지** 경기도 화성시 향남읍 증거리 468

○주변 관광지: 제부도, 비봉습지 공원, 공룡알 화석산지, 궁평항

오산 궐동
은행나무

오산시 기념물 제147호(1994년 4월 20일 지정)인 '궐리사(闕里祠)'는 공자의 64세손인 공서린이 서재를 세워 후학을 지도하였던 장소이다. 공서린은 조선 중종 때의 문인으로, 기묘사화에 연루되어 투옥되었던 적이 있다. 정조가 이 장소에 사당을 짓도록 명하여 1792년(정조 16)에 '궐리사'라는 현판을 하사했다. 조선으로 이주한 공자의 후손들이 집성촌을 이루어 중국 산둥성 곡부현의 실제 지명을 붙였다고 한다.

궐리사는 조선 1871년(고종 8)에 흥선대원군의 서원철폐령에 따라 헐었다가 1894년(고종 31)에 제단을 마련하여 다시 제향을 올리기 시작하였으며, 1900년(고종 37)에 건물을 갖추어 성적도(聖蹟圖)를 모셨다고 한다. 또한 궐리사 외삼문에 '성묘'라는 편액이 걸려 있고 경내에는 공자의 영정을 모신 사당과 성적도를 모신 장각(藏閣)이 있다. 그리고 중국 산둥성 곡부현에서 1993년 7월에 기증한 '공자상'이 제일 뒤편에 설치되어 있다. 1996년에 세워진 행단(杏壇)과 양현재(養賢齋)가 위치하고 있으며, 논산시 노성면에 있는 노성 궐리사와 함께 우리나라의 2대 궐리사에 해당된다. 중종 때 공서린이 식년 문과에 급제한 후 생원, 병조참의, 좌승지에 올랐으나 기묘사화에 연루되어 투옥된 후 이곳으로 낙향하여 서재를 열고 은행나무를 심었다고 한다. 그 후 1538년(중종 33)에 조정으로 나갔으나 1541년(중종 36)에 별세하였는데 그때 은행나무도 고사하였다고 한다. 200년 뒤, 그곳에 다시

보기만 해도 힐링 되는 **나무들의 감성스토리**

은행나무가 자라 1792년(정조 16)에 정조가 해당 장소에 사당을 짓도록 명하면서
'궐리사'라는 현판을 하사하였다.

공자의 큰 가르침이
먼 길을 가다 쉬어간 자리
배움은 둥지를 틀어
자신의 길로 떠난다.

사진촬영 2019. 8. 4

수종 은행나무
수령 400년
지정일자 1982. 10. 15
수고 22m
둘레 4.8m
소재지 경기도 오산시 궐동 147 궐리사

○주변 관광지: 독산성 금암리 지석묘군
고인돌 공원 물향기 수
목원 서랑동 문화마을

느티나무

느티나무가 12그루나 있지만 보호수 간판은 없다. 전신주가 앞쪽에 있고, 영농조합법인 사무실이 옆에 있다. 염티길로 진입하여 마을로 들어서자 길 오른편에 커다란 느티나무 한 그루가 보인다. 경운기가 자리를 차지한 터에는 수령이 700년 정도인 느티나무임에도 보호받지 못하는 나무가 있다. 어쩌면 마을 진입로에 있어 통행에 방해가 된다고 싫어하지 않을까 염려된다.

바로 앞에 있는 전선줄은 느티나무가 있어 성가신 양 지나간다. 느티나무를 전신주로 삼아 전선을 매달아놓지 않은 것만으로도 고마워해야 하는 상황이 되는 것은 아닌지 모르겠다.

중간쯤 커다란 기둥 하나를 잘라냈다.
옆으로 뻗어가는 모양새의 커다란 기둥을
깔끔하게 잘라내어 나이테가 바로 보인다
그늘 밑에서 쉬고 있는 경운기는
언제든지 논밭으로 달려나갈 준비가
되어 있는 듯하다.

216

수종 느티나무
수령 약 700년
둘레 6.5m
소재지 안성시 양성면 노곡리 염티길 161−1

○주변 관광지: 안성 맞춤랜드, 미리내 성지, 고삼호수, 칠장사

보기만 해도 힐링 되는 나무들의 감성스토리

✗

평택 독곡동
향나무

'오좌빌리지' 아래에 향나무 두 그루가 특유의 곡선미를 뽐내고 있다. 몸통은 오랜 세월 탓에 비어 외과수술로 채워져 있다. 앞집에는 '오좌동길 29'라는 주소가 붙어 있다.

향나무가 두 그루 있지만 서로 수종이 달라 보인다. 하나는 잎이 황금빛깔을 띠고 있다. 두 그루가 서로의 생육을 방해하지 않으려는 듯 윗부분은 약간 떨어져 있다. 나무들의 주간에는 우물이 있다. 어쩌면 부부 향나무일까.

평택 오좌마을은 수성 최씨가 개척한 세거지인데 종가 뒤편에는 수성 최씨 6세조인 최유림의 사당이 모셔져 있다. 마을의 공동우물가에 향나무를 심어서 향나무 뿌리 덕에 우물이 정화되길 바라는 뜻이 있다고 한다. 아무리 가물어도 이곳 우물은 마르지를 않았다나.

··
오래도록 샘물을 길어주어
감사하고 감사하다
오백 년의 업(業)은
당신의 머리를 굽게 했네.

사진촬영 2019. 8. 4

수종 향나무   **수령** 450년
지정일자 1982. 10. 12   **수고** 10m
둘레 1.5m   **소재지** 경기도 평택시 독곡동 374(옛 송북동)

○주변 관광지: 한국소리터, 웃다리문화촌, 원효대사 깨달음 체험관, 송탄관광특구

경상남도

✈

양산 내원사

소나무

천성산(해발 920.1m) 자락의 내원사·신하동·성불암 계곡이 흘러내려 용연
리 내원산 산문주차장 앞에서 합류하여 양산천으로 이어진다. 산문주차장에서 내원
사 절을 향해서 오른쪽으로 이동하여 심성교 다리를 건너자마자 왼쪽에 산령각(山
靈閣)* 이 자리하고 있다. 그리고 산령각 바로 맞은편 내원사 계곡 방향에 멋진 모습
으로 가지를 드리우면서 우리를 반겨준다.

••
시원한 바람이 손짓을 하니,

몸과 마음은 심성교를 지나서 훤칠한 소나무 앞에 이르고 만다.

당신의 모습은 브로콜리(Broccoli) 같다.

그래서일까 내 마음은 치유가 된다.

부드러운 그대 모습 간직한 채

시원한 공기에 이끌려 한 발 한 발 내딛는 순간

심성교, 진산교, 금강교, 옥류교, 세진교, 여의교를 지나서

사바세계(娑婆世界)를 뒤로 한 채

◇◇◇◇
* 신라시대에 원효대사의 제자가 되겠다고 당나라에서 방문한 1천여 명의 사람들이 머무를 곳을 대사가 직접
  찾아다니던 중에 산신(山神)이 직접 마중을 나와 안내하고는 현재 산령각이 있는 자리에서 홀연히 사라졌다
  는 설화가 전해지는 곳임.

보기만 해도 힐링 되는 나무들의 감성스토리

눈이 시리도록 맑은 계곡물과 함께

억만겁(億萬劫)의 시간을 지나 내원사의 품에 안긴다.

영양제를 맞는 소나무

수종 소나무   **수령** 716년(2016년 기준)
지정일자 2000. 3. 18   **수고** 25m   **둘레** 3.1m
가치 풍치목   **소재지** 경남 양산시 하북면 용연리 1121-1

○주변 관광지: 통도사, 배내골, 홍룡폭포, 대운산 자연휴양림

양산 중부동
팽나무

양산 중부동 달동네 중앙우회로에서 북쪽으로 30여m 걸어가면 경부고속국도를 가로지르는 굴다리가 나타난다. 이곳을 지나면 바로 경북고속국도 서울방향의 양산 졸음 쉼터가 있으며, 오른편에 졸음쉼터를 두고 부산방향으로 40m 경사로를 따라 올라가면 울퉁불퉁한 모습의 팽나무가 자리하고 있다.

제당은 별도로 없지만 영험한 기운 때문인지, 당산대신(堂山大神)에 촛불을 켜서 염원을 기원하고 있다.

낮은 언덕이지만 이곳에서 바라보면 양산시가 한눈에 모두 들어오는 곳이다.

이 팽나무는 당집이 없는 당산나무로서 음력 3월 15일과 9월 15일 두 차례 제를 지내며, 제수는 술, 밥, 과일, 고기 등을 준비한다. 제관은 부정이 없는 사람을 마을회의를 통하여 선정하고 제를 지내기 위한 비용은 마을 주민들이 갹출하여 마련하고 있다.

중부동에서 그곳으로 가려고 하니 마치 보물섬을 찾아가는 기분이 든다.

그래서 그런지 길을 찾기가 쉽지는 않다.

경부고속국도를 가로지르는 굴다리를 횡단하니 내부가 어둑어둑하다.

하지만 이내 눈앞이 밝아진다.

굴다리를 지나서 남쪽으로 향하니 약한 경사도의 산길이 나타난다.

특이한 모습이 눈에 띈다. 숨은 그림을 찾는 기분이 든다.

그래서일까 팽나무의 몸통에는 다양한 모습의 형상이 보인다.

용이 상하로 마주보고 있는 모습,

고양이와 염소의 모습 등

신령스런 기분이 느껴진다.

오늘도 보호수를 찾아 깨끗하게 정리하고 있는

노인의 입가에는 안동 하회탈처럼 밝은 미소가 드리워진다.

보기만 해도 힐링 되는 나무들의 감성스토리

팽나무 아래 제단

사진촬영 2019. 7. 8

수종 팽나무 **수령** 417년(2019년 기준)
지정일자 1982. 11. 10 **수고** 22m
둘레 4.8m **가치** 당산목
소재지 경남 양산시 중부동 130-1

○주변 관광지: 젊음의 거리, 양산천, 양산타워, 효자리비

양산 북부동
느티나무

인근의 380년 된 보호수인 팽나무를 만나러 갔을 때 그곳에서 정성을 다해 기도 드리는 어르신이 있었다. 멀지 않은 곳에 820년이 된 보호수가 있다고 알려주셨다. 팽나무 보호수와 직선거리가 100m 정도 떨어진 곳에 있었다. 양산시 노인복지관 근처에 820년이 된 느티나무가 자리하고 있다. 이곳에서는 어르신들이 휴식을 취하고 있었고 바로 근처에는 간단하게 체력단련을 할 수 있는 기구들이 있다.

도심 속의 거대한 느티나무는 주위에 들어선 건물과 시설물들 때문에 나무 그 자체의 모습만 담기는 쉽지 않지만 전체적인 모습을 조망할 수는 있었다. 이 나무는 오랜 시간을 지나면서 커다란 수술과 치료를 받은 흔적을 보여주고는 있지만 전체적으로 양호한 상태로 우거진 줄기와 잎으로 그늘을 만들어준다.

어떤 사람들은 액귀를 쫓기 위해 소금을 뿌리는데 이 느티나무에서도 그런 행위를 하는지 이 거대한 느티나무의 울타리에는 소금을 뿌리지 말라는 안내문과, 당산나무임을 알려주는 안내문이 붙어 있었다. 그런데 프린트로 인쇄한 복사용지를 비닐로 한 겹 싸서 붙여놓은 안내문의 글씨가 번져 있었고 나일론 끈으로 묶어놓은 것은 보기에 좋지 않았다. 실제로 마을 주민들은 매월 정월에 이 느티나무에 제사를 지내고 있었다. 노인복지관과 붙어 있어 복지관을 이용하는 어르신들과 이 마을에 사는 어르신들의 휴식공간으로서 역할을 하고 있다.

이 느티나무가 있는 곳은 고려시대와 조선시대에는 양산읍성의 중심지로서 동헌

보기만 해도 힐링 되는 나무들의 감성스토리

과 향교가 위치하고 있었으며, 임진왜란 때는 화마에 피해를 입어 나무로서의 기력이 크게 손실되었으나 해방과 함께 신기하게도 가지에 잎사귀가 생기면서 소생하였다고 전해진다. 1960년대 초에 큰 수술을 받아 기력을 완전히 회복하였으며 지금은 위풍당당한 모습을 보여주고 있다.

800년이 넘는 느티나무는

대략 계산해도 고려시대부터 살아온

아주 나이 많은 어르신

나무는 마을을 지켜주고

주민들은 큰 나무에 감사하며

제사를 올리고 받들어 모시면서도

큰 나무가 만들어주는 그늘에서

여름 더위를 식히면서 친구처럼 지낸다

굵은 기둥은 커다란 수술을 받은 흔적이 있지만

주변의 가지들이 고르게 사방으로 뻗어

무성한 잎을 드리우고

어려움과 역경을 이겨낸 강인함을 보여주며

마을의 어르신들과 사이좋게 지내고

사람들과 같이 호흡하면서

다시 활기를 찾은 왕성한 생명력은

묵묵히 천 년을 살아갈 것이다.

사진촬영 2019. 7. 8

수종 느티나무　　　**수령** 824년(2019년 기준)

지정일자 1978. 8. 12　　　**수고** 10m

둘레 7.4m　　　**고유번호** 12-26

소재지 경남 양산시 북부동 327-4

○주변 관광지: 양산대종, 춘추공원, 양산향교

보기만 해도 힐링 되는 나무들의 감성스토리

김해 대동면
모과나무

대동면 주동리 산 중턱에 산해정(山海亭)이 자리하고 있다. 산해정에 도달하기 100여m 전에 알프스처럼 푸르름 가득한 초원이 조성되어 있다.

산해정을 가기 전에 알프스의 푸른 초원이 펼쳐져 있다. 바로 이곳에 사티 아라마(SATI ARAMA)를 실천하기 위하여 물라 상하(MULA SANGHA)의 국제선원이자 수행도량을 위한 공동체 마을이 형성되어 있고, 그곳에 보호수로 지정된 균형미 잡힌 모과나무가 있는데, 혜향선원(慧香禪院)이 소유자이다. 이 나무는 원래 돗대산 골짜기 절 경내에 있었는데, 1959년 한반도를 강타한 태풍 '사라호'로 인해 산사태가 발생하여 계곡 아래로 쓸려 내려오게 되자 현재의 위치로 옮기게 되었다고 한다.

뒤로는 돗대산 자락이 병풍처럼 에워싸고 있다.
왼쪽으로는 서낙동강의 지선이 흐르고
중앙에는 중앙고속국도의 지선이 가로지르며
오른쪽에도 개울이 흐르고 있다.
그래서일까 모과나무는 좌우 균형미를 갖추고 있다.
모과나무를 배경으로 옥(玉)처럼 맑은 하늘이 펼쳐진다.
오늘은 인기척이 전혀 없다.
. . . . . .

그 이유를 산해정에서 찾아야 할까?

수종 모과나무　　　　**수령** 340년(2018년 기준)
지정일자 2000. 6. 26　　**수고** 25m
둘레 4.8m　　　　　　**가치** 당산목
소재지 경남 김해시 대동면 대동로 209번안길 98(주동리 원동마을)
ㅇ주변 관광지: 백두산, 김해 예안리 고분군, 고암 도자기 갤러리

보기만 해도 힐링 되는 나무들의 감성스토리

김해 천곡리

이팝나무

주촌면 천곡 마을회관 옆에 있다. 이 마을 주민들은 이팝나무 잎이 만개하는 초여름의 5월 8일쯤에 '천곡이팝나무제'라고 하는 동제(洞祭)를 지낸다. 동제를 맡은 어르신은 그 집에 흉사가 없어야 하고 아들과 딸이 모두 있어야 된다고 한다. 봄이 지나고 여름이 오는 길목에서 이팝나무는 하얀 꽃을 피운다. 이곳 천곡마을의 이팝나무는 다른 나무들보다 꽃이 조금 일찍 피는데 그것은 양지에 있어 햇빛을 더 많이 오래 받아서 그렇다고 한다. 우리나라 이팝나무 중에서 가장 큰 규모이고 오래되었기에 천연기념물로 지정된 것이다. 거대한 나무는 주민들이 농사짓는데 길잡이 역할도 하여 이팝나무 꽃이 질 때쯤이면 모내기를 시작한다.

김해시에서 문화재청에 이팝나무 주변의 지속적인 환경개선사업 요청으로 4억 원 이상의 예산을 확보하여 2008년에는 마을회관과 인근 농협창고 등을 매입하였고, 2009년에는 새로운 마을회관을 신축하였다. 마을회관은 청년회, 부녀회 사무실과 노인정을 겸하고 있으며 지역주민들의 모임장소와 쉼터로서의 기능을 하고 있다. 여름에는 '무더위쉼터'로 인근의 이팝나무 그늘과 마을회관에서 더위를 피할 수 있게 되었다. 재난이 발생했을 때는 '임시주거시설'로 지정되어 있다. 2010년에는 천곡마을 주민일동의 이름으로 이팝나무 아래 제단을 만들었다.

샘 천(泉), 마을 곡(谷)자(字)를 쓰는 천곡마을은 예전에는 '샘실마을'이라 불렸다고 한다. 언덕 위에서 마을을 굽어보며 지키고 있는 모습이다. 몇 개의 가지들은

보기만 해도 힐링 되는 나무들의 감성스토리

잘리어 수술받은 흔적이 있고 커다란 버팀목으로 무거운 줄기들을 받쳐놓고 있다.

배고프던 보릿고개 시절
쌀밥 같은 하얀 꽃이 만개하면
모내기를 하러 나선다
이제 농사를 시작하면 올가을에는
하얀 쌀밥을 먹을 수 있다는
즐거운 소망과 기다림으로
샘실마을이라는
마을이름처럼 활기가 솟아오른다.

반세기를 지나면서 마을을 지켜온
큰 나무는 마을을 굽어보면서
무슨 일이 있는지를 살펴보는 듯하다
이른 여름 하얀 꽃이 핀 나무는
길지 않은 기간 동안
사람들에게 꿈을 꾸듯 아름답고
멋진 풍경을 보여주는데
짧은 황홀함을 보기 위해
일 년의 시간을 기다리고 기다린다.

수종 이팝나무   **수령** 500년
수고 17m   **둘레** 6.9m
소재지 경남 김해시 주촌면 천곡리 885

○주변 관광지: 양동저수지, 옥천소류지, 양동리 고분군

밀양 활성동 금시당

은행나무

경상남도 문화재자료 제228호로 지정되어 있는 금시당(今是堂)과 백곡재(栢谷齋)가 밀양강변 언덕에 자리하고 있다. 멀리 영남루가 한눈에 들어온다. 주변의 자연환경과 전혀 어색하지 않게 잘 어울리는 것이 너무나도 당연하다.

이곳은 밀양에 소재한 여주이씨 가문의 대표적인 유적의 하나로 뜰에는 금시당 선생이 직접 심었다고 하는 450년 수령의 은행나무가 그 위용을 더하고 있다. 금시당은 이광진 선생이 귀향한 뒤에 도연명(陶淵明)의 절개를 흠모하여 그의 귀거래사(歸去來辭)에 있는 '각금시이작비(覺今是而昨非)'라는 글에서 '금시' 글자를 따온 것이다.

금시당 선생께서 단양도호부사를 끝으로
이곳 밀양강변에 터를 잡고 도연명을 생각하며
은행나무 한 그루를 직접 심어 애지중지 키우시면서
유유자적 흐르는 밀양강에 근심을 떨쳐버리고
영남루와 하나가 되어 밀양의 큰 배움을 이끄시니
옳은 방향을 찾아서
오늘도 바로 옆 국궁장에서 활시위가 당겨진다.
금시당 선생의 어질고 곧은 마음처럼……

수종 은행나무　　　　**수령** 450년(1982년 기준)
지정일자 1982. 11. 10　　**수고** 22m
둘레 5.1m　　　　　　　**가치** 정자목
소재지 경남 밀양시 활성동 582-1

○주변 관광지: 영남루, 시례호박소, 표충사, 월연정, 얼음골

사진촬영 2019. 7. 8

✈

밀양 단장면 범도리
느티나무

이번에 찾아간 보호수는 잘 알려진 보호수가 아니다. 밀양 단장면은 대추로 잘 알려진 곳이다. 가을이면 밀양대추축제가 단장면 일대에서 매년 개최된다. 이 느티나무의 주변에서도 대추농사를 많이 짓고 있다. 검은 돌로 보호수라는 안내석을 만들어놓았지만 풀이 많이 자라나 안내석을 덮고 있었다. 큰 느티나무 옆에는 검은 천막이 덮고 있는 농사용 비닐하우스처럼 생긴 구조물이 있었다. 이런 곳에 떡 버티고 있는 거목만을 보기 위해 사람들이 발길을 하지는 않을 것 같았다. 보호수와 주변의 볼거리들을 의미 있게 연결하여 사람들이 찾을 수 있도록 관심을 가져야 할 때가 된 듯하다. 나무 밑에는 들마루가 하나 있었는데 동네 주민들이나 지나가는 사람들이 와서 쉴 수 있도록 만들어놓은 것처럼 보였으나 지저분하고 비닐과 생활 쓰레기가 같이 뒹굴고 있었다.

표충사로 가는 표지판이 보호수 옆에 크게 세워져 있다. 표충사는 임진왜란 때 나라를 구하는 데 크게 활약한 서산대사, 사명대사, 기허대사의 영정을 모시고 있다. 보호수 옆으로 시전천이 흐르고 있어 충분한 수분으로 인해 잡풀들이 무성하게 자라고 있었다. 보호수로 지정만 하고 관리하지 않는 현실을 그대로 보여주는 것처럼 한편으로 아쉬움이 컸다.

뜰 범(泛), 노 도(棹)자를 쓰는 범도리는 마을 앞에 호수처럼 생긴 깊은 소(沼)가 있어 동네 지형이 물 위에 떠 있는 배처럼 생겼다고 하여 붙여진 지명이라고 한다.

보기만 해도 힐링 되는 나무들의 감성스토리

계곡이 있고 물이 흐르고

300년이 넘은 커다란 느티나무가 있는데

사람들은 무심하게 지나치고

잡풀만이 무성하게 자라고 있구나

지나가는 길에 덩치 큰 나무가

있는 것을 눈길이나 한 번 주었는가

수백 년을 사는 나무들은

세상이 뭐라고 하던 신경쓰지 않고

무성한 잎들을 만들어내고 있지 않은가

옆에 흐르는 개울물이 있어 심심하지 않고

인근에 주렁주렁 열리는 대추를

사랑스럽게 바라볼 뿐인 것을

241

수종 느티나무   **수령** 300년

지정일자 1982. 11. 10   **수고** 16m   **둘레** 4m

지정번호 12-13-8   **소재지** 경남 밀양시 단장면 범도리 694-2

○주변 관광지: 단장숲유원지, 밀양호, 재약산 사자평 억새밭

밀양 단장면 사연리
느티나무

단장면에서 가장 오래된 보호수가 사연리의 360년 된 느티나무이고, 두 번째가 범도리의 300년 된 느티나무이다. 사전에 조사한 바로 사연리 산15번지에 위치하고 있어, 산 위에 있는 것이 아닌가 생각했는데 지방도인 표충로 도로상에 자리 잡고 있었다. 먼저 범도리의 느티나무를 살펴보고, 천천히 돌아가는 길에 보호수 안내석과 함께 커다란 나무가 길 옆에 있었다.

느티나무는 중앙의 큰 줄기에 수술받은 흔적이 남아 있었고, 커다란 가지가 잘리고 지지대로 받쳐놓으면서 생존할 수 있는 최소한의 조치는 한 것으로 보였다. 그러나 나무 밑동에는 나무로 된 쓰레기가 방치되어 있었고, 차로 이동하면서 한 번 보고 지나치는 보호수가 되고 있었다.

모래 사(沙), 연못 연(淵)자를 써서 사연리가 마을 이름이 되었는데, 재약천과 고사천의 물이 범도리에서 합류하여 흘러내리면서 모래가 쌓이고, 물이 부딪쳐 흐르는 곳에는 연못이 만들어져, 많고 아름다운 모래와 연못이 있다고 하여 그렇게 된 것이다. 후일 이 마을에 입촌한 선비들이 공자가 태어나고 제자를 가르친 곳이 사수(泗水)임을 상기하여 이 마을의 이름을 사연리(泗淵里)로 표기하였다고 한다.

앞으로는 맑은 모래와 냇물이 흐르고

뒤로는 백마산 자락이 보이는 마을

아침이면 밀양댐에서 내려오는

하얀 안개가 마을을 뒤덮는다

느티나무는 상처의 흔적을 딛고

도로 중앙에 떠억 버티고 서서

마을 사람들뿐만 아니라 이곳을 지나는

많은 나그네들의 안녕과 행복을 빌어준다

범도리 느티나무와 2㎞ 정도 떨어져

오고 가는 사람들의 소식을

서로 전하면서 함께 마을을 살펴준다

사랑받지 않아도 개의치 않는다

오로지 사랑은 주는 것이라는 것을 아는

지혜로운 느티나무는

더욱 아름답다.

사진촬영 2019. 7. 8

보기만 해도 힐링 되는 나무들의 감성스토리

수종 느티나무   **수령** 360년

지정일자 1982. 11. 10   **수고** 14m

둘레 6m   **지정번호** 12-13-7

소재지 경남 밀양시 단장면 사연리 산15

○주변 관광지: 반계정, 사연천

✈

창녕 영산면 성내리

팽나무

보호수 탐방 이틀째이다. 아침 7시에 부산에서 출발하였다. 고속도로로 한 시간 정도 달려 영산면 성내리에 도착하였다. 보호수 옆에 영산 읍성지 안내판이 있다. 읍성은 도시 전체에 성벽을 쌓아서 관청과 민가를 보호한다. 영산은 고려 말부터 낙동강을 거슬러 온 왜구로부터 많은 침략을 받았던 곳이다. 읍성의 둘레 중 현재는 260m만 남아 있다. 성내리는 성안에 있는 마을이라는 의미일 것이다.

이 팽나무에서는 강아지 모양, 뱀 모양을 기둥에서 찾을 수 있다. 큰 줄기가 변형되어 자라면서 돌기나 혹처럼 생긴 것들이 생겨났고 이런 것들이 보는 각도에 따라 다양한 동물들의 모습을 보여주고 있다. 기어가는 강아지의 모습, 도마뱀의 모습, 곰의 모습, 돼지의 모습 등 땅 위로 나온 뿌리와 돌출되어 나온 줄기는 여러 가지 형상을 보여주고 있다.

커다란 보호수 아래는 공터가 있어서 차량들이 주차하기 좋은 장소가 된다. 보호수를 촬영한 사진들 중에는 보호수 아래 주차한 많은 차량이 보인다. 이 팽나무 밑에도 차량이 주차되어 있어 차량 주인에게 간곡히 부탁하여 차가 이동한 후에 다시 보호수를 촬영하였다. 팽나무 아래는 제사를 올릴 수 있는 대리석으로 만든 사각형의 제단이 놓여 있었다. 비교적 최근에 이 보호수 주변의 건물들을 없애고 대리석 제단도 새롭게 만들어놓은 것처럼 보였다.

보기만 해도 힐링 되는 나무들의 감성스토리

오랜 시간을 살다 보니

팽나무 줄기와 뿌리가

돌연변이를 일으켜서

여러 가지 동물들의 형상을 만들어냈다

강아지, 뱀, 곰, 돼지, 도마뱀 등

여기에서 보면 강아지가 되었다가

저쪽에서 보면 곰으로 변해서

갑자기 나무 기둥에서 튀어나올 듯하다

600년이 넘은 커다란 팽나무는

무성한 잎으로 만든 넓은 그늘 속에

자동차도 쉬게 해준다

나무의 그림자 속에 한참 동안 있으면

자동차도 시원해진다

큰 나무는 혼자 사는 것이 아니라

사람도 품고 자동차도 품고

마을을 품고 더불어 살아간다.

사진촬영 2019. 7. 9

수종 팽나무   **수령** 600년
지정일자 1982. 11. 10   **수고** 20m
둘레 6.2m   **지정번호** 12-12-9
소재지 경남 창녕군 영산면 성내리 468-3

○주변 관광지: 우포늪, 화왕산, 부곡온천, 교통과 송천동 고분군

✈

창녕 연당리
느티나무

'성곡 오색 별빛마을'이라는 브랜드로 '성곡 친환경 정보화마을사업'이 추진되면
서 다목적 커뮤니티센터가 조성되었다. 이곳에는 한국 아마추어천문학회 경남지부
와 자매결연이 체결되어 있는데, 하늘을 벗 삼아 지붕 위에는 천문관측 장비가 설치
되어 있다. 주방은 물론 오색 별빛 관측이 가능한 망원경을 통하여 달과 토성을 관측
할 수 있다. 은하수방은 15명이 사용할 수 있으며, 다른 방은 5명을 수용할 수 있는
구조로 5개가 마련되어 있다. 주관측실에는 '1400HD Edge OTA(GE Pro Mount)'
관측장비가 구비되어 있으며, 평일 오전 9시부터 오후 6시까지 이용할 수 있다. 조
선시대 선조임금 때 창녕 현감 한강(寒岡) 정구(鄭逑)가 이곳에 나무를 심으면서 그
의 호에서 '한(寒)'과 성명의 '정(鄭)'자를 합하여 '한정지'라고 이름 지어졌다고 한다.

● ●
400년의 세월이 흘러서
이곳 느티나무 아랫부분에
엄지와 곤지 손가락이 집게 모양을 연출하고 있다.
그 왼쪽에는 지구본 모습이 나타난다.
그래서 이곳에 천문관측 망원경이 있는 것일까?
오색빛 찬란한 은하수가 밤하늘의 빛을 더하면서
느티나무 가지에 주렁주렁 매달린다.

밤하늘 별빛이 창녕 하늘에서 더욱 돋보인다.
전국 각지에서 모여든 방문객들의 눈에
밤하늘 별빛이 폭포수처럼 내려앉을 무렵
느티나무 잎마다 밤하늘이 수를 놓는다.
그래서일까 느티나무 근처에 살고 있는
아주머니의 눈빛에도 행복이 묻어난다.

사진촬영 2019. 7. 9

수종 느티나무　　　**수령** 400년(1995년 기준)
지정일자 1995. 8. 25　　**수고** 20m
고유번호 12-12-13　　**둘레** 5.1m
가치 정자목　　　　　**소재지** 경남 창녕군 성산면 연당리 228

○주변 관광지: 안심계곡, 경남 부용정, 월곡저수지

✈

합천 야로면 하빈리
왕버드나무

합천 야로면 하빈리에 들어간다. 마을 중간에 거대한 왕버드나무가 있다. 여기 있는 나무 그늘에도 주차하기 안성맞춤이다. 차 주인에게 전화하여 주차 이동해 줄 것을 정중하게 부탁하니 기꺼이 차를 옮겨주었다. 보호수 아래에는 하빈마을을 알리는 석재로 된 입간판이 넘어진 채로 뒹굴고 있었다. 나무 밑동에는 막걸리 세 병이 가지런히 놓여 있었다. 나무에게 무엇인가를 기원하는 것 같기도 하고 더운 여름날 목마를 것을 염려하여 막걸리를 나무에게 주는 것 같기도 하였는데 어쨌든 소박한 마음이었을 것이라고 추측이 된다. 치성을 드리는 것도 먹을 것을 드리는 것도 별스럽지 않게 막걸리를 정성스럽게 갖다놓았을 것이다.

몇 개의 큰 가지들을 지탱하기 위해 철제 받침대를 받쳐놓았다. 워낙 큰 나무들이라 마을을 지나는 전기선들이 보호수 위로 또는 옆으로 지나가는 모습을 여기저기서 볼 수 있었는데 이곳 하빈마을의 경우도 비슷하게 전깃줄이 보호수 주위를 지나간다.

보호수 아래 콘크리트로 된 벤치가 놓여 있었고, 나무로 된 마루가 있었는데 오랫동안 사용하지 않은 듯하였다. 또한 바로 옆에는 농사용인지 공사용인지 재료들이 수북하게 쌓여 있었고 검은 비닐로 덮여 있었다. 보호수는 그 그늘 아래 많은 공간을 만들어주기에 휴식공간, 주차공간, 물건들의 적재장소 등으로 다양하게 사용되고 있었다.

근처에서 여러 어르신들이 담소를 나누고 있었다. 보호수에 대해 간략하게 여쭤보니 일 년에 한 번 정도 경상남도에서 공무원들이 나와서 나무를 점검하고 필요한 조치를 하고 간다는 것이다.

팔이 무거워졌는지
철제 받침대가 지탱하고 있고
웅장한 모습을 보이지만
발 밑에는 마을 표지석이 쓰러져 있다

누군가는 더운 날씨에
목이라도 축이라고 하는 건지
나무 밑동에 막걸리 세 병을 갖다놓았다
소박한 마음이 느껴진다
저렇게 커다란 나무가
막걸리를 마신다면
한 트럭은 마셔야 할 것이다.

수종 왕버들   **수령** 220년

지정일자 1982. 11. 10   **수고** 26m

둘레 5.4m   **고유번호** 12-27-5-16-1

소재지 경남 합천군 야로면 하빈리 438-2

○주변 관광지: 해인사, 홍류동계곡, 함벽루, 황계폭포

합천 야로면 하림리
느티나무

경남 합천군 야로면 하림리 753번지에 수령 450년의 느티나무가 우람한 자태를 뽐내고 있다. 이 느티나무는 가남정(伽南亭) 앞에 있는데, 이곳은 일명 사우정(四友亭)이라고도 부르는 재사(齋舍)이다. 임진왜란 때 종군하여 현격한 공을 세운 정인기(鄭仁耆)와 인함(仁涵), 인휘(仁徽), 인지(仁止) 등의 서산 정씨 4형제를 추모하고 배향하는 장소이다. 이들 사형제는 종형인 의병대장 정인홍(鄭仁弘) 휘하에서 의병활동을 하였다. 특히 인함은 중앙과 지방의 관직을 두루 역임하였고, 사후에는 이조판서를 추증받았다. 사형제는 영조 14년에 우계리(牛溪里)에 세워진 세덕사(世德祠)에 시조와 함께 배향되었고, 세덕사는 철종 13년에 운계서원(雲溪書院)으로 승격되었다. 이후 대원군의 서원 철폐령에 따라 폐지된다. 그 후 1919년에 다시 가남정을 세워서 지금에 이르고 있다. 재사 옆에는 금월헌(禁月軒)이라는 정인함의 신도비(神道碑)가 있으며, 홍류동(紅流洞) 계곡에서 흘러내려 이곳 용머리 모양의 야천(倻川)을 휘감아 돌고 있는 형국이다. 이곳에는 정인함이 직접 심었다고 하는 느티나무가 버젓이 자리하고 있다.

우리가 이곳을 방문하였을 때, 정인함의 후손께서 가남정에 대하여 자세한 설명을 해주었다. 그 후 가남정 맞은편 '일광산방(日光山房)'의 주인장이신 김해 김씨 어르신께서 주변의 풍수와 지세에 대하여 자세한 설명을 해주셨다.

어르신께서는 밭에 원두막을 지어놓았는데, 그 명칭이 일광산방이다.

원두막 오른쪽의 나지막한 산이 바로 남산봉이다. 남산봉의 끝부분은 야천과 맞닿아 있는데, 그 모습은 용이 물을 마시는 모습과 흡사하다고 한다.

형제 우애가 돈독하다 못해 나라를 구하니

그 뜻을 기리려고 이조판서를 추증한다.

삼일봉, 시루봉, 북두봉, 미승산, 백학산이 한눈으로 들어오고

가남정을 향하여 용(龍)이 물을 마시고 있구나.

사진촬영 2019. 7. 9

수종 느티나무   **수령** 450년(2000년 기준)
지정일자 2000. 3. 16   **수고** 20m   **둘레** 5.6m
가치 마을나무   **소재지** 경남 합천군 야로면 하림리 753
○주변 관광지: 가남정, 가야천, 시루봉

보기만 해도 힐링 되는 나무들의 감성스토리

✈

합천 가야면 사촌리

소나무

가야면 사촌리의 '매화산로'라고 하는 한 개 차선의 한적한 도로를 따라 들어가면 키가 큰 소나무 한 그루가 보인다. 소나무는 한쪽에서 보면 30도 정도의 각도로 기울어져 있다. 이 보호수와 약 20~30미터 떨어진 곳에 소나무들이 집단으로 서식하고 있었으며 그곳에 정자가 만들어져 있었다.

주변에 보호수임을 알려주는 대리석으로 만든 표지석이 없었다면 이 소나무가 보호수인지 알아볼 수 없을 정도로 관리가 안 되고 있었다. 소나무 밑동부분에는 풀이 많이 자라고 있었고, 대형 롤링빵처럼 생긴 대형 볏짚 3개가 비닐에 싸인 채 보호수 밑에 놓여 있었다. 누군가가 잠시 보관 중일 거라 생각하지만 멀리서 보면 비닐쓰레기처럼 보였다. 보호수 중에는 지형적으로 한적한 곳에 위치하거나 산속에 있는 것도 많은데 보호수로 지정되어 이름만 올렸을 뿐 관리되지 않는 경우가 많은 것으로 보인다.

이 보호수로부터 약 2km 떨어진 인근에는 대장경 테마파크가 있다. 2019년 4월에 한국관광공사에서 추진하는 '강소형 잠재관광지 발굴·육성 사업'에 경남 지역 사업대상지로 합천군의 '대장경 테마파크'가 선정되었다.

멋쩍게 서 있는 키 큰 소나무 한 그루

주위에는 친구들이 옹기종기 모여 있고

큰 소나무여서 대장노릇을 하는 건지

다른 나무들로부터 왕따를 당하는 건지

이름표를 붙여준 소나무보다

이름 없는 나무들이 더 관심을 받기도 한다

혼자 떨어져 있어서 외로웠던 것일까

고개를 쑥 내밀고 지내다 보니

온몸이 한쪽으로 기울어졌나 보다.

사진촬영 2019. 7. 9

수종 소나무　　　　　　**수령** 250년　　　　　　**지정일자** 2007. 10. 5

수고 25m　　　　　　　**둘레** 3m　　　　　　　**고유번호** 12-07-28

관리자 주민　　　　　　**소재지** 경남 합천군 가야면 사촌리 860-2

○주변 관광지: 대장경 테마파크, 해인사 소리길, 가야산 국립공원

보기만 해도 힐링 되는 나무들의 감성스토리

거창 남상면 연수사

은행나무

연수사는 거창군 남상면 무촌리 감악산(951m) 기슭에 있는 절로서 대한불교 조계종 제12교구 본사인 해인사의 말사이다. 신라 애장왕(재위: 788~809년) 3년 (802)에 감악조사(紺岳組師)가 현 사찰의 남쪽에 절을 세우려 하였으나, 다듬어놓은 서까래로 쓰일 재목인 큰 통나무가 밤 사이에 없어져 다음 날 찾아보니 현 사찰 대웅전 자리에서 발견되자, 현재의 사찰에 건립하였다고 전한다. 그 후 조선 숙종 때 벽암선사(碧巖禪師: 1575~1660)가 사찰을 중수하였고, 십여 사원을 지어 불도를 크게 일으킨 절이라고 한다. 이 절은 신라 헌강왕(재위: 857~886)이 이곳의 샘물을 마시고 중풍을 고쳤다는 이야기가 전해지고 있다.

거창군 가조면에 있는 고견사(古見寺)와 함께 의미 있는 사찰로 알려지고 있으나 자세한 연혁은 전해지지 않고 있다. 1991년에 혜일(慧一)이 대웅전을 개축하여 오늘에 이르고 있으며, 건물은 대웅전, 종각, 세석산방(洗石山房) 등이 있다. 특별한 유물은 전해지지 않고 있다. 절의 일주문 현판에 '감악산연수사(紺岳山演水寺)'로 되어 있다. 일주문 바로 왼쪽에 600년 수령의 은행나무가 우뚝 솟아 있다. 고려시대에 한 여인이 왕손에게 시집을 갔다가 남편을 일찍 여의고 유복자를 낳았다. 여인은 이 절에서 승려가 되어 남편의 명복을 빌었다. 10년이 지난 어느 날 한 노승이 아들을 속세로 데려가 공부를 시키겠다고 하였다. 그러자 모자(母子)는 이별을 아쉬워하면서 훗날을 기원(祈願)하기 위해 아들은 전나무를, 어머니는 은행나무를 연수사 대웅전 앞뜰에 심었다고 한다. 그런데 전나무는 1980년경 강풍으로 부러져 없어졌고, 은행나무(수나무)만 저렇게 자리하고 있다. 무촌리*에 400년 수령의 은행나무(암나무)가 있다고 한다.

비구니인 어머니가 아들을 속세로 보내면서
훗날을 기원하며 나무를 심었다.
어머니는 은행나무를, 아들은 전나무를 심었는데
600여 년의 세월이 흘러 전나무가 태풍으로 없어졌다.
아마도 어머니를 따라 입적을 하였겠지.

수종 은행나무
수령 600년(1993년 기준)
지정일자 1993. 1. 8
수고 38m
둘레 7m
가치 경남기념물 제124호
소재지 경남 거창군 남상면 무촌리 38(연수사)

○주변 관광지: 거창사과테마파크, 황산전통한옥마을, 월성계곡, 수승대

◇◇◇◇
＊ 이 은행나무는 경상남도 기념물 제198호로 지정(1997. 12. 31)되어 있는데, 조선시대에 심어진 것으로 400년 수령으로 추정되며, 무촌회관에 위치하고 있다.

보기만 해도 힐링 되는 나무들의 감성스토리

연수사 대웅전(바로 위 사진)

사진촬영 2019. 7. 9

✈

거창 마리면 서편마을

소나무

보호수를 찾아 위천면으로 이동하는 중 도로 옆의 언덕에 범상치 않은 나무 한 그루가 눈에 띄었다. 전국적으로 보호수를 찾아 나서는 길이다. 각 지역마다 잘 관리되고 있는 보호수도 있고, 그렇지 못한 보호수도 있다. 미리 자료 검색을 통해 특이성을 갖거나 이동경로상 적절한 곳에 있는 보호수를 찾아 선정하고 이런 보호수를 중심으로 이야기를 엮어나갈 계획으로 보호수를 보고 느끼고 감성을 불어넣는 과정을 진행하고 있는 중이다.

계획대로 정한 보호수를 찾아 이야기를 풀어내는 방법도 좋다. 또한 길 가다가 좋은 보호수와 마주치게 되면 즉흥적일 수도 있지만 느끼는 대로의 감정을 담아보는 것도 괜찮을 것이다. 먼저 부산 지역의 보호수에 대해서 감성적으로 접근한 경험이 있어서, 이번에는 공간을 확대하여 대한민국 전국을 배경으로 보호수에 대한 접근을 시도하고 있는 것이다.

500년이 넘은 소나무지만 키가 크지 않고 마치 분재 같은 아담한 모습을 보여주고 있다. 줄기 상단부를 철제 지지대로 받쳐주고 있다. 이것은 상단부에서 가지가 왕성하게 뻗어 나와 한쪽으로 왕성하게 성장하고 있어 제 무게를 이기지 못해 가지가 부러지는 것을 방지하기 위해 나무 윗부분의 줄기를 받치고 있는 모양새다. 두 개의 커다란 줄기가 있는데 하나는 잘려 나가 고사한 상태가 되었다. 바로 옆에 느티나무와 여러 그루의 나무들이 있었고 그 그늘에 정자가 만들어져 자리하고 있었으며, 마침 저녁때가 되어가는 오후 6시 전후의 시간이라 마을 어르신들이 모여서 간단하게 음식을 먹으며 담소를 나누고 있었다. 인사를 하고 보호수 사진을 촬영하러 왔다고 말씀드리자 식사를 같이하자고 한다. 아직도 시골의 인심은 사람 사는 곳임을 느끼게 해준다.

이 소나무를 여러 각도에서 보면 나무줄기가 튀어나오거나 들어간 부분이 잘 어우러져 개구리나 부엉이처럼 보이기도 한다. 소나무 앞에는 커다랗게 물레방아처럼 생긴 원형으로 만든 돌이 둥그런 자릿돌 위에 세로로 놓여 있고 철근을 세워 지탱하고 있다.

번개팅을 하는 것처럼 갑자기 만난 소나무
한번에 확 끌리는 것은 나이는 많은데
단아하게 자란 분재 같은 아담한 모습
속이 활활 타오르는 붉은 적송
혹시 정신연령은 청춘이 아닐까

줄기가 뿌리가 되어 줄기를 감싸고
자라다 멈춘 가지들은 부엉이처럼 생겼다
반세기가 넘게 소나무가 지키고 있는
서편마을 이웃들의 인심도 좋아
길 가던 나그네에게도 식사를 권한다.

사진촬영 2019. 7. 9

수종 소나무   **수령** 530년
지정일자 2000. 3. 18   **수고** 11m
둘레 3m   **고유번호** 12-00-35
관리자 서편마을   **소재지** 경남 거창군 마리면 대동리 304

○주변 관광지: 장풍숲, 용원정, 바래기재

보기만 해도 힐링 되는 나무들의 감성스토리

✈

산청 단성면 입석리

은행나무

산청군 단성면 입석리로 가기 위하여 진주에서 산청IC를 빠져나간 후 남사예담촌을 경유하여 호남로(영암사) 방향으로 가려고 하니 '산청이갑열 미술관 9㎞, 웅석봉 군립공원 15㎞, 어천계곡 12㎞, 다속사지 7㎢' 등의 이정표가 우리를 맞이한다. 그리고 조금 더 이동하니 입석 2㎞라는 도로 안내판이 눈에 띈다. 조금 지나서 우회전을 하니 자연석에 '문을마을'이 각인된 마을 표지석이 등장한다.

마을을 가로지는 도로를 사이에 두고 적송(赤松) 3그루가 각각 위병소 근위병처럼 멋진 모습을 뽐내고 있다. 마을 표지석 오른쪽으로 50여m쯤 걸어가니 웅장한 은행나무 한 그루가 반가운 듯 가지를 드리운다.

은행나무 뒤쪽에서 바라보니 가운데 부분이 썩어서 외과수술을 받은 흔적이 보인다. 지금은 몸통이 모두 채워져서 매우 안정감을 준다.

은행나무 바로 아래에 직사각형 모양의 마을정자가 있으며, 은행나무 바로 아래에는 다소 많은 어린 은행나무들이 어른 은행나무를 닮기 위하여 혼신의 힘을 다하며 자라고 있다. 이 은행나무에서 50여m 정도 떨어진 동네에는 수은행나무가 있다. 350년 수령치고는 모습이 너무 풍성하고 우람하여 수령이 약 500년은 된 것 같은 느낌이다.

가까운 곳에 멋진 호위병을 두었으니

적송 가족 6형제

맞은편 동네에는 천생연분을 두었으니

수은행나무

아래에는 수많은 은행나무가 있으니

미래의 후손들……

사진촬영 2019. 7. 16

수종 은행나무   **수령** 350년(1982년 기준)
지정일자 1982. 11. 10   **수고** 30m
둘레 9m   **가치** 정자목
소재지 경남 산청군 단성면 입석리 274

○주변 관광지: 지리산 천왕봉, 황매산, 구형왕릉, 남사예담촌

보기만 해도 힐링 되는 나무들의 감성스토리

경상남도

함양 안의면 내동마을

느티나무

경남 함양군 안의면의 용추계곡을 향해서 가면 특이한 모습의 비석이 눈에 띈다. 심원정으로 가는 도중에 비석 바깥에 철망으로 보호하고 있는 것이 정말로 특이하게 느껴졌다. 철망 속에 있는 비(碑)는 열녀비(烈女碑)라고 한다. 열녀비를 지나서 조금 더 이동하니 내동경로당이 눈에 들어온다. 바로 그 앞에서 느티나무 한 그루가 우리를 제일 먼저 반겨준다.

내동마을 왼쪽으로는 거망산(1,184m)이, 오른쪽으로는 기백산(1,330.8m)이 병풍처럼 멀리서 마을을 감싸 안은 형상을 하고 있다. 그리고 용추폭포에서 흘러내린 물이 내동마을로 이어진다고 하니, 심산유곡(深山幽谷)의 깨끗한 물이 이 마을로 흘러내려 오는 것 같다.

용추계곡 맑은 물이 흘러내려 내동마을로 이어지니
주민들은 백옥처럼 맑은 기운 듬뿍 담아서
오가는 사람들에게 그냥 인심을 베푼다.
내동마을 경로당에는 더운 날씨 때문인지
인기척이 느껴지지 않는다.
농촌마을에서는 젊은이를 만나기가
한강물 속에서 동전 찾기보다 더 어렵게 느껴진다.

보기만 해도 힐링 되는 나무들의 감성스토리

수종 느티나무　　**수령** 400년(2006년 기준)
지정일자 2006. 4. 15　　**수고** 15m
둘레 4.2m　　**가치** 마을나무
소재지 경남 함양군 안의면 하원리 1122-1

○주변 관광지: 칠선계곡, 용추계곡, 거연정, 용유담

함양 함양읍 학사루
느티나무

이곳 함양 학사루(學士樓)로 말할 것 같으면, 통일신라시대에 함양태수를 지냈던 최치원이 이 누각에 자주 올라 시를 지었다고 한다. 학사루 느티나무는 조선 전기 훈구파에 대항한 사림파의 영수인 점필재(佔畢齋) 김종직(金宗直)이 함양 현감으로 부임하였을 때 함양객사 내부에 있는 학사루 앞에 이 느티나무를 심었다고 전한다.

숙종 18년(1692)에 중건하고 1979년에 함양군청 앞으로 옮겨졌다고 한다. 김종직이 함양현감으로 있을 때 어린 아들을 병으로 잃었는데, 아들의 아호는 목아(木兒)였다. 아들의 짧은 생을 기리면서 이 나무를 심었다고 하는데, 500년이 넘는 세월 동안 굳건히 자리를 지키면서 함양군민들로부터 사랑받고 있으며, 함양군을 지켜주는 수호신과 같은 나무이다.

또한 함양초등학교에는 학사루 느티나무를 마주보고 150년 수령의 **빼어난** 미모를 자랑하는 소나무도 보호수로 지정되어 있다.

최치원 선생이 즐겨 이용하였던 학사루 뜰에
영남 사림파의 거목인 점필재 김종직 현감이
아들에 대한 애달픈 마음을 느티나무로 대신하여
아련한 마음이 승화하여 함양을 보호하니
함양군의 자랑이요

보기만 해도 힐링 되는 나무들의 감성스토리

함양의 수호신이다.

사진촬영 2019. 7. 8

수종 국가지정문화재 천연기념물 제407호
수령 500년(1999년 기준)
지정일자 1999. 4. 6 　　　**수고** 22m
둘레 7.25m 　　　　　　　**가치** 마을나무
소재지 경남 함양군 함양읍 운림리 27-1번지
　○주변 관광지: 칠선계곡, 용추계곡, 거연정, 용유담

보기만 해도 힐링 되는 나무들의 감성스토리

하동 화개면 범왕리
푸조나무

전남 구례에서 화개방향으로 내려왔는데, 오른쪽에는 섬진강이 유유히 흐른다. 지방국도가 2차선이지만 짙은 녹음 탓에 어둑어둑하다.

화개장터에서 쌍계사를 경유하여 의신마을로 향하였다. 정감록에서 이상향이라고 소개하는 장소가 이곳 의신마을이라고 한다. 그래서인지 마을에 들어서는 순간 신선한 공기가 휘감겨 온몸을 사로잡는 느낌이 든다.

이곳에서 1박을 하고 다음 날 아침에 화개초등학교 왕성분교 입구에 있는 국내 최고 수령의 푸조나무를 만났다.

푸조나무를 바라보는 순간 감탄사가 절로 나왔다. 나무의 외관이 너무 수려할 뿐만 아니라 훤칠한 수고에 놀라지 않을 수가 없다.

이 푸조나무의 유래는 고운 최치원 선생과 밀접하다. 최치원 선생이 벼슬을 모두 멀리하고 지리산으로 들어가기 전에 화개천 세이암(洗耳岩)* 에서 세상에서 더러워진 자신의 귀를 씻고 지팡이를 이곳에 꽂아놓고 산으로 들어가면서 "이 지팡이가 살아 있으면 자신도 살아 있을 것이다."라는 말을 남기고 학을 타고 속세를 떠났다고 한다. 그래서 사람들은 최치원 선생이 신선(神仙)이 되었다고 한다. 중국의 시

◇◇◇◇
* 세이암의 위치는 '화개면 범왕리 산126-1'로 추정하고 있다.

진핑(習近平)** 주석도 최치원 선생을 언급***할 정도로 선생의 일화는 유명하다.

이 푸조나무는 국내에서 가장 키가 크고 오래된 것으로 알려졌다. 나무의 높이는 자그마치 25m, 가슴둘레는 6.25m이다.

또한 범왕리 푸조나무의 나이는 500살로 추정하고 있다. 우리나라에는 제주도와 부산과 경남, 전남 지역에 주로 푸조나무가 자생하고 있으며, 형상은 마치 우산과도 닮았다. 특히 부산시민공원 정문에 있는 푸조나무는 그 가치가 1억 5천만 원이라고 한다. 범왕리 푸조나무 아래에는 지리산 계곡에서 흘러내려 온 계곡물이 백옥처럼 맑게 빛난다.

• •

당신을 접하는 순간 수려한 외관에 감탄사가 절로 나온다.
최치원 선생이 세상사를 잊으려고
귀를 씻고 지리산으로 들어갔듯이
당신의 몸통을 비워버리고
그 자리에 지리산 공기로 가득 채워준다.
그래서 몸통은 비어 있다.

◇◇◇◇
** 習近平(Xi Jinping)은 중국 국가주석으로 1953년 6월에 출생하였음.
*** "동방나라 화개동은 항아리 속 별천지라네(東國花開洞, 壺中別有天)"라는 고운 최치원 선생의 말씀 중 '호리병 속 별천지(壺中別有天)'를 중국 시진핑 국가주석이 읊었다고 소개되어 있다.

보기만 해도 힐링 되는 나무들의 감성스토리

사진촬영 2019. 7. 10

수종 경상남도 기념물 제123호

수령 500년(1993년 기준)

지정일자 1993. 1. 8   **수고** 25m

둘레 6.25m   **가치** 정자목(亭子木)

소재지 경남 하동군 화개면 범왕리 959

○주변 관광지: 최참판댁, 삼성궁, 금오산, 하동십리벚꽃길

✈

하동 적량면 죽치리
왕버드나무

하동 적량면 하죽치마을에 멋진 분재 한 그루가 자리를 차지하고 있다. 구례에서 화개방향으로 내려왔는데, 오른쪽에는 섬진강이 유유히 흐른다. 그곳에 당신이 있음이 너무도 자연스럽다.

가까이 다가갈수록 당신의 모습에 놀라고 만다. 울퉁불퉁한 몸통을 지니고 있지만 가지를 뻗쳐서 멋진 모습을 보여주는 것이 너무도 신기할 따름이다.

여름날 왕버들이 드리우는 냇가에서 동네 어린이들이 퐁당거리면서 멱을 감는 모습이 아련하다. 아니라면 냇가에서 검은 고무신을 모아서 지나가는 피리(피라미)를 잡으려는 해맑은 모습에 환한 미소를 여미게 된다.

지리산의 정기를 받은 구재봉(龜在峰)*에서 흘러내린 계곡물이 이곳 왕버드나무에 살포시 다가와서 무릉도원을 안겨주려고 한 것인지? 왕버드나무의 유연한 외관에서 한복 옷고름이 떠오른다.

〃
지리산의 정기가

구재봉의 거북이를 만나니

◇◇◇◇
* 이 산은 적량면, 하동읍, 악양면 등 3개 읍면이 만나는 산으로 해발 768m이다. 「조선지지자료」에는 구자산 (龜慈山)으로 기록되어 있는데, 산의 형상이 거북이가 기어가는 모습, 구재봉에 있는 바위의 모습이 마치 거북이를 닮았기에 붙여진 이름이라고 한다.

보기만 해도 힐링 되는 나무들의 감성스토리

무병장수 기운이

우계리 개울로 뻗어 내려서

이곳 왕버드나무 아래에 머문다.

사진촬영 2019. 7. 10

수종 왕버들   **수령** 200년(1982년 기준)
지정일자 1982. 2. 10   **수고** 5.7m
둘레 3.17m   **가치** 정자목
소재지 경남 하동군 적량면 죽치리 관리 99-2번지
○주변 관광지: 구재봉 자연휴양림, 양탕국 커피문화마을

보기만 해도 힐링 되는 **나무들의 감성스토리**

✈

남해 남해읍 남변리
회화나무

아침부터 비가 내린다. 하동에서 출발하여 남해로 향하고 있다. '한국관광공사 남해도시재생지원센터'의 박철범 센터장이 위치를 알려주고 안내해 준 보호수다. 안내문에 적힌 내용을 보면 보호수에 대한 주민들의 마음이 잘 나타나 있다. 보호수가 지켜주고 보호해 줘서 제사를 모신다는 정중한 내용을 돌비석에 새겨 넣었다.

시내의 도로 중간에 위치하여 차량은 이 회화나무를 중앙선 삼아 오른쪽으로 비껴가야만 한다. 커다란 철제 지지대로 가지를 지탱하고 있다. 보호수를 중심으로 빙둘러 60cm 정도 높이로 석축을 만들고 스테인리스 구조물로 석축 위에 30cm 정도 높이로 화단처럼 만들어놓았다. 보호수 밑동에는 나팔꽃을 비롯하여 여러 꽃이 피어 있었다. 회화나무 아래에는 오토바이 한 대 정도 주차할 공간이 있었는데 역시나 이곳에 스쿠터 오토바이가 기회를 놓치지 않고 주차되어 있었다.

반대쪽에서 회화나무를 바라보니 마치 공작새와 같은 모양을 하고 있다. 어떤 사람은 낙타를 연상할 것이고 또 다른 사람은 용머리와 닮았다고 생각할 수도 있다. 커다란 나무가 보는 각도와 위치에 따라 여러 모양으로 보이는데, 이것은 어릴 적 흘러가는 구름을 보면서 이런저런 모양과 일치시켰던 기억을 떠오르게 한다.

비를 맞으면서 보호수를 카메라에 담는다. 비가 오는 날씨는 아무래도 선명도가 낮아진다. 카메라 렌즈에 빗방울이 알게 모르게 떨어진다. 확인해 보니 피사체를 담는 데 빗방울로 인해 번짐현상이 나타났다.

비가 와도 커다란 회화나무는
꿈쩍도 하지 않는다
사람들만 우산을 들고 비를
피하기 위해 우왕좌왕한다
오히려 공작의 자태를 더욱
뽐내고 있다

멋들어진 회화나무 밑에는
마을 사람들의 경외와 고마움을
대리석 안내문이 정성스럽게
나타내고 있다
읍내 중심에 떡 버티고 있는
보호수는 한적한 시골의 나무보다
더 많은 사람들을 만나고
지키고 보호해야 하는 것은 아닐까.

사진촬영 2019. 7. 10

수종 회화나무   **수령** 320년
지정일자 2000. 6. 26   **수고** 25m
둘레 5.1m   **소재지** 경남 남해군 남해읍 남변리 351-3

○주변 관광지: 보리암, 상주은모래비치, 송정솔바람해변, 물미해안

💧 **안내문에 적힌 내용**

"위 거목은 동치안민(洞治安民)의 수호신으로서 동민의 안녕과 만복의 충만을 주시고 애환을 물리쳐 재난을 방지하시고 오곡백과를 풍요하게 하여 주시니 매년 음 10월 10일을 기해 동민일동은 삼가 공손히 제사를 모시며 정성어린 헌금으로 그 뜻을 후세에 전하고자 이 비를 세우다 / 1994년 4월 5일 / 남변동민 일동"

보기만 해도 힐링 되는 나무들의 감성스토리

남해 창선면 대벽리

왕후박나무

왕후박나무는 녹나무과에 속하는 후박나무의 변종으로 주로 전남 진도와 홍도를 비롯하여 따뜻한 남쪽 지방에서 자란다.

이곳 창선면 왕후박나무는 500년 수령으로 추정하고 있는데, 천연기념물 제299호로 지정되어 있다. 500년 전 이 마을에서 고기잡이하는 노부부가 고기잡이를 나가서 큰 물고기 한 마리를 잡았는데, 그 물고기 뱃속에서 이상한 씨앗이 나와 그것을 집 뜰에 던져놓았는데, 그것이 자라 오늘에 이르는 것으로 전하고 있다. 그래서 마을 사람들은 이 나무를 신성시하면서 매년 음식을 차려놓고 마을의 안녕과 풍어를 기원하는 제를 지낸다고 한다.

임진왜란(1592년) 때 이순신 장군이 왜군을 물리치고 이 나무 아래서 점심을 먹고 휴식을 취했다는 이야기도 있다. 그렇다면 이 나무의 나이는 얼마가 될까? 아마도 수령은 527~577년일 것으로 유추해 볼 수 있다.

조금 떨어진 곳에서 왕후박나무를 바라보면 수관이 단아하면서도 정갈하다. 가까이 다가가서 자세히 바라보면 가지들이 매우 튼튼하게 발달되어 있음을 발견할 수 있다. 난대성 수종답게 잎이 다소 둥글고 조밀하게 매달려 있다.

특히 이 나무에서는 새들의 울음소리가 많이 들린다. 새집도 하나 지어져 있다. 그리고 왕후박나무 열매는 블루베리를 많이 닮았다.

노부부의 삶이 물고기를 만나서

품고 있던 귀한 보물을 내어주니

새들도 쉬어가라고

그곳에 보물들이 채워진다.

남해의 꿈처럼~

사진촬영 2019. 7. 10

수종 왕후박나무(천연기념물 제299호)
수령 500년(1982년 기준)
지정일자 1982. 11. 4   **수고** 9.5m
가치 당산목   **둘레** 1.1~2.8m
소재지 경남 남해군 창선면 대벽리 699-1번지 외 8필
○주변 관광지: 남해토피아랜드, 모상개해수욕장

✈

사천 사천읍 정의리

느티나무

수양공원 내에 있는 느티나무 보호수이다. 사천읍성 복원공사가 8월 말까지 계획되어 있었고 7월 10일인 현재 공사가 계속되고 있다. 수양공원은 예전에 산성공원의 이름이 바뀐 것으로 사천 시민들의 휴식공간 역할을 하고 있으며, 공원 내에는 커다란 느티나무와 소나무 등의 혼합림이 우거져 있다. 그 규모는 축구장 3개 정도의 크기이다.

주변의 나무들보다 훨씬 크고 우람한 모습으로 나무 주위에는 석축을 쌓아놓았고, 보호수 주변에는 빙 둘러 보호수 영역을 표시하면서 시멘트 상단에 나무목재를 세로로 이어 붙여 보기 좋게 단장해 놓았다. 보호수가 있는 쪽은 공원 밖에서도 보이는데 깎아지른 듯한 경사도 높은 계단을 따라 고개를 하늘로 들어야 볼 수 있을 만큼 공원의 높은 곳에 있다.

보호수 안내판에는 '사천시 문화관광 QR코드'가 붙어 있었다. 이 코드를 스마트폰으로 찍어서 확인해 보니 사천의 문화관광에 대한 안내가 나온다. 사천의 축제, 사천읍시장, 삼천포 용궁수산 시장, 유람선 관광, 도보여행, 고려 현종부자 상봉길, 남일대 코끼리 바위 등이 하위 카테고리로 연결되어 있다. 보호수에 대한 내용은 전혀 없다. 보호수에 대한 정보가 제공되었으면 하는 아쉬움이 있다. QR코드를 붙여놓는다는 생각은 아이디어일 수 있지만 보호수 이야기가 아닌 사천의 일반 관광 정보가 나온다. 보호수에 대해 좀 더 관심을 가지고 생각해 주는 행정이 되었으면 좋겠다.

수양공원은 사천을 지키는 성이 있던 곳
많은 시민들이 찾는 공원이다
힘든 사람들은 계단이 아닌
경사로를 따라 올라가도록 만들었고
산책하기 좋게 꾸며놓았다

600년이 된 느티나무는 공원 위쪽에서
사천 시내를 내려다보고 있다
주위에 많은 나무들이 수풀을 이루고 있어
사시사철 새들의 노랫소리를 들을 수 있고
이곳을 지나며 키 큰 느티나무에게
인사를 하며 지나고 있다.

사진촬영 2019. 7. 10

수종 느티나무　　　**수령** 560년
지정일자 1982. 11. 10　　**수고** 25m
관리자 사천시장　　　**둘레** 6.5m
소재지 경남 사천시 사천읍 정의리 212-2

○주변 관광지: 남일대 코끼리바위, 가천용소, 노산공원, 별주부전테마파크, 두량유원지

💧 **안내 팻말 내용**

"옛날 향시를 마친 선비들이 나무 밑에서 과제에 대한 토론을 가졌고, 현감이 타지에서 온 손님을 나무 아래에 모시고 사천 전경을 보면서 설명하였다고 전해오며, 일명 장사나무라고도 함"

의령 칠곡면 신포리
느티나무

신포리 느티나무로 소개되어 있다. 사전 자료조사에서 번지수가 나와 있지 않았다. 보호수를 안내하는 자연석 돌로 된 표지판에 주소가 기재되어 있지 않았다. 보호수를 찾아가는 과정에서 정확하게 주소가 안내된 경우에는 내비게이션을 이용하여 보호수를 찾아갔다. 신포리의 경우에는 번지수가 없어서 일단 신포리 마을회관을 찾아갔다. 마을회관의 문은 열려 있었지만 마침 아무도 없었다. 비를 맞으면서 인근 주택을 찾아가 나이 지긋하신 아주머니에게 보호수가 어디 있는지 여쭤보았다. 아주 친절하게 길을 안내해 주셨는데 농기계가 다니는 농로이고 비가 내리는 상황인지라 승용차로 조심조심 운행해야만 했다. 신포리에 도착했을 때는 바람이 세차게 불면서 비바람이 흩뿌리고 있었다. 느티나무에 도착해서 위성 주소 확인 앱으로 찍어보니 신포리 188번지로 확인된다.

느티나무는 그 줄기가 휘어져 땅에 닿았다가 다시 위로 올라가는 형상을 하고 있었다. 가지가 옆으로 뻗어 땅속에 묻혀 줄기가 뿌리가 된 듯하다가 다시 솟구치는 모습으로 이 나무는 가지가 가장 넓은 나무로 알려지고 있다. 주변에는 농기구로 보이는 가로×세로×높이가 약 4m×4m×3m 정도 되는 물건이 놓여 있었으며 근처에는 파란색의 플라스틱 재질로 된 이동식 화장실이 놓여 있었다. 철제 버팀목들은 녹이 슬어 있었고 자연석에 보호수 안내문을 새겨놓았다.

보호수에서 마을을 바라보는 공간에는 간단하게 운동할 수 있는 기구들이 설치

되어 있었다. 밑동 주위에 큰 돌은 한 단, 비교적 적은 돌은 두 단 정도 기둥을 중심
으로 빙 둘러 쌓아놓았다.

..

큰 나무를 보면 입이 떡 벌어진다.
이렇게 큰 나무들이 어디에 있던가
남해 창성면 대벽리의 왕후박나무
여기 있는 신포리의 느티나무
오래 살았다고 큰 나무는 아니다.
천년을 살았다는 철쭉나무는 크지 않았다.

유명하고 큰 나무라
신포리 느티나무라고만
해도 찾아가겠지만
번지수 하나만 적어놓으면 더욱 쉽게
만날 수 있을 것이다.

보기만 해도 힐링 되는 나무들의 감성스토리

사진촬영 2019. 7. 10

수종 느티나무　　　**수령** 520년
지정일자 1982. 9　　　**수고** 25m
고유번호 12-10　　　**품격** 도나무
소재지 경남 의령군 칠곡면 신포리 723번지

○주변 관광지: 벽계관광지, 자굴산, 정암루, 일붕사, 봉황대

✈

진주 지수면 청원리
이팝나무

250년 세월을 살아온 이팝나무* 한 그루가 마을 정자를 아래에 두고 의젓한 모습으로 반겨준다. 이팝나무로서 수령이 250년이라면 5월 중순 무렵에 하얗게 만발한 꽃이 피었을 때가 그리워진다.

하얀 쌀밥을 주렁주렁 매달고 있는 모습일까? 보릿고개 시절에 효심 가득한 아들이 나이 많은 어머니를 위해 하얀 쌀밥 대신 이팝나무꽃을 자신의 밥그릇에 담아서 오물오물 먹었을 모습에 그냥 눈시울이 젖는다.

의령과 지수 일대는 우리나라에서 손꼽히는 길지(吉地)로 소문이 나 있다. 삼성, LG, 효성, GS 등 재력가들이 지수를 비롯한 인근에서 출생하였기 때문이다. 그래서일까. 이 이팝나무를 바라보고 있노라니 보이지 않는 큰 힘이 느껴진다.

‥

어머님 밥그릇에는 하얀 쌀밥을 소복이 담고
자신의 밥그릇에는 하얀 이팝나무꽃을 담아서
오물오물 먹는 시늉을 하니
눈이 어두운 어머님께서

◇◇◇◇
* 이곳에 있는 이팝나무 표지석 뒷면에는 '이 보호수는 조상으로부터 물려받은 귀중한 유산으로 후손에게 잘 가꾸어서 물려주어야 할 책임과 의무가 있으므로 아름답게 가꾸도록 합시다'라고 색인되어 있음이 매우 특이하다.

전혀 눈치를 채지 못하시니

배고픔을 달래던 보릿고개도 지나간다.

그래서 이팝나무는 효심나무이다.

사진촬영 2019. 7. 10

수종 이팝나무 　　**수령** 250년 　　**둘레** 3.3m

지정일자 1997. 7. 30 　　**수고** 18m 　　**관리자** 이장

지정번호 12-3-9-2 　　**소재지** 경남 진주시 지수면 청원리 693-3

ㅇ주변 관광지: 촉석루, 뒤벼리, 진양호, 강주연못

✈

함안 산인면 내인리

은행나무

진주에서 함안으로 이동하였다. 산인면 내인리에 들어가니 마을 중심부에 은행나무가 있다. 수령 710년이라고 안내되어 있다. 보통 안내문은 만들어지는 시기를 기준으로 나무의 나이를 계산하기에 지금의 나이는 보호수로 지정된 때로부터 더하기를 해야만 한다.

커다란 은행나무 아래는 차량이 주차하기 적당한 장소로 인식하는 것처럼 차량한 대가 떡하니 주차하고 있다. 비가 오지 않는 상황이라면 차주에게 정중하게 주차 이동을 부탁하려는 생각도 하겠지만 비가 내리기 때문에 보호수와 차량을 같이촬영하기로 하였다.

700년이 넘은 은행나무는 고려시대에 심어진 것이다. 외침이 잦았고 한국전쟁까지 겪으면서 온 나라가 초토화되는 지경이 반복되는 과정에서 지금까지 생존해 온것은 신령스럽다고 할 수밖에 없다.

이 은행나무는 마을을 지켜온 당산목이다. 보호수 주변에 널빤지를 이용해 평평하게 평상처럼 만들어놓아 사람들이 은행나무 바로 옆에서 바라볼 수도 있고 만져볼 수도 있다. 푸른 잎을 피워내는 나무의 생존력은 활기찬 편이어서 천 년 이상을살 수 있을 것으로 보인다.

인근에는 박진영 장군의 사당이 있다. 박진영(朴震英)은 조선의 무신으로 선조때 임진왜란이 일어나자 의병을 모아 왜적을 무찌른 장군으로 사당에는 장군의 유

보기만 해도 힐링 되는 나무들의 감성스토리

품들이 전시되어 있다.

백 년도 못 사는 사람들이
칠백 년을 살아온 나무 앞에서
그저 고개를 숙일 수밖에

커다랗게 자라는 줄기들을 위해
철제 지지대를 세워놓았다
많은 세월 마을을 지켜 온 은행나무를
이제는 주민들이 지켜주어야 한다.

사진촬영 2019. 7. 10

수종 은행나무　　　　**수령** 710년　　　　**둘레** 5m
지정일자 1982. 11. 10　　**수고** 14m　　　　**관리자** 안인동장
고유번호 12-23　　　　**소재지** 경남 함안군 산인면 내인리 114

○주변 관광지: 여항산, 별천계곡, 함안말이산 고분군, 악양루

✈

창원 마산회원구 두척동

느티나무

남해 제1고속지선 부산 방향으로 진행하다가 두척동 616번지에 도착하면
느티나무 가족들과 팽나무가 도란도란 터를 잡고 있다.

　느티나무 아래에 비상급수시설이 설치되어 있으며, 수질검사 성적서가 게시되어
있다. 이곳에는 주민들을 위한 생활체육시설도 있고, 보호수 나무 아래엔 정자도 있
다. 보호수로 지정된 나무 외에도 인근에 오래된 느티나무들이 단지를 이루고 있음
이 눈에 들어온다. 바로 앞으로 실개천이 흐르고 있으며, 도로변에 느티나무 씨앗
이 날아가서 발아하여 자신이 후계목이라며 힘겹게 자라는 모습이 애잔하면서도 기
특한 마음이 생겨난다.

이곳 두척동에 느티나무 가족들과 팽나무가
도란도란 터를 잡고서
주민들의 삶에 보탬이 되고자
긴급 급수용 식수와 그늘을 내어주고
건강한 삶을 안겨주니 무한 감동이다.

사진촬영 2019. 7. 10

수종 느티나무   **수령** 500년(1982년 기준)
둘레 3m   **지정일자** 1982. 11. 4
수고 13m   **가치** 당산나무
소재지 경남 창원시 마산회원동 616번지

○주변 관광지: 봉암저수지, 무학산, 애니멀스토리, 감천계곡

✈

고성 대가면 금산리
팽나무

고성군 대가면 금산리 지방도인 금호로 바로 옆에 팽나무가 한 그루 서 있다. 대가면은 대둔면(大屯面)과 가동면(可洞面)이 1914년 조선총독부령에 의해 행정구역이 합쳐질 때 대가면으로 되었다. 근처에 통영대전 고속도로가 보인다.

팽나무의 수령이 150년으로 기록되어 있는데 더 오래된 것처럼 보인다. 보호수들의 수령이나 수고 또는 흉고 둘레 등의 정확한 수치들이 확인되지 않는 경우가 많다. 전체적으로 우람한 모양을 보여주고 있으며 바로 앞에 정자가 있고 주민들이 관리하는 듯 깨끗하게 청소가 되어 있고 "신발 벗고 올라가세요"라는 안내문이 붙어 있다.

팽나무 옆에는 높이 약 3m의 비를 막을 수 있는 지붕 있는 구조물이 설치되어 있었고 그 아래 트랙터와 차량 등 여러 대의 농기계들이 주차되어 있었고 깔끔하게 정리되지 않은 채로 물건들이 적재되어 있었다.

도로 건너편에는 간단한 운동시설들이 설치되어 있었고 마을버스 정류장이 있다. 정류장의 지명에는 신화마을로 기재되어 있다. 옆의 농작물 창고 건물의 벽에는 "가자 농민의 세상으로"라는 글씨와 함께 목동이 소를 끌고 가는 그림이 그려져 있다.

이곳 팽나무에서 약 2km 정도 떨어진 곳에 충효테마파크가 있다. 조선 후기 효자 이평(李枰)의 이야기를 바탕으로 인성교육을 할 수 있는 공원으로 조성되었다.

이평이 모친상을 당해 지극 정성으로 시묘살이를 하자 효심에 감복한 호랑이가 묘의 석축 쌓는 것을 도와주었다고 한다.

··
팽나무는 우리 환경에 잘 맞는지
어디 가나 볼 수 있는 우람한 나무다
나무 아래나 근처에는
어김없이 정자가 있고
운동시설이 있다

커다란 나무를 찾아가는 것은
한여름 더위를 피할 수 있고
편안한 휴식을 취할 수 있고
이웃과 소통을 할 수 있고
건강을 챙길 수 있는 일이다.

사진촬영 2019. 7. 10

수종 팽나무   **수령** 150년
둘레 3m   **수고** 20m
지정일자 1982. 11. 10   **고유번호** 12-20-6-2-1
관리자 마을이장(공동관리)   **소재지** 경남 고성군 대가면 금산리 1039-2

○주변 관광지: 거류산, 구절폭포, 만화방초, 장산숲, 당항포관광지

보기만 해도 힐링 되는 나무들의 감성스토리

통영 서호동 서피랑
후박나무

항남동과 서호동의 경계를 이루는 서피랑 먼당에 있는 벼랑 위가 태풍(1999년 8월)으로 붕괴되어 사면보강공사를 실시(2000~2003)하여 정비되었다.

이곳 벼랑에는 5옥타브 피아노 계단이 있으며, 양쪽 계단이 모여드는 곳에 황소를 닮은 후박나무가 육중한 외관을 자랑한다. 서초시장에서 명정동 유료주차장으로 진입하거나 서피랑공원에서 서피랑공원길을 따라 내려가면 왼쪽 벼랑에 후박나무가 살포시 모습을 비춘다.

위에서 후박나무가 있는 곳을 바라보면 제법 경사가 심한 편인데, 특이한 모양의 계단을 구축하여 접근의 편리성을 안겨주고 있다.

서피랑에서 후박나무 뒤편으로 통영항이 한눈에 펼쳐지는데, 왼쪽에는 남양산 조각공원이, 오른쪽 중간에는 김춘수 유물전시관이, 그리고 끝자락에는 윤이상 기념공원이 시야로 다가온다. 후박나무는 횡문근 이완작용, 중추신경 억제작용, 혈압 강하작용, 항균작용은 물론 복무창만, 소화불량, 기관지염, 구토, 설사, 가래, 해수, 천식, 급성장염을 다스리는 데 효용이 있는 것으로 알려졌듯이 인체에 유익한 나무이다.

동피랑과 마주하여 서피랑이 있으니

이곳 벼랑에 후박나무가 오랜 세월 모진 풍파를

견디고 굳건하게 자리하고 있다.

서피랑 언덕에서 통영항을 오가는

뱃고동 소리 들으면서 한 잎 두 잎 새싹 피우며

예향의 도시 통영에서

신선한 기운을 듬뿍 담아낸다.

수종 후박나무　　　　　**수령** 200년(1982년 기준)

둘레 4.1m　　　　　　　**수고** 16m

지정일자 1982. 9. 20　　**소재지** 경남 통영시 서호동 산144-1번지

○주변 관광지: 남망산 조각공원, 사량도, 박경리기념관, 통영케이블카

거제 둔덕면 방하리
팽나무

방하마을은 산방산 아래(下) 있는 마을이라는 뜻이다. 비가 오고 해가 지고 있는 시간이다. 오늘의 마지막 촬영지가 될 것이다. 해가 떨어지면 보호수를 카메라에 담지 못한다. 7시가 약간 넘어서 방하리 팽나무에 도착해서 셔터를 눌렀다. 다행히 대략적인 팽나무의 윤곽이 잡힌다.

많은 팽나무와 마찬가지로 가지와 잎이 무성하게 잘 자라고 웅장한 자태를 뽐내고 있다. 마을의 안녕을 기원하는 당산목이다. 줄기의 밑동부분에는 돌기가 여러 개 튀어나와 보는 각도에 따라 여러 형태를 보여주고 있으며 어떻게 보면 살아서 꿈틀 대며 움직이는 것처럼 착각하게 만든다.

팽나무 주변에 나무 데크로 평평하게 만들어놓아 편하게 보호수에 접근할 수 있고, 보호수 앞뒤로 주차할 수 있는 공간이 마련되어 있어 비교적 관리가 잘 되어 있는 모습이다. 무성한 가지가 충분하게 힘을 받아 지탱하는 모양새로 철제 지지대가 두 개만 보인다.

팽나무 앞에는 1.3km 떨어진 곳에 청마묘소가 있다는 안내판이 설치되어 있다. 이곳 방하리는 청마가 1908년에 태어난 곳이며, 청마기념관이 있어 더욱 유명한 곳이다. 2008년 1월 2일 청마기념관이 개관했으며, 입장료가 무료라는 것은 꿀팁이 될 것이다. 또 다른 안내판에는 '고려촌 문화체험길'을 알려주고 있다. 거제도는 옛날에 유배의 땅이었고 이와 관련된 역사와 이야기가 있다. 사등면 오량마을에서 둔덕면 산방마을을 잇는 고려촌 문화체험길은 16km의 코스다.

··
청마를 찾아오면서 만나든
고려 역사를 찾아오면서 만나든
웅장한 팽나무를 만나는 인연
아름다움을 간직한 역사들이
서로 만나는 건 좋은 일이다

걷다가 힘들면 팽나무 아래서
여장을 풀고 잠시 쉬었다 가면 되고
청마시집 한 권을 들고
시원한 나무 그늘에서 시인이
되어보는 것도 좋은 일이고
오만 평 넓은 들판에 청마들꽃축제가
열리는 방하마을 어느 가을날
다시 찾아와도 좋을 것이다.

수종 팽나무　　　**수령** 350년
둘레 3.5m　　　　**수고** 18m
품격 마을나무　　　**지정번호** 12-10-6-6-1
지정연도 1997년　　**관리자** 방하마을
소재지 경남 거제시 둔덕면 방하리 709

○주변 관광지: 산방산, 소록도, 거제둔덕기성

경상북도

회화나무

바닥에서 50cm쯤 떨어진 곳에 두 개의 큰 가지로 갈라졌고, 1m쯤에서 큰 가지가 다시 갈라져 전체적으로 5개의 가지들이 위와 옆으로 뻗은 형상이다. 회화나무의 가지들은 구불구불하게 뻗어 나갔지만 전체적으로는 균형 있게 큰 모양을 나타내고 있다. 갈라진 가지들은 철제 받침대로 지지하고 있다. 회화나무 아래 대리석으로 만든 제단이 하나 설치되어 있다. '만(卍) 태산도사 / 2006년 음 3월 29일 / 기증자 이상용'의 글자가 3줄로 적혀 있다. 보호수 주변에 잔디를 깔아놓았으나 누군가 잔디를 관리하는 모습은 아니었다.

옆에 정자가 있고 그 옆에 들마루가 놓여 있었는데 잘 관리되지 않은 상태로 있었다. 그 옆에 조선시대 현감, 군수들의 구민회고비, 애민선정비, 청덕선정비, 영세불망비, 애민비 등 비석 5기가 이곳에 함께 모여 있었다. 가장 오래된 비석은 비석의 일부분이 깨져 글씨가 떨어져 나간 상태였다.

보호수를 알리는 검은색 석판의 안내문에는 고령읍 장기리로 되어 있었다. 2015년에 고령읍의 명칭이 대가야읍으로 변경되었는데 아직까지 보호수 안내판을 교체하지 않았다.

1920년 폭우로 하천의 물이 제방 안으로 범람하여 장기리 일대가 물바다가 되었을 때 많은 사람들이 사망하는 피해를 입었으나 마을 사람들 중 일부가 이 회화나무에 올라가 목숨을 건졌다고 하여 이 나무를 '활인대(活人臺)'라고 부르기도 하였다.

1960년대까지는 정월 대보름에 이 나무에 동제를 지냈으며 그 이후에는 지내지 않고 있다고 한다. 그러나 매월 초하루 태산도사가 제사를 지내고 있다고 한다. 나무에 천조각들이 묶여 있어 신령스러움을 나타내고 있다.

든든한 뿌리로 흔들리지 않아
홍수에도 끄떡없이 버티면서
물살에 떠내려가는 사람들을 붙잡아
생명줄을 살려낸 회화나무

큰 나무 밑에는 정자를 지어
사람들은 나무를 의지하고
고마움에 제를 올린다
매월 초하루면
태산도사가 정성을 다한다

백성들을 부모처럼 자식처럼
소중하게 여긴 현감들을
한자리에 모셔놓고
고마움을 표하는 마음
오늘날도 그런 관리들이
많이 있었으면 좋겠다.

수종 회화나무　　　**수령** 250년
지정일자 2004. 5. 3　　　**수고** 20m
지정번호 2004-27-1　　　**소재지** 경북 고령군 고령읍 장기리 214-2

○주변 관광지: 대가야박물관, 미니멀동물원, 지산동 고분군, 개경포공원

✈

고령 쌍림면 평지리
느티나무

경북 고령군 쌍림면 평지리 744번지에 수령 630년의 느티나무 보호수가 자리하고 있다. 보호수가 있는 평지리 마을은 땅이 평지라서 '평지' 또는 '평지동'이라고 하였는데, 1914년 행정구역이 폐합·병합·편입되면서 지금처럼 쌍림면에 속해 있다. 조선 중기에 김해김씨 선비가 이 마을을 개척하고 식수로 이용할 우물모양을 놋쇠를 녹여서 돌 대신 사용한 것에서 유래하여 놋정*이라고 불렀다고 한다. 우물에 사용하였던 놋쇠는 임진왜란 때 마을 사람들이 피란길에 오르자 사라졌다고 한다.

이곳 평지리에는 느티나무가 풍치목으로 관리되고 있다. 200년 전 김해허씨가 자식이 없어서 이 느티나무 아래에서 치성을 드린 후 아들을 낳았다는 전설이 전해지고 있으며, 정월 대보름이면 마을 동제(洞祭)를 이곳에서 지낸다고 한다.

. .
평지리회관 경로당과 마을 정자에 그늘 드리우고
따뜻한 온기를 안겨주기 위해
610년생 느티나무 한 그루가 우뚝 자라고 있다.
어느 시골마을처럼 느티나무 아래 텃밭에는
옥수수와 땅콩이 무럭무럭 자라나고 있다.

◇◇◇◇
* 놋쇠 유(鍮)자를 사용하여 '놋쇠의 우물'이라는 의미로 '유정(鍮井)'이라 하였고, '유천'으로 불리고 있다.

밑둥치에서 가지가 'V'형으로 갈라지면서
나무의 수관을 펼치고 있는데,
바라보는 순간 행복한 기분이 느껴진다.
그리고 아랫부분에 너구리 한 마리가 찰싹 붙어 있는 것처럼
특이한 모양의 옹이가 눈에 들어온다.
보호수 느티나무에서 100여m 떨어진 마을 입구에도
노거수와 마을정자가 자리하여 오가는 사람들을 반겨준다.
6 · 25전쟁 때 나무의 일부가 잘려 나갔다는 이야기를
들으면서 그 아픔 이겨냈을 느티나무의 치유가 느껴진다.
어쩌면 이 느티나무는 그러한 고통을 감내한 덕에
항상 마을 주민들에게 평화롭고 여유로운 기운을
듬뿍 뿜어내고 있지 않을까?
그래서 이 나무를 바라볼수록
내 마음엔 평화로운 기운이 샘솟는다.

사진촬영 2019. 7. 9

수종 느티나무   **수령** 500년(1982년 기준)
지정일자 1988. 9. 1   **수고** 21m
둘레 6.3m   **가치** 풍치목
소재지 경북 고령군 쌍림면 평지리 744번지

○주변 관광지: 신촌유원지, 김면장군 유적지, 점필재종택

✈

성주 수륜면 계정리

왕버들

5시 30분에 부산에서 출발하여 경북지역의 보호수를 탐방하러 간다. 첫 번째로 성주군 수륜면 계정리(鷄亭里)로 향한다. 보호수 번지수가 내비게이션과 다른지 서너 바퀴 마을을 돌다가 마을 주민에게 물어보고 보호수를 찾아간다. 안내석의 주소는 수륜면 계정리 60번지로 되어 있는데 보호수에 도착해서 스마트폰 앱(APP)으로 찾아보니 450-1번지로 확인된다.

마을회관에서 농로를 따라 100미터쯤 떨어진 곳에 300년 된 왕버들이 보인다. 큰 기둥 줄기에 커다란 외과수술 흔적이 있지만 전체적으로 우람하고 사방으로 가지가 크고 넓게 뻗어 있어 왕성하다. 옆으로 뻗어가는 줄기들을 지탱하기 위해 철제 지지대 세 개가 세워져 있다. 안내석에는 둘레에 대한 정보가 없어 줄자로 재어보니 가슴높이 둘레는 9미터가 넘고 밑동은 거의 8미터가 된다. 밑동부분에는 옹이가 생겨 나무에 거북이가 붙어 있는 것처럼 보이기도 한다.

밑동 주변은 시멘트로 포장해 놓았는데 일부분은 부서져 있었다. 동네 사람들이 사용하는 듯한 돗자리가 둘둘 말린 상태로 보호수에 기대어 세워져 있다. 크게 그늘지는 나무 밑에서 휴식할 때 사용하는 돗자리일 것이다. 요즘은 큰 나무 아래서 더위를 피하지 않고 마을회관이 무더위를 피할 수 있는 곳이 되었다. '무더위 쉼터'라고 안내판을 붙여놓은 마을회관에는 한여름에 에어컨을 틀어준다. 우리는 더위를 피해 에어컨을 가동하는데 지구는 그로 인해 점점 더워진다.

보기만 해도 힐링 되는 나무들의 감성스토리

왕버들 바로 옆에 제당 같은 건물이 하나 있는데 많이 허물어져 있었고 풀이 무
성하게 덮고 있어서 접근할 수 없는 지경이었다. 보호수 뒤로는 산이고 앞으로는 논
과 밭이 펼쳐져 있으며, 그 앞으로 계정천(鷄亭川)이 흐른다.

사방으로 가지를 드리우고
무성한 잎을 피우는 왕버들
체형이 우람하다
관리하는 듯 방치하는 듯
주변 정리가 잘 안 되어 있다
나무는 초탈한 듯 그저 묵묵하다
물 근처에 사는 왕버들
삼백 년쯤 전에는 바로 앞으로
계정천이 흐르지는 않았을까
나무를 알면 천지를 안다고 했다
뿌리는 땅에 있고
가지는 하늘을 향하기 때문이다.
바로 그런 뜻을 가지고 있는 글자가
나무목(木)이다.

수종 왕버들   **수령** 320년
수고 18m   **둘레** 9.10m
지정일자 1982. 10. 26   **품격** 마을나무
지정번호 11-24-4-10-1   **소재지** 경북 성주군 수륜면 계정리 620번지

○주변 관광지: 독용산성, 무흘구곡, 만물산, 한개마을

김천 증산면 장전리
느티나무

'무흘구곡'의 6곡인 '옥류동(玉流洞)' 이정표가 보인다. 증산면 장전리 마을
입구에 500년 수령의 느티나무와 함께 다수의 느티나무 가족이 숲을 이루고 있다.
느티나무 아래에 정자가 직사각형 모습으로 설치되어 있지만 마을 사람들은 잘 이용
하지 않는 것 같다. 정자의 처마 끝이 짧게 제작되어서인지 대들보에 마주한 나무 기
둥이 빗물이 스며들어 썩어가고 있다. 지붕 처마가 좀 더 이어져 나와야 할 것 같다.
 느티나무 아래에서 후손 느티나무가 되려는 듯 새로운 가지가 위로 제법 자라서
어엿한 느티나무의 모습을 만들어가고 있다. 마치 우리 인간들의 삶을 바라보는 느
낌이 든다. 느티나무를 자세히 바라보니 마치 손가락 다섯 개를 하늘로 펼친 것처럼
생겼다. 그래서 '손' 느티나무라고 부르고 싶다.

마을 초입부에 느티나무 가족이
도란도란 자리를 잡고
오가는 사람들에게 맑은
공기와 그늘을 안겨준다

사진촬영 2019. 7. 23

수종 느티나무   **수령** 500년
지정일자 2000. 5. 22   **수고** 15m
둘레 6.5m   **소재지** 경북 김천시 증산면 장전리 622

○주변 관광지: 직지사, 수도계곡, 세계도자기박물관, 섬계서원

✈

구미 임수동
은행나무

임수동에서 공단동 방향으로 '수출대로'를 운행하다가 구미대교를 건너지 않고 오른쪽 길로 내려서면 '인동향교(仁同鄕校)'가 있다. 20~30m쯤 내려가면 '부지암정사(不知岩精舍)'와 '동락서원 강당(東洛書院 講堂)'이 있고 그 앞에 늘씬한 은행나무 한 그루가 낙동강을 바라보며 서 있다. 이 은행나무는 여헌 정현광(旅軒 張顯光: 1554~1637) 선생이 이 자리에 부지암정사를 지으면서 기념으로 심은 것이라고 한다.

근처에는 '구미낙동강 수상레포츠 체험센터'도 있다. 구미대교 밑에는 주차장이 만들어져 있어 이 주변을 찾아오기에 편리하다.

큰 나무는 주변에 물과 함께 있는 경우가 많은데 낙동강 큰 줄기가 바로 앞에서 흐르고 있다. 옆에 있는 정자에서는 구미대교가 만들어주는 그늘과 불어오는 낙동강의 강바람을 맞으며 준비해 온 음식을 먹으면서 피서를 즐기는 한 무리의 사람들이 있다.

은행나무는 위로 쭉쭉 뻗은 키다리 나무다. 가지치기한 것처럼 전체적인 수형이 깔끔하다. 가지가 많지 않으니 나무가 힘들어 보이지 않고 가뿐해 보인다. 밑동에는 수술의 흔적이 있는데 한 뼘도 안 될 만큼 작다. 커다란 은행나무 기둥에서 손톱만 한 은행잎이 돋아나는 게 앙증맞다. 상당부의 한 가지에는 딱따구리 짓인지 주먹 하나 들어갈 만큼의 구멍이 주먹 하나 깊이만큼 뚫려 있다. 안내석에는 나무 둘

보기만 해도 힐링 되는 나무들의 감성스토리

레에 대한 정보가 없어 줄자로 재어보니 5.4m가 나온다. 시각적으로 날씬해 보이는 것이지 든든한 기둥이다.

••
늘씬한 은행나무지만
새들이 함께 살기에는 부족함이 없다
다른 생명체들과 더불어 사는 것이
더 오래 살고 더 행복할 수도 있다
딱따구리에게 둥지로 구멍을 내주어도
나무는 상처라고 생각하지 않는다
아래로는 낙동강을
멀리는 금오산을 바라본다
당쟁이 판치던 시절 임금이 내린 벼슬을
마다하고 낙향하여 제자들만 가르친
여헌 선생의 강직함이
은행나무에 서려 있다.

사진촬영 2019. 7. 23

수종 은행나무
수령 380년
품격 시나무
둘레 8.6m
지정번호 11-5-2
지정일자 1982. 9. 20
소재지 경북 구미시 임수동 375번지

○주변 관광지: 금오산케이블카, 금오랜드,
　　　　　　　구미보

보기만 해도 힐링 되는 나무들의 감성스토리

칠곡 석적읍 성곡리
느티나무

칠곡군 성곡리(웃골) 버스정류장 앞에 특이한 느티나무 두 그루가 자라고 있다. 조금 떨어진 곳에서 바라보면 두 그루라기보다는 한 그루처럼 자라고 있다. 할배나무, 할매나무라고 불러야 할 판이다. '부자물산, 부자자원 고철/비철/철거 전문 사업장' 간판이 길 건너편에 있다. 그리고 100여m 떨어진 곳에 '햇님어린이집'이 있다. 보호수 나무 주변에는 울타리 철망이 설치되어 나무를 보호하고 있으며, 철제 지지대가 나뭇가지를 지탱해 주고 있다. 밑동은 정말로 특이하게 울퉁불퉁한 모습을 지니고 있다.

성곡리 느티나무에 할배, 할매가 변해서
오랜 세월 함께 복주머니를 저렇게 품고
마을의 액운을 대신하는 것 같다.

수종 느티나무   **수령** 620년   사진촬영 2019. 7. 23

지정일자 1982. 10. 26   **수고** 7.8m   **둘레** 10.70m

수고 7.8m   **소재지** 경북 칠곡군 석적읍 성곡리 505-6

○주변 관광지: 칠곡 가산산성, 꿀벌나라 테마공원, 송정자연휴양림, 가산수피아

보기만 해도 힐링 되는 나무들의 감성스토리

군위 고로면 인각사

왕버들

아름다운 하천 중의 하나로 알려진 '위천(渭川)'이 흐르고 위천을 건너는 인각교(麟角橋) 근처에 있다. 삼국유사의 고장이라는 간판이 여러 곳에서 눈에 띄고, 마을의 담장에는 삼국유사 이야기를 담은 벽화가 그려져 있다. 고려 후기 고승 일연(一然)이 입적할 때까지 5년 동안 인각사(麟角寺)에 머물며 삼국유사 집필을 완성했다고 한다. 부산 감천에 있는 관음정사의 보우 주지스님께서 추천해 주신 보호수다.

나무는 엄청 큰데 수령이 190년이다. 다행스럽게도 이 왕버들에 대한 내력을 들을 수 있었다. 연세가 80이 넘었다는 할머니께서 자신의 시부의 조부께서 바로 이 자리에 작은 왕버드나무를 심었다고 한다. 그렇게 5세대 또는 6세대가 흐르니 나무는 아름드리가 되었다. 당시에는 주변이 논이었는데 지금은 사람 키로 한 길* 넘게 땅을 돋우었다고 한다. 그러니까 지금 보이는 나무의 기둥이 한 길 이상 땅속에 묻혀 있는 셈이다. 이처럼 그 나무의 이야기를 들을 수 있는 것은 행운이었다. 모든 보호수들도 각자의 사연이 있을 것이고 그런 역사를 알 수 있다면 보호수를 이해하는 데 더없이 좋을 것이다. 추후에 이런 작업이 이루어질 수 있기를 기대해 본다.

밑동이 세 갈래로 갈라져 옆으로 위로 무성하게 자라고 있다. 유래를 듣지 않았으면 어차피 한 뿌리에서 나온 가지련만 가지와 뿌리를 구분하느라 고민했을 것이다.

앞으로는 '각시산'이 보이고 그동안 청정지역으로 알려진 이곳 화북리 마을 앞으

◇◇◇◇
* 한 길: 약 1.82m

로 각시산을 지나는 터널을 통해 KTX 열차가 지나가고 있다.

●●
멀리서 보면 큰 병아리가
모이를 먹는 모습이다
땅 위에서부터 무성하게 가지를 뻗고 있는데
알고 보면 기둥이
한 길 이상 땅속에 있는 것이다
아름다운 위천이 흐르고
천년고찰이 함께하고
고승 일연의 민족정신이 살아 있는 곳
인심 좋은 아주머니가 조건 없이 내어주는
수박과 옥수수를 먹고
사연을 알고 있는 할머니로부터
나무의 유래와 각시산의 전설을 듣는다
이곳에서 시작된 배달민족의 역사는
유구하게 이어질 것이다.

보기만 해도 힐링 되는 나무들의 감성스토리

사진촬영 2019. 7. 23

수종 왕버들   **수령** 190년
지정일자 1982. 10. 29   **품격** 면나무
지정번호 11−12−8−1   **소재지** 경북 군위군 고로면 화북리 794−1번지

○주변 관광지: 인각사, 석산리 산촌 생태마을, 팔공산 도립공원, 삼국유사 테마파크

💧 **일연의 육적**

고승 일연이 꼽은 여섯 도둑 이야기: 보이는 대로 다 가지려는 눈, 듣기 좋은 말만 들으려는 귀, 좋은 냄새만 맡으려는 코, 갖은 거짓말에 맛있는 음식만 먹으려는 혀, 훔치고 못된 짓만 하려는 몸뚱이, 혼자 화내고 소란 피우려는 생각

영천 신녕면 치산리

느티나무

'보헤미안 펜션'이 있고, 인근 주택에 '치산안길 5'라는 주소가 적혀 있다. 나무 밑에 벤치가 5~6곳이 있어 쉬어갈 수 있도록 해놓았다. 지지대 4개가 줄기들을 받치고 있다. 보호수 밑에 흔히 설치되어 있듯이 간단한 체육시설과 마을 정자가 있다. 수령은 250년으로 안내되어 있는데 줄기와 잎이 무성하게 자라는 웅장한 모습이다. 느티나무 바로 앞에 컨테이너 박스형 '치산123마켓'이 새롭게 단장을 하고 있다. '치산마을'이라는 표지석이 느티나무 아래 있다. 동네 어르신들이 이웃 마을의 거름공장에서 거름냄새가 날아온다고 얘기한다. 도로를 좌우측에 두고 중앙에 느티나무가 있다. 보호수 옆에는 치산 사계절을 소개하는 안내도가 있다.

경운기 소리도 치산마을 느티나무 아래에
다다르면 잠시 소리를 멈춘다.
동네의 어르신들도 느티나무 아래에
마련된 벤치에 앉아서 코를 만지작거린다.
맞은편 산 너머에 있는 거름 공장에서
냄새가 날아와서 코를 만진다고
거름 냄새가 싫어진다.

사진촬영 2019. 7. 23

수종 느티나무　　　　　**수령** 250년
지정일자 1982. 9. 20　　　**수고** 20m
둘레 5.6m　　　　　　　**소재지** 경북 영천시 신녕면 치산리 500

○주변 관광지: 만취당, 사일온천, 은해사, 별별미술마을

보기만 해도 힐링 되는 나무들의 감성스토리

의성 금성면 경정종택

느티나무

금성산(金城山)이 있어 금성면(金城面)이 되었고 산 아래 구름이 감돌아 마을 이름이 산운리(山雲里)가 되었다. 산운1리에 경정종택(敬亭宗宅)이 있는데 이것은 의성군 문화유산 제7호이다. 조선 중기에 승정원의 좌승지를 지낸 경정 이민성(敬亭 李民宬: 1570~1629) 선생이 거주하던 곳이다. 경정 선생은 1627년 정묘호란 때 경상좌도 의병대장으로 활약했다. 종택은 종갓집이라는 의미다. 이곳에도 사람의 발길이 닿지 않는 것처럼 스산하다. 그런 것에 개의치 않는 듯 안마당의 배롱나무는 화사하게 붉은 꽃을 피우고 있다.

그 앞에 350년 된 회화나무가 있다. 경정 선생과 연배가 비슷한 나무다. 주 기둥이 어른 한 키 정도에서 크게 세 갈래 가지로 갈라진다. 가장 굵은 가지 하나가 잘려나간 흔적이 있다. 가까이서 보면 한쪽 방향으로 잎이 우거져 있다. 다른 방향은 가지의 수도 적고 굵기도 가늘지만 구부렁거리며 멋진 모습을 보여주면서 잎을 적당히 피우고 있다. 그리하여 조금 떨어져보면 전체적으로 둥근 나무의 모습이 나온다. 제일 굵은 가지는 철제 지지대로 받쳐놓았다. 벌어지는 가지들에 철심을 박고 쇠줄로 연결해 서로 지탱하도록 만들어놓았다.

보호수 주변이 깨끗하지 못하다. 지정만 해놓고 제대로 관리받지 못하는 보호수들이 많다. 소중한 자원으로 인식하고 가꿔나가야 할 것이다.

입구에 서서 마을을

지키고 있는 회화나무

오가는 사람이 드문 듯

이웃하고 있는 정자에도

풀이 잔뜩 덮고 있다

학자수(學者樹)와 선비의 집은

제일 잘 어울리는 풍경

종갓집은 한 가문의 전통이 이어지는 곳

생명의 근본으로 조상을 섬기는 것을

회화나무는 수백 년을 보아왔을 터

나무도 한 가문이 잘 되고 나라가 잘 되기를

빌고 또 빌고 있다.

보기만 해도 힐링 되는 나무들의 감성스토리

사진촬영 2019. 7. 23

수종 회나무 　　　　**수령** 350년
지정일자 1982. 9. 23 　　　**품격** 군나무
소재지 경북 의성군 금성면 산운1리 326

○**주변 관광지:** 탑산약수온천, 금봉저수지, 산운생태공원, 의성의병기념관, 마늘테마파크

✈

청송 현서면 도리
느티나무

도리마을 입구에 느티나무 한 그루가 멋진 모습을 보이고 있다. 처음에는 차량 내비게이션 안내가 잘못되어 엉뚱한 곳에서 나무를 찾았지만, 마을 주민에게 보호수 위치를 물어보아 제대로 찾을 수가 있었다. 보호수 바로 앞에 새로 주택을 지으려고 기초공사가 한창이다. 이미 콘크리트 쪽은 종료가 되었으며, 지상구조물을 세우기 위한 준비가 한창이다. 보호수 나무 아래에는 주택 건설에 필요한 자재를 준비하기 위한 작업대가 시원한 그늘에 준비되어 있다. 보호수 아래에는 도랑이 있다. 현재는 물이 적어서 물 흐른 자국만 있지만 장마철에는 제법 많은 물이 흐를 것 같다.

나무 그늘 아래
새 집 한 채 짓고 나면
나무에게도 그늘 한 자락
내어주려나.

수종 느티나무 　　　　**수령** 510년
지정일자 2003. 7. 14 　　　**수고** 25m
둘레 10.03m 　　　　　　**소재지** 경북 청송군 현서면 도리 656

○주변 관광지: 주왕산국립공원, 달기약수터, 송소고택, 유네스코 세계지질공원

사진촬영 2019. 7. 23

보기만 해도 힐링 되는 **나무들의 감성스토리**

안동 길안면

용계의 은행나무

다음은 용계 은행나무에 대한 안내판의 내용이다.

"은행나무의 수령은 700년이며 높이는 37m, 가슴높이의 둘레가 14.5m이다. 은행나무는 한자어로 행자목(杏子木), 공손수(公孫樹), 압각수(鴨脚樹) 등으로 불린다. 원래 용계초등학교 운동장에 있었으나, 임하댐이 건설되면서 나무가 수몰되는 것을 염려하여 그 자리에서 15m 높이로 들어 올려 심어놓은 것이다. 줄기 굵기로는 우리나라에서 가장 큰 것으로 알려져 있다. 조선 선조 때 훈련대장을 역임한 송암 탁순창(松庵 卓順昌)이 임진왜란이 끝나고 이곳에 낙향하여 뜻을 함께하는 사람들과 은행계를 만들어 이 나무를 보호하고 친목을 도모하였다고 한다."

1993년 말에 준공된 임하댐으로 인해 용계리는 은행나무 하나만 남긴 채 물속에 잠겨버렸다. 수장하기에는 너무 아까운 은행나무는 살려야 한다는 주민들의 뜻이 있었다. 은행나무 구조작업은 나무박사로 알려진 고(故) 이철호 박사의 수목이식 전문업체인 대지개발이 맡았다. 이 박사는 이식 후 6년 안에 나무가 죽으면 공사비 전액을 변상한다는 각서를 썼다. 나무가 너무 크고 무거웠으며 주변에 길도 없었다. 나무를 뿌리째 들어 올린 후 그 아래에 흙을 채워 넣는 방법을 사용했는데 이런 공법을 상식(上植, 올려심기)이라 한다. 은행나무의 무게는 1,250톤, 대형트럭을 들어 올리는 유압잭으로 하루에 55cm씩 밀어 올리고 아래는 흙으로 메웠다. 3년의 작업 시간과 23억 원의 거액이 소요된 뒤 1993년 공사가 마무리되었다. 나무를 들어 올리는 기간은 2개월이 걸렸지만 사전과 사후 작업에 많은 시간이 필요했다. 15m의 상식공사는 세계적으로도 유래가 없는 대규모 공사였다.[*]

대리석으로 만든 상식공사 완공기념비에 개략적인 공사 내용이 새겨져 있다.

은행나무로 가는 길은 폭 1m 남짓 되는 폭으로 길이 50여m쯤 되는 석재 난간으로 만든 다리를 건너야 한다. 다리가 시작되는 양쪽 입구에는 좌우 두 개씩 용을 조각한 돌이 다리 난관 위에 얹어져 있다.

멀리서 봐도 크기가 압도적이다. 가까이서 보면 더 웅장하다. 보통의 나무들을 받쳐주는 지지대와는 차원이 다른 형태의 지지대들이 사용되고 있다. 굵기가 몇 배 굵은 쇠로 만든 철봉 지지대, 철근을 용접하여 특수 제작된 지지대, 철로 된 쇠줄을 이용해 나무를 전체적으로 고정해 놓았다.

우리나라에서 가장 둘레가 굵은 나무라고 해서 줄자로 재어보고 싶었으나 은행나무 주위에 철망을 쳐놓아 접근할 수 없었다. 은행나무 주변에는 상식공사를 하면서 공원화해 놓았는데 한여름이라 전체적으로 풀이 한 뼘 이상 자라고 있었다. 큰 건물 한 채가 '은행나무 전시관'의 명패를 달고 있었는데 개점휴업 상태였다. 전시관 옆에는 이 은행나무 종자를 받아 키운 어린 은행나무를 심어 계보를 이어가고 있었다.

나무 앞에서 미약한 인간이라지만, 대를 이어 나무와 소통할 수 있는 인간의 능력은 나무와 더불어 살아가는 데 부족함이 없을 것이다.

●●
삶의 터전이 물속에 잠겼지만
은행나무 하나가 마을의
전설을 고스란히 간직하고 있다
고향에 가면 반겨주는
은행나무 하나 있다는 것이

◇◇◇◇
[*] 동아일보, 2012. 1. 14, "용계 은행나무"

보기만 해도 힐링 되는 나무들의 감성스토리

얼마나 큰 위안인지 모른다

뿌리가 없으면 바람에 흔들릴까봐

나무에 같이 삶의 뿌리를 묻었다

수몰민들의 뿔뿔이 흩어진 파편들이

하나의 추억으로 주렁주렁

은행이 되어 매달리고 있다

웅장한 나무를 보고 가슴 벅찬 감동과

하늘 높이 펼쳐진 은행잎의 내력을 들으면

또 다른 가슴 떨림으로 눈시울이 시큰거려

한동안 멍하니 허공만 바라보게 된다.

사진촬영 2019. 7. 23

수종 은행나무(천연기념물 제175호)
수령 700년 　　　　　　**수고** 37m
둘레 14.5m 　　　　　　**지정일자** 1982. 9. 23
소재지 경북 안동시 길안면 용계리

○주변 관광지: 하회마을, 도산서원, 봉정사, 콘텐츠박물관, 안동댐

✈

예천 지보면 수월리

느티나무

느티나무 표피에 특이한 문양이 나타나 있다. 마을에는 어르신만이 거주하고, 빈집이 늘어나고 있다.

느티나무를 보호하기 위해 마련한 보호용 담장과 표지석이 일그러져 있다. 다른 보호수와 달리 철제가 아닌 나무로 만든 지주봉 2개가 육중한 보호수 가지의 무게를 지지하고 있으나 제대로 지탱하지는 못하는 것 같다.

표지석 주변에는 온갖 잡초들이 자라고 있는데, 이는 보호수에 대한 마을의 관리가 전혀 이루어지지 않는 모습이다. 보호수 느티나무의 표피에는 다양한 무늬가 나타나 신령스러운 기운이 감돈다. 나무의 몸통이 2m 정도 높이에서 옆 방향으로 뻗어져 위로 올라가고 있다. 여기저기에 빈집이 증가하여 인적을 만나기는 쉽지 않지만 주인을 대신하여 집을 지키고 있는 강아지 녀석은 오늘도 자신의 본분을 충실히 하고 있다. 강아지 우는 소리에 연세 지긋하신 노인들께서 어디서 오셨는지를 묻는다. 부산에서 왔다고 하니 밝은 모습으로 우리를 맞이한다. 주소가 '수월 2길 90'으로 되어 있는 집의 마당에는 사람이 살고 있지 않아서인지 무성하게 자란 잡초들로 가득해 마음을 짠하게 한다.

들깨와 강아지풀이 친구처럼 뒤섞여서 자라고 있다.

유기농 재배가 목적이라면 이해되지만 일손 부족인 이유라면

점점 비어가는 우리 농촌 마을의 현실이 드러나 가슴이 미어진다.

흙담장이 너덜너덜 떨어지는 건 공동화의 한 부분이다

우리 모두 농촌 마을에 관심을 두어야 할 때가 아닐까

소박한 손길로 풀과 들을 쓰다듬는 그들처럼.

수종 느티나무

소재지 경북 예천군 지보면 수월리 447-1

○주변 관광지: 회룡대, 신풍저수지, 말무덤, 죽고서원

보기만 해도 힐링 되는 나무들의 감성스토리

예천 풍양면 삼수정
회화나무

서산 너머 해가 저물어가기 직전이다. 낙동강 자전거길 도로 이정표 위치 표시
에 '현위치 예천 No.18'이라고 되어 있다. 그곳에는 예천 삼수정(醴泉 三樹亭)이 자
리하고 있다. 앞부분에 소나무 2그루가 좌청룡 우백호처럼 자리하고 있으며 그 뒤
로는 우람한 모습의 느티나무가 있다. 그리고 제일 윗부분인 정상 쪽에 삼수정이 있
다. 또 자전거 길에는 '청곡제'라는 표지석이 설치되어 있다. 이곳에서 왼쪽 낙동강
하굿둑까지 325km, 오른쪽 안동댐까지는 60km라고 안내가 되어 있다.

자전거길 안내정보가 많이 보이지만 안내정보의 일부는 오래되어서인지 빛이 바
래거나 훼손되어 내용을 읽기 어렵다. 한쪽 편엔 '낙동강 쌍절암 생태숲길'임을 안내
하는 표시물이 있는데 왼쪽으로는 탐방로 입구까지 800m, 오른쪽으로는 삼수정까
지 40m임을 소개하고 있다.

삼수정은 정면 3칸, 측면 2칸의 한옥구조이다. 예천 삼수정의 초창은 1425년이
나 1829년 경상감사(慶尙監司)로 부임한 정기선(鄭基善)에 의해 중건되었고, 그
후 세 차례 이전하였으나 1909년에 구기(舊基)에 다시 돌아와 중건되었다. 옛 모습
을 그대로 간직하고 있는데 비교적 가운데 마루방이 배치되어 있는 평면형식은 아
주 보기 드문 예이다.*

◇◇◇◇
* 경북북부권문화정보센터

수종 회화나무, 소나무　　**수령** 250년
지정일자 1972. 8. 9　　**소재지** 경북 예천군 풍양면 청곡길 67-30
○주변 관광지: 삼강주막, 쌍절암생태숲길, 효갈지

상주 무양동
느티나무

어제 저녁 동네 식당에서 저녁을 먹으면서 주위에 보호수가 있는지 물어보니 근처에 동수나무가 있다고 한다. 아침 이른 시간에 주변을 몇 바퀴 돌다가 주민에게 물어보니 쉽게 찾을 수 있었다. 시내 중심가에 있다. 왕복 2차선 도로의 중간에 있어 중앙선 역할을 한다. 보호수 경계가 끝나는 지점이 교차로여서 차량들이 조심조심 서행하면서 이동하고 있다. 보호수 앞과 뒤에는 허리 높이쯤 되는 플라스틱 재질의 차량 충격방지 탱크가 세워져 있다.

무양동(武陽洞) 주민들은 이 나무를 동수(洞守)나무라고 한다. 마을을 지켜준다는 의미다. 보호수치고는 아담하다. 수령은 190년이고 나무 높이는 12m이다. 큰 줄기에 시멘트 충전이 되어 있다. 한두 뼘 정도의 크지 않은 외과수술 흔적이 있고 생육상태는 양호하다. 부러진 것인지 가지치기가 된 것인지 큰 가지들이 잘린 흔적이 있다. 아마도 교통흐름에 방해가 되지 않도록 가지치기를 한 것처럼 보인다. 세 개의 자연석이 느티나무 밑둥부분에 불규칙하게 있는데 조경을 한 것인지 의미 없이 그곳에 있는 것인지 조금은 어색하게 보인다.

이 느티나무는 마을 중심지에 있어서 마을에서 일어나는 모든 일들을 알 수 있을 것 같다. 주민들은 아직 젊고 아담한 크기의 느티나무지만 마을을 지켜주는 나무라고 굳게 믿고 있다.

나무는 존재 자체로도 경이로움이지만

의미가 있으면 더욱 친숙해진다

산속 깊은 곳에도 있고

지금처럼 시내 한복판에도 있다

사람들과 함께할수록 건강해지고

의미를 부여할수록

아름다워지는 것인가

믿음을 주는 나무는

더욱 소중하다

나무는 오래될수록

가치가 높아진다.

이 또한 우리가 본받아야

할 점이 아닐까.

사진촬영 2019. 7. 24

보기만 해도 힐링 되는 나무들의 감성스토리

수종 느티나무   **수령** 190년
수고 12m   **둘레** 3m
지정일자 1982. 10. 26   **지정번호** 11-8-1-2-4
소재지 경북 상주시 무양동 167-18

○주변 관광지: 문장대, 경천대, 상주예술촌, 상주자전거박물관

문경 영순면 포내리

느티나무

현재 포내2리는 해주 최씨 집성촌이다. 임진왜란이 발발했을 당시에 청주 한씨(韓氏) 일족이 이 마을을 개척하면서 갯벌 안쪽에 취락을 형성하였다고 한다. 그래서 개의 안쪽이라는 의미로 '개안(줄여서 갠)'이라고 불렸던 것이 현재는 포내1리이며 갯벌 안쪽의 골짜기에 형성된 취락이 포내2리가 된 것으로 전해진다. 이곳에는 450년 수령의 느티나무가 특이한 모습으로 반겨준다.

3미터 이상 높이에는 몸통이 하나인데, 밑부분은 두 갈래로 뻗어서 땅속에 뿌리 내린 모습이 그저 신기할 따름이다. 느티나무 바로 아래에는 8각형 정자가 설치되어 있다. 여름철이면 이곳은 낮잠을 청하기에 정말로 안성맞춤일 것 같다. 바로 이곳이 무릉도원(武陵桃源)이다. 그리고 옆에는 포내2리 노인회관이 자리하고 있다. 하지만 느티나무 아래 설치되어 있는 운동기구에는 온통 먼지만 쌓여 있음에 마음이 아프다. 이곳도 운동하기에는 조금 어려운 연세 많으신 어르신들이 주로 계신 것 같다. 이 느티나무는 해주 최씨와 희로애락(喜怒哀樂)을 함께하고 있는 듯하다. 수관은 균형미가 잡혀서 바라보는 순간 기분이 좋아진다.

느티나무를 바라보고 있노라니
중국 상하이 동방명주 타워에서 바라본

맞은편 일명 병따개 빌딩과 닮았다.

그래서일까

노인회관 앞에는

수많은 빈 소주병들이 쌓여 있다.

사진촬영 2019. 7. 24

수종 느티나무   **수령** 450년
수고 15m   **둘레** 3.7m
지정일자 1982. 10. 20   **지정번호** 11-26-3-2
소재지 경북 문경시 영순면 포내리 164
○주변 관광지: 문경새재, 선유동계곡, 경천호, 근암서원, 문경석탄박물관

✈

영주 장수면 화기리

느티나무

장수면(長壽面)은 사람들이 오래 산다 하여 붙여진 이름이고, 화기리(花岐里)는 이 마을 뒷산에 꽃이 많이 피어서 만들어진 이름이다. 화기리에서는 중앙고속도로가 지나가는 것과 우곡천이 흘러가는 것이 보인다.

보호수는 450년이 훌쩍 넘은 느티나무로 수관이 좌우로 넓게 퍼져 있다. 보호수 주변은 대체로 관리가 안 되어 있다. 보호수 안내석도 앞면은 볼 수가 없다. 앞쪽은 석축으로 쌓아올려진 낭떠러지 형국이고, 나무들이 빽빽하게 자라고 있어 앞쪽으로 접근불가 상황이다.

농사짓는 도구들을 쌓아놓으려고 평평한 나무판자를 갖다 놓았고 쇠파이프를 고정하려는 듯 철사로 보호수를 빙 둘러 감아놓았다. 주변에 수풀이 우거져 보호수에 달라붙어 있다. 옆에 설치된 벤치는 폐기처분해야 할 만큼 곰팡이가 슬어 있다.

시멘트 충전재가 밑동부분에 많이 채워져 있고 한 길쯤 위의 가지가 갈라지는 부분에도 커다란 외과수술 흔적이 있다. 가지들이 옆으로 많이 뻗어 있어서 나무의 폭이 엄청나다. 옆으로 많이 뻗어 나간 큰 가지는 튼튼하게 생긴 A자 철제 지지대로 받치고 있다. 밑동부분에 난 버섯은 귀중한 약재가 될 것만 같다.

보기만 해도 힐링 되는 나무들의 감성스토리

넓게 잘 퍼진 멋진 느티나무인데
이름표가 가려져 있다
오랜 연륜인가
불쑥불쑥 튀어나온 옹이는
강아지 얼굴처럼 보이기도 하고
커다란 도토리처럼 보이기도 한다
이끼가 자연스럽게 붙어 있고
손바닥 크기의 버섯이 붙어 있다
풀들도 느티나무가 좋아서
달라붙어 있는데
떼어내면 풀들이
싫어할 듯하다.

수종 느티나무   **수령** 450년
품격 시나무   **지정일자** 1982. 10. 26
지정번호 11-28-13   **소재지** 경북 영주시 장수면 화기리 742-6

○주변 관광지: 부석사, 소수서원, 희방폭포, 죽령옛길, 선비촌

봉화 물야면 가평리

소나무

계서당(溪西堂) 250m(오른쪽 화살표)라는 안내판과 바로 밑에는 춘향전의 실존인물 이몽룡 생가라고 적은 안내판이 반갑게 맞이한다. 조금 더 진입하니 이몽룡 생가 200m(왼쪽 화살표) 표시가 보인다. 사과과수원이 생가 앞에 있으며, 대문은 없고 바로 마당으로 들어갈 수 있도록 되어 있다. 아래채에는 황토흙으로 벽이 마감되어 있으며, 오래된 건축물의 흔적이 물씬 풍긴다. 방문한 계절이 여름이라서인지 백일홍이 여기저기에서 반갑게 맞이한다. 본채를 정면에서 바라보니 기둥이 좌우측으로 기울어진 것처럼 보이지만 건물의 전체적인 균형미는 이상이 없는 편이다. 그리고 주렴에는 한지에 붓글씨로 직접 적은 글씨체가 하늘로 비상하는 용처럼 살아 있다. 정중앙에는 '계서당(溪西堂)'이라는 편액(扁額)이 걸려 있다. 그리고 계서 성이성(成以性: 1595~1664)은 어진 목민관으로서 백성들의 억울한 사정을 살피고 고단한 삶을 위로한 것으로 전한다. 특히 호남지역에 암행어사로 파견되어 부패한 관리들을 적발해 척결하여 칭송받았던 것으로 기록되어 있다고 한다.

1635년(인조 13) 부교리 배명 등이 역론으로 죽고, 그 아들이 연좌되어 죽게 돼도 아무도 말 못하고 있을 때 성이성이 상소하고 간곡히 주청하여 그 아들과 연루된 자들이 모두 죽음을 면하게 하고도 이를 감추어 아무도 모르게 하였다는 일화가 유명하다. 관직에서는 절용(節用), 애민(愛民), 청렴(淸廉)을 첫째로 삼았다고 한다. 여인을 향한 진실한 마음과 더불어 강직한 성품으로 수많은 일화를 남긴 성이

성은 1695년(숙종 21)에 청백리로 녹선되었다고 전한다. 이곳에는 성이성을 대신하여 소나무 한 그루가 멋진 모습을 보여준다. 이 소나무는 춘향전의 주인공인 이몽룡의 실존모델인 성이성 선생과 유년시절을 함께 보낸 나무로서 더욱더 많은 생각을 안겨준다.

남원 수령의 잔치 자리에 희롱 삼아 지은
"하산세고(夏山世稿) 중 계서일고(溪西逸稿)"에서
성이성 선생의 참 모습이 투영되어 나타난다.
청백리로 사시면서 자신을 겸손하게
낮추시려는 마음이
저 소나무에 오롯이 담겨 있는 듯하다.

수종 소나무
수령 500년
수고 10m(옆으로 누워서 자람)
둘레 1.7m
지정번호 08-31-1
지정일자 2008. 9. 8
소재지 경북 봉화군 물야면 계서당길 34-1
○주변 관광지: 청량산도립공원, 오전약수탕,
사미정, 고선계곡

사진촬영 2019. 7. 24

보기만 해도 힐링 되는 나무들의 감성스토리

울진 근남면 행곡리

처진 소나무

다음은 행곡리 처진 소나무에 대한 안내문의 내용 중 일부이다.

"행곡리 처진 소나무는 나이가 2012년 기준으로 약 350년으로 추정되며, 높이는 약 14m, 가슴높이 둘레는 약 3m에 이른다. 이 소나무의 수형은 처진 우산형으로 가지가 가늘고 길어서 아래로 늘어진 모습을 하고 있어 충북 보은의 정이품송과 유사하다. 이곳 천전동* 마을이 생겨날 때 심어진 것으로 전해지고 있어 마을의 상징목으로 보호받고 있다."

이곳은 울진의 소금강이라고 하는 명승 제6호 불영계곡(佛影溪谷)이 이어지는 곳으로 좌우로 수려한 산세와 깨끗한 계곡천이 흐르는 멋진 풍광을 연출하고 있다. 신라시대 의상대사가 창건한 불영사(佛影寺)가 있어 '불영사계곡' 또는 '불영계곡'이라고 한다. '사랑한다 말해줘'의 촬영지라고 입간판이 있는데 빛이 많이 바래 있다. 2004년 MBC 드라마를 이곳 대나무숲에서 촬영했다. 소나무 앞에 효자각이 있고 그 안에 '주명기 효자비(朱命杞 孝子碑)'가 있다.

보호수를 만나러 다니다 보니 이건 좀 멋진 나무다 싶으면 천연기념물이다. 문외한이었는데 전공 교수님을 따라 다니다 보니 나무를 보고 아주 조금씩 느끼는 바가 있다는 생각이 들어 한편으로 기분이 좋아진다. 꼭 풍수전문가가 아니더라도 명당자리를 보면 좋다는 것을 아는 것과 비슷한 이치다.

◇◇◇◇
* 천전동(川前洞): 내 앞에 있는 마을이라는 뜻

가까이서 보면 밑으로 늘어진 가지마다 나무 지지대로 받쳐놓았고, 상층부의 가지들은 적색이고 구불거림 현상이 많이 나타난다. 전체적으로 보면 땅 위에서부터 삼각형의 모습이다. 소중하지 않은 나무가 어디 있겠냐마는 천연기념물로 지정된 나무들은 단정하게 정리되어 있다.

잘나고 못난 게 없는 나무들이건만
그래도 멋진 나무는 있다
소나무가 느티나무처럼 풍성하다
모양도 삼각형으로 균형 잡혀 있다
효자비까지 안고 있다
주위는 물과 바위와 나무가
조화를 이루는 불영계곡이다
기암괴석이 있고 시원한 대숲이 있고
한가락 하는 명소가 많은 곳에서
이 정도 자태는 보여주는 것이
기본적인 예의라는 것인가.

보기만 해도 힐링 되는 나무들의 감성스토리

사진촬영 2019. 7. 24

수종 소나무(천연기념물 제409호)

수령 350년　　　　**수고** 14m

둘레 3m　　　　　　**지정일자** 2000. 6. 26

소재지 경북 울진군 근남면 행곡리 672

○주변 관광지: 이현세 만화거리, 후포등기산 스카이워크, 금강송문화관, 백암온천

영덕 병곡면 원황리
소나무

원황초등학교의 교사 건물 뒤편에 한 그루의 소나무가 자라고 있다. 일명 홍송(紅松)이라 부르는 색상을 띠고 있다. 바로 앞에서는 젊은 선생님들이 생활할 것 같은 사택이 있다. 이 소나무의 곧은 마음을 선생님들께서 늘 받고 있을 것 같다. 초등학교 뒤편 경계지점의 낮은 언덕 위에 터를 잡고 그저 묵묵히 살고 있는 듯하다. 그래서일까 이곳 주민들은 이 소나무에 무한한 염원을 하고 있다고 한다. 길흉화복(吉凶禍福)을 잘 예견한다고 하여 자신들에게 근심(걱정)이 생길 때마다 찾아서 빌곤 한다고 한다. 특히 풍년(어)을 기원하거나 비를 오게 하거나 무병장수, 아들을 낳게 해달라는 등의 염원을 이 소나무에 빌고 있다고 한다. 덕천해수욕장(동쪽)을 향하여 기울어진 상태로 자라고 있다.

어느 더운 여름날에
원황리 소나무가 물이 부족하여
지나가는 행인에게 "물 좀 주세요."라고
나지막한 소리를 낸다.
하지만 해맑은 초등학생들은 방학이라서 그런지
이 소리를 듣지를 못하는 것 같다.
소나무를 바라보면 너 나 할 것 없이

많은 관심이 필요할 것 같다.

이제는 사택 벽화에도 이 소나무가

등장할 때가 된 것 같다.

우리의 관심만큼이나.

사진촬영 2019. 7. 24

수종 소나무   **수령** 200년
수고 7m   **둘레** 2m
지정번호 07-25-02   **지정일자** 2007. 6. 13
소재지 경북 영덕군 병곡면 원황리 원황초등학교

○주변 관광지: 해맞이공원, 강구항, 옥계계곡, 경보화석박물관

포항 신광면 마북리
느티나무

안내석 전면에는 지정번호, 지정일자, 수령 및 수종, 소재지에 대한 정보가 새겨져 있다.

다음은 이 나무에 대한 안내석의 좌측에 있는 것으로 보호수의 유래에 대한 내용이다.

"이 나무는 700여 년 전 마북리에 정착하게 된 안동권씨 가문에서 77-2번지에 식재하여 마을 수호신으로 모셔 오던 당산목이었는데 단기 4329(1996)년 마북 저수지 확장공사로 수몰위기에 처하니 이를 안타깝게 여긴 노거수회에서 포항 문화방송과 지역 여론의 협조를 얻어 세상에 알리고 구명운동을 펼친 결과 마침내 단기 4331(1998)년 3월 9일 이 자리로 옮겨 심게 되었다. 그 후 단오절마다 막걸리 주기 행사를 하는 등 수세회복을 위해 온갖 정성을 기울여 왔으며 단기 4337(2004)년 12월 포항시에서 외과수술과 도랑개량 등 특별관리 사업으로 더욱 보존에 힘쓰고 전력을 기울인바 먼 후세에 이르도록 나무사랑의 귀감이 될 것이다."

안내석의 우측면에는 입간판이 있는데 여기에는 "나무 사랑 있음에 노거수 있고 / 노거수 있음에 의연함 있다 / 나무여 큰 나무여 오래오래 살고지고 / 우리랑 더불어 울창하게 살고지고"라고 적혀 있다.

지도상으로는 근처에 보호수가 있는데 스쳐 지나 한참을 올라갔다 다시 내려온다. 내려오면서 보니 커다란 나무가 한눈에 뜨인다. 보호수 안내석이 남다르게 제

보기만 해도 힐링 되는 나무들의 감성스토리

단처럼 생겼다.

허리쯤에서부터 큰 줄기들이 갈라져 옆으로 자란다. 뿌리부분은 나이가 들었지만 가지와 잎은 무성하게 매달려 있다. 위로 크기보다는 옆으로 넓게 자란 수형이다. 보호수는 700년 된 연륜이 보인다. 밑동부분의 주 기둥 하나는 잘려 있고 그 안에 구멍이 크게 생겼다. 큰 가지들은 굵은 A형 철제 지지대로 받쳐주고 있다. 근원(根元) 부분이 고사되어 가고 있고 일부에서는 구멍이 생기고 있어 외과 수술이 필요해 보인다.

••

길가에 있는 저렇게 큰 나무를
어떻게 못 보고 지나칠 수가 있는지
저수지 옆에 있다고 그 방향만
바라보다 그렇게 되었나 보다
물이 있어야 살지만
물속에 잠겨서는 살 수 없다
뿌리 깊은 나무를 옮기는 것은
생명을 담보로 해야 한다
죽어가는 나무보다
살리려는 사람들의
애간장이 더 녹는다
그렇게 사람과 나무는
역사와 전설을 함께
만들어가고 있다.

수종 느티나무　　**수령** 700년
수고 16m　　**둘레** 2m
지정번호 11-15-1　　**지정일자** 1982. 10. 29
소재지 경북 포항시 북구 신광면 마북리 91-1

○주변 관광지: 호미곶, 연오랑세오녀 테마공원, 구룡포 일본인가옥거리, 포항테크노파크

경주 강동면 왕신리
은행나무

운곡서원(雲谷書院)이라는 이정표가 눈으로 다가온다. 구름이 드리워지는 계곡에 있어서인지, 아무튼 대자연의 신비로움을 마음껏 간직한 계곡에 있는 서원인 것 같다. 운곡서원은 조선 정조 8년(1784) 역내의 후손들이 이곳에 추원사(追遠祠)를 건립하고 안동권씨 시조 고려태사(高麗太師) 권행(權幸) 선생을 봉향하고 죽림(竹林) 권산해(權山海), 귀봉(龜蜂) 권덕린(權德麟) 공을 배향하는 곳으로 고종 5년(1868)에 대원군의 금령에 의하여 훼철되었으나, 광무 7년(1903)에 다시 설단하여 제향해 오다가 1976년에 중건하여 향의에 의하여 운곡서원으로 개액한 것으로 전한다. 경내에는 경덕사를 비롯하여 정의당, 돈교재, 잠심재, 견심문, 유연정 등이 있다. 운곡서원을 향해서 비스듬히 놓여 있는 우측 계단으로 올라가니, 시원한 기운이 몸을 감싸는 느낌이 든다. 건물은 중건을 하였겠지만 건물의 구조와 외양에서 풍겨오는 느낌이 편안하면서도 단아하다.

우람하면서도 멋진 은행나무가 한편에 자리를 차지하고 있다. 주변이 시원하게 느껴진다. 하나의 몸통으로 이어지다가 지상 3~4미터 높이에서 여러 갈래로 가지를 펼치고 위로 자라고 있다. 전체적으로 수관이 잘 펼쳐져 있으면서 건강하게 보인다. 은행나무 옆에는 "경주 유연정"*이 있다.

◇◇◇◇
* 유연정은 운곡서원에 딸린 부속건물로서 이 건물은 조선 순조 11년(1811) 도연명(陶淵明)의 자연사상을 본받기 위해 자연경관이 빼어난 계곡 위에 세웠다고 한다. 건물은 앞면 3칸, 옆면 2칸 규모이며, 지붕은 팔(八)자 모양인 팔작지붕으로 꾸며져 있다.

실바람타고 날아온 은행나무 씨앗이

이곳 왕산리 계곡에 자리를 잡고

산과 바람, 구름을 벗삼아서

도연명의 시를 읊조린다.

지나치던 세월도 감탄하여

이곳에서 잠시 쉬어가니

사람인들 어찌 지나칠 수 있을까

오늘처럼 이곳에서 힐링하면 그것도 호사(好事)일까?

보기만 해도 힐링 되는 나무들의 감성스토리

수종 은행나무　　　　**수령** 330년
수고 30m　　　　　　**둘레** 5.3m
지정번호 11-15-16　　**지정일자** 1982. 10. 29
소재지 경북 경주시 강동면 왕신리 310

○주변 관광지: 불국사, 보문관광단지, 화랑마을, 송대말등대

✈

청도 매전면 동산리
처진 소나무

청도 매전면(梅田面) 동산리(東山里) 처진 소나무에 대한 안내판의 내용이다.

"이 나무는 나무의 가지가 수양버들같이 처졌다고 하여 유송(柳松)이라 부르기도 한다. 나무의 형태가 이러한 것은 주변의 나무에 의해 눌려 처지기 시작한 것으로 보이나 확실하지는 않다. 나무가 다른 가지에 눌려 그늘이 심하면 살 수 없는 것인데 살아남을 수 있었으니 귀한 존재라고 할 수 있다. 옛날 어느 정승이 이 앞을 지나갈 때 갑자기 큰 절을 하듯이 가지가 밑으로 처지더니 다시 일어서지 않았다는 일화도 전해온다. 나무의 크기는 높이 14m, 가슴높이 둘레 1.96m이며 가지폭은 동서로 10.3m, 남북으로 9.1m 정도 퍼졌고 가지는 거의 지면까지 처져 있다. 나무의 나이는 200년 정도 되는 것으로 보인다."

이 나무가 자라는 곳에는 고성 이씨 조상의 묘지가 있었는데 다른 곳으로 이장해 가서 지금은 소나무 주위가 넓다. 나무 주변에는 목재로 만든 정사각형 모양의 경계를 무릎 높이로 만들어놓았다. 풀을 벤 흔적이 남아 있을 만큼 풀을 벤 지 얼마 안 되었으며 주변은 단정하게 정리되어 있다. 소나무 앞 강 쪽으로 비석 1기가 서 있다. '군수 서유민 영세불망비(郡守 徐有民 永世不忘碑)'이다. 서유민(1779~?)은 조선 후기 군수를 지냈다. 앞쪽으로는 유천(榆川)이 흐르고 있다. 강가에 느릅나무가 많아서 붙여진 이름이다.

보기만 해도 힐링 되는 나무들의 감성스토리

축축 늘어진 가지를 가진 나무는

힘들어 할까 아니면 행복해 할까

늘어진 가지를 보면 신기하면서도

왜 늘어졌을까 생각해 본다

만물들의 애틋한 소원들이

가지에 매달려 있는 것인가

땅에 닿으면 땅속으로

들어가 뿌리가 될까

다시 하늘로 올라가

가지가 될까.

사진촬영 2019. 7. 24

수종 소나무(천연기념물 제295호)

수령 200년　　　　　　**수고** 14m

둘레 1.96m　　　　　　**소재지** 경북 청도군 매전면 동산리 151-6

　○주변 관광지: 청도신화랑풍류마을, 와인터널, 청도소싸움 테마파크, 운문사

보기만 해도 힐링 되는 나무들의 감성스토리

경산 중방동
버드나무

경산시 중방동 도심지 주택가 도로 가운데 버드나무 3형제가 터를 잡고 있다. 1700년 무렵에 중방동이 개척되면서 남부동과 중방동, 북부동의 각 마을마다 마을의 안녕과 평안을 기원하는 기복의례의 당산제가 신앙되었던 것으로 전한다.

또한 중방동두레농악이 형성되어 마을의 풍운과 애환을 달래었던 곳이라고도 한다. 300년 수령의 이 노거수는 우리 선조들의 삶과 궤적을 함께한 소중한 자산이다. 버드나무 세 그루가 자라고 있는데, 이 중에서 두 그루가 보호수로 지정되어 있다. 가운데 있는 버드나무는 옆으로 많이 누워서 위로 자라고 있으며, 가운데 부분은 외과수술을 받아서 큰 무리없이 자라는 모습이 대견스러울 따름이다. 주택지에 이렇게 소중한 나무가 자라고 있다니 정말로 좋은 일이다. 비록 가을철 낙엽으로 조금 성가시긴 하겠지만, 그 대신에 11개월은 행복하지 않은가.

누가 버드나무가 아니랄까
저렇게 비비꼬아서 자라고 있다.
그것이 본성이라면 할 수 없지 않은가
일부가 꼬여 있지만
윗부분은 균형 잡힌 모습으로 우리를 대한다.
인생사 새옹지마(塞翁之馬)라고.

사진촬영 2019. 7. 24

수종 버드나무   **수령** 180년

수고 15m / 18m   **둘레** 3.8m(동일함)

지정번호 11-10-14-1~2   **지정일자** 1982. 9. 20

소재지 경북 경산시 중방동 445-1

○주변 관광지: 금호서원, 불굴사, 자인계정숲, 관란서당

보기만 해도 힐링 되는 나무들의 감성스토리

✈

영양 영양읍 삼지2리
느티나무

영양군은 7월 하순의 무더위 속에 경북지역의 보호수를 찾아다닐 때 지나쳐 온 곳이다. 전국적으로 한 번 돌고 나서 시간을 내어 찾아가니 10월이다.

가을 냄새가 난다. 나무들이 단풍으로 물드는 계절이다. 영양군으로 가는 길에는 국내 최대로 알려진 풍력발전단지가 맹동산 위에 자리 잡고 있어 수십 개의 거대한 풍차가 빙글빙글 돌고 있는 것이 보이고, 숲들은 울긋불긋해지는 천연색의 모습으로 단장하고 있는 중이다.

영양읍 삼지리로 들어간다. 삼지리(三池里)는 원댕이못, 바대못, 연지(蓮池)와 함께 3개의 연못이 있어서 붙여진 이름이다. 연지가 있는 곳은 '연꽃테마단지'로 잘 조성되어 있으며 여름이면 연꽃이 만발하여 장관을 이룬다고 한다. 이곳 연꽃테마단지가 있는 곳에 150년 된 느티나무가 서 있다. 연꽃테마단지 주위로 잘생긴 소나무군락과 버드나무가 있고, 소나무군락 사이로 걷는 길에 '외씨버선길'이라는 안내판이 서 있다. 외씨버선길은 청송, 영양, 봉화, 영월 4개군에 걸쳐 산길과 들길을 연결한 코스로 조지훈의 시에 나오는 외씨버선을 닮았다고 해서 지어진 명칭이다.

느티나무는 단풍이 들어 채색한 수채화처럼 아름답게 보인다. 주기둥 세로 부분의 반 이상이 콘크리트 충전재로 채워진 모습을 하고 있으며 절반 정도의 부분으로도 충분한 가지를 뻗고 있는 모양새다. 이 마을의 할머니는 정월 대보름과 팔월 광복절에 이 보호수에 제를 올린다고 했다. 광복절에 제를 올리는 것은 흔치 않은 일

보기만 해도 힐링 되는 나무들의 감성스토리

인 듯하지만 이 마을에서는 그렇게 하고 있다고 한다. 이 할머니는 '나무님'이 '계신다'는 표현을 쓰는 등 보호수가 마을을 지켜주는 수호신이라 생각하고 신령시하고 있었다.

보호수 아래에는 정자와 벤치가 있고 제단이 만들어져 있다. 제단의 옆면에는 "증 한영종합건설(주)"라는 글자가 새겨져 있다.

연꽃테마단지 내에는 '아기탄생기념나무'가 심어져 있다. 이 지역에서 태어난 아이들의 이름과 생년월일이 적힌 팻말이 각각의 나무 앞에 꽂혀 있다. 태어난 한 아이와 가족에게는 남다른 의미를 가진 나무와의 추억이 될 것이다.

● ●
연꽃이 필 때는 푸른 모습으로
연꽃이 지고 나면 예쁜 단풍으로
변하는 모습이지만
항상 마을의 수호신으로 서 있다

추수하는 곡식들이 들판에 널려 있고
천천히 동면을 준비하는 시기에
천연색으로 변하는 나무는
가을을 멋진 그림으로
만들어내고 있다.

수종 느티나무   **수령** 150년
지정일자 1982. 11. 10   **고유번호** 11-16-1-14-2
품격 마을나무   **소재지** 경북 영양군 영양읍 삼지2리 415

○주변 관광지: 일월산, 영양반딧불이 생태공원, 영양 풍력발전단지, 수하계곡

사진촬영 2019. 10. 17

✈

향나무

울릉도로 향한다. 우리나라 최고령 나무로 알려진 향나무를 보러 가는 길이다. 울릉도 향나무를 보기 위해 배편 예약을 하고 세 번째 만에 가는 것이다. 이전 두 번은 예약한 후 태풍으로 인해 출발할 수 없었다. 울릉도 도동항 산 정상쯤 벼랑 위에 향나무가 있어 전문 산악인이 아닌 일반인들이 접근하기에는 어렵다고 한다. 드론 촬영 전문가를 대동하고 일행 3명이 출발했다.

부산에서 포항 여객터미널까지는 승용차로 이동한다. 가을이고 단풍철이라 많은 사람들이 울릉도행 배편에 몸을 싣는다. '선라이즈호'를 타고 가는데 거의 만석이다. 일행 중 두 명은 뱃멀미약을 먹고 한 명은 먹지 않았다. 풍랑이 심하다는 안내방송이 나온다. 출발 후 배가 출렁거리기 시작하였고 30분쯤 후부터 많은 승객들이 화장실을 찾기 시작한다. 멀미약을 먹은 사람이나 안 먹은 사람이나 모두 뱃멀미에 시달리기 시작한다. 승객들 모두 정신을 차리기 힘들 만큼 심한 뱃멀미에 고통을 호소하면서 화장실을 찾기 시작한다. 망망대해에서 어찌할 방법 없이 울릉도에 도착할 때가지 견뎌내는 수밖에는 없는 노릇이다. 섬사람들은 어떻게 살아 왔을까?

여름부터 시작한 전국의 보호수를 찾아 감성으로 만나는 여행길의 막바지다. 2500년의 향나무가 쉽게 접근을 허락하지 않는 까닭일까.

파도가 잔잔하면 3시간 10분이면 가는데 오늘은 3시간 50분이 걸렸다. 저동항으로 들어간다. 저동항에서 버스를 타고 도동항으로 간다. 도동항에서 내려 가장 먼저 산 위를 살펴본다. 멀리 있지만 뚜렷하게 향나무가 보인다. 간단하게 점심을 먹고 집주인의 허락을 득한 후 식당의 옥상에 올라가 카메라와 드론을 이용하여 향나무의 모습을 담는다.

한쪽에서 바라보면 사슴벌레의 집게발처럼 보인다. 여객선 터미널 쪽에서 보면 45도 이상으로 굽어져 자라는 모습이다. 절벽 위에 위태롭게 서 있는데 든든하지 않은 줄로 나무를 한두 바퀴 둘러 묶어놓은 모습이 망원렌즈에 담긴다. 과연 저 줄이 향나무를 지탱해 줄 수 있을까 하는 의구심이 들었다. 나무의 아랫부분은 많이 고사된 모습이고 밑동부분에는 시멘트 재질로 바닥이 덮여 있다. 윗부분의 가지에서 파란 잎을 피워 살아 있다는 것을 온 세상에 알리는 듯한 모습은 경이롭기 그지없다.

1985년 10월 태풍으로 인해 가지가 부러졌다고 한다.

우리나라에서 가장 오래된 나무로 알려진 역사성에 비하면 이에 대한 관심이 부족한 것은 아닌지 아쉽게 보인다. 도동항 어디에도 산 정상에 있는 향나무에 대한 안내문을 확인할 수 없었다. 정확한 연령을 아무도 모르고 추정할 뿐이다. 어떤 사람은 5000년이 넘었다고 말하기도 한다. 단군할아버지가 있던 고조선시대 이전부터 살아왔다면 얼마나 긴 세월을 버티고 이겨낸 것일까.

잠시 향나무를 카메라에 담고 도동항에서 '선플라워호'를 타고 포항으로 왔다. 갈 때 뱃멀미로 고생을 하여 멀미약을 미리 먹은 효과도 있고 여객선의 크기도 훨씬 커서 파도에 덜 민감하여 돌아올 때는 갈 때보다 덜 고생스럽게 복귀하였다.

힘들게 울릉도의 향나무를 잠시 접하고 오면서 전국의 보호수를 만나는 여정을 잘 마무리하여 유종의 미를 거둬야겠다는 다짐을 해본다.

• •
2500년의 세월을
산 정상의 절벽 위에서 버텨낸 것은
스스로 혹독함의 고행을 선택한 결과가 아닐까

생명력이 있을 것 같지 않은 밑동에서
밀어낸 파란 생명력은 경이로움 그 자체다

우리의 상상을 초월하는 존재감
나무는 말이 없어도
사람들에게 자신을 돌아보게 하는
힘을 가지고 있다
나무도 나이 들고 늙어간다
다만 느리게 아주 느리게
변해갈 뿐이다.

보기만 해도 힐링 되는 나무들의 감성스토리

수종 향나무   **수령** 2500∼3000년(추정)

수고 4m   **둘레** 2m

지정번호 11−74   **지정일자** 1988년

소재지 경북 울릉군 울릉읍 도동길 34

가치 현재까지 알려진 국내 최고 수령의 나무임

○주변 관광지: 풍혈, 촛대암, 금강원, 내수전 몽돌해변, 약수공원

전라남도

✈

담양 용면 두장리
느티나무 군락지

담양군 용면 두장리로 향한다. 느티나무 22그루와 팽나무 3그루가 한군데서 자라는 곳이다. 보호수 군락지다. 가운데는 정자가 있는데 일반적인 육각형이나 팔각형이 아니라 가로 4개, 세로 3개의 주춧돌 위에 기둥이 세워진 제법 큰 형태의 정자가 자리하고 있다. '비룡정(飛龍亭)'이라는 명패가 붙은 정자 안에는 말린 고추를 다듬는 노부부가 있었다. 이곳은 마을 사람들의 휴식처이자 일터이기도 한 곳이다.

25그루의 거대한 나무들이 모여 있다. 보호수 밑에 운동기구들이 설치되어 있고, 많은 나무들이 옹기종기 모여 있다. 한 나무의 옹이진 밑동은 강아지를 닮아 있다. 보기에 따라 여러 동물 형상을 떠올리게 하는 등 여러 나무를 둘러보는 데도 한참이 걸린다.

느티나무는 마을을 지키는 당산목으로서의 역할을 많이 하지만 그것은 일부분의 쓰임새다. 목재는 나뭇결이 곱고 황갈색의 색깔에 약간 윤이 나며, 썩거나 벌레가 먹는 일이 적은 데다 무늬도 아름다우며, 건조할 때 갈라지거나 비틀림이 적고 마찰이나 충격에 강하며 단단하다. 한마디로 나무가 갖추어야 할 모든 장점을 다 가지고 있는 것이 느티나무다.

팽나무는 느티나무와 같은 느릅나무과에 속하며 실제로 느티나무와 구분하기도 쉽지 않다. 양지와 음지를 가리지 않으며 비옥한 사질양토에서 잘 자란다. 성장이 빠른 편이고 평탄하고 깊은 땅을 좋아하며 상당히 습한 곳에서도 견딘다. 내한성과 내

보기만 해도 힐링 되는 나무들의 감성스토리

공해성, 내염성 등이 강하고 적응능력이 뛰어난 수종으로 흔히 볼 수 있는 수종이다.

한 곳에 25그루의 커다란

느티나무와 팽나무가 모여 있다

커다란 덩치와 모양새가 비슷하다

이런 마을은 항상

큰 나무에서 만들어내는

맑은 공기를 마실 듯하다

사이좋게 어우러져 자라는

나무들이 있는 정자는

일터이자 쉼터가 된다

용이 하늘을 나는 곳

비룡정은 용이

조화를 부리는 곳이 아닌

편안하게 쉬는 곳처럼

포근함이 느껴진다.

⚲ 두장 마을 유래(마을회관 건립 기념비에 적힌 내용)
"서기 1700년경 숙종 때 마을이 형성되었다고 전하며 조서하전
(朝鼠下田 : 아침 쥐가 노적을 보고 밭으로 내려오는 형국)이라는
명지(名地)가 있으며 마을 동산이 노적봉 두지(斗芝)의 형태라 하
여 마을 이름은 두지동(斗芝洞)이라 불리었다. 당초 금성면에 병
합되었으나 서기 1914년 행정구역 개편으로 용면에 편입되면서
두지동과 장찬리(長贊里)가 합병되어 머리자를 합하여 두장리(斗
長里)로 불리게 되었다."

사진촬영 2019. 8. 23

수종 느티나무 22그루, 팽나무 3그루

수령 약 200년　　　**수고** 25m

고유번호 15-6-9-9　　**지정일자** 2010. 7. 7

둘레 1.8~3.8m　　　**관리자** 마을이장

소재지 전북 담양군 용면 두장리 381-1

○주변 관광지: 죽녹원, 메타프로방스, 추월산, 가마골용소, 창평슬로시티

보기만 해도 힐링 되는 나무들의 감성스토리

장성 장성읍 백계리
영산홍

수필가 '이정선 생가'라는 비석이 눈에 들어온다. 장성 이진환 가옥 사랑채는 전라남도 문화재 제242호로 지정되어 있다. 신주소는 남양솔길 52이다.

입구에 대문의 문이 없어서 인기척을 하였다. 그런데 개만 소리를 내고 사람은 없는 듯해서 '누구 계십니까?'를 수차례 물었다. 한 다섯 번 외칠 즈음 왼쪽으로 보호수 간판이 눈에 들어왔다. 보호수가 있는 곳으로 다가가려고 하는데 주인장이 "어떻게 오셨어요?" 하고 묻는다. 순간 깜짝 놀랐으나 전국에 소재한 보호수를 촬영하러 다닌다고 말씀드린 후에 영산홍 보호수를 촬영해도 좋은지를 물었다. 그러자 흔쾌히 동의해 주었다. 영산홍의 경우 원목이 13목으로 형성되어 있는 것으로 소개하고 있다. 영산홍 13그루는 가지마다 이끼가 끼어 있는 느낌이 새롭다.

영산홍 가지는 350년의 세월을 지냈지만 굵은 모습은 아니다. 다만 세월의 흔적을 이끼가 표현해 준다. 어쩌면 영산홍에는 12간지를 뜻하는 12그루와, 중심나무인 1그루가 모여 13그루가 한 모습이지 않을까.

이진환 가옥 사랑채인 야은재는 야은 이용중(野隱 李容中: 1841~1919)이 말년에 주거하였던 곳으로 전면 5칸 규모로, 안채와 나란히 배치된 '一'자형 가옥으로 5개의 단위공간으로 구분되어 있으며 출입구의 문들은 여닫이문으로 사용하고 있다.

수종 영산홍   **수령** 350년
지정일자 1982. 12. 3   **수고** 4m
둘레 1.3m   **소재지** 전남 장성군 장성읍 백계리 478

○주변 관광지: 백양사, 홍길동 테마파크, 금곡 영화촌, 장성 치유의 숲, 남창계곡

✈

영광 법성면 대덕리

느티나무

영광군 법성로 진내리 700년 느티나무를 찾았으나 위치 확인이 어려워 숲쟁이에 있는 느티나무 군락으로 왔는데 예사롭지 않은 느낌을 준다. 이 군락은 전국의 아름다운 숲 10선에 선정된 곳이다. 국제식당에서 굴비정식을 주문하였는데 굴비의 고장답게 맛있는 점심이었다. 진내리 느티나무를 향했다. '미르낙동체험장' 이정표가 보인다. 그리고 논 한가운데 느티나무 한 그루가 마치 두 그루처럼 손바닥을 하늘로 펼치고 있는 형상으로 마주보고 있다.

나무 아래에는 아담한 정자가 자리하고 있다. 나무 밑에는 짚을 두툼하게 덮어서 나무뿌리 부분을 보호하고 있어 특이하다. 마을에는 붉은 벽돌로 건축한 집의 담장만 남아 있고 집터에는 콩이며 깨 등이 심겨 있다.

수종 느티나무   **수령** 350년   사진촬영 2019. 8. 23

지정일자 1974. 9. 25   **수고** 14m

둘레 8.1m   **소재지** 전남 영광군 법성면 대덕리 841

○주변 관광지: 불갑사, 칠산타워, 숲쟁이공원, 송이도

보기만 해도 힐링 되는 나무들의 감성스토리

✈

함평 함평읍 함평리

호랑가시나무

함평군 함평읍 함평리로 향한다. 이재혁 가옥이 있고 그 안에 호랑가시나무가 있다. 가옥 안에는 사람이 거주하지 않는 것처럼 문이 닫혀 있어서 담장 울타리 밖에서 나무를 촬영하였다.

김구(1876~1949) 선생께서 1896년 2월 일본군 중위를 처단하고 5월 11일 체포되어, 해주감옥에 구금되었고, 7월 초에 인천 감리영으로 이감되었다. 1897년에 사형이 확정되었는데 사형 직전 고종에 의해 사형집행이 정지되었다. 1899년 3월 9일 탈옥하여 전국을 방랑하던 중 이곳 이재혁 가옥에 머물렀다. 낮에는 육모정 밑 토굴에서, 밤에는 안채 다락방에서 숨어 지냈다고 한다.

호랑가시나무는 이름이 매우 특이한 나무다. 잎 모양이 오각형, 육각형 등으로 제멋대로 생겼는데 모서리에 날카로운 가시가 있으며 차츰 퇴화되어 잎 끝에 하나만 남아 단단한 가시로 튀어나와 있는데, 그 날카로움이 호랑이 발톱 같아 호랑나무가시라 이름 지어졌다. 고양이 새끼 발톱 같다고 해서 '묘아자(猫兒刺)', 회백색의 껍질이 개뼈다귀 같다고 하여 '구골목(狗骨木)'이라고도 한다.

서양 사람들이 크리스마스 트리로 흔히 사용하는 나무가 호랑가시나무다. 십자가를 멘 예수가 가시관을 쓰고 골고다 언덕을 올라갈 때, '로빈'이라는 작은 새가 예수의 머리에 박힌 가시를 빼려고 온 힘을 다하여 쪼았다고 전한다. 로빈이 좋아하는 먹이가 바로 서양호랑가시나무 열매라고 알려져 있다. 또 춥고 음침한 겨울에 진초록 잎을 바탕으로 새빨간 열매를 달고 있어서 행운을 가져다주는 나무라고 생각한다. 호랑가시나무는 늘 푸른 나무이며, 두꺼운 잎을 가지고 있어서 나무를 꺾어 오래 두어도 잘 썩지 않으므로 크리스마스 트리를 만들기에 제격이다. 우리나라는 자라는 지역이 남쪽 일부이고 험상궂은 잎 가시 탓인지 쓰임이 널리 알려져 있지는 않다.

　가까이에서 조경이라도 하려고 하다 나뭇잎에 한두 번 찔리면 베어버리기도 한다는 나무이다. 담 밖에서 바라본 호랑가시나무는 멀리서 본 탓인지 날카롭게 보이지 않고 큰 기둥부분을 담쟁이 같은 풀이 감고 있는 듯이 보였다.

••
호랑가시나무 이름이 특이한 나무
백범 선생과 함께 지낸 역사의 공간에서
나무는 많은 것을 알고 있을 것이다
무시한 가시를 가진 나무는
동물들이 시시때때로 노리는 법
맛있는 열매나 잎을 가졌을 것이다
콩알만 한 붉은 열매가 가을부터
이듬해 봄까지 매달려 있다
멋진 한옥에서 역사를 지키고 있는
호랑가시나무
이름처럼 역사와 전통을
오래도록 지키고 있을 것이다.

보기만 해도 힐링 되는 나무들의 감성스토리

사진촬영 2019. 8. 23

수종 호랑가시나무 **수령** 220년(지정일자 기준 200년)
수고 3.5m **둘레** 0.9m
고유번호 15-17-1-10 **지정일자** 1999. 10. 26
관리자 작곡마을 이장
소재지 전남 함평군 함평읍 남일길 83-4번지(이재혁 가옥 내)

○주변 관광지: 함평엑스포공원, 꽃무릇공원, 황금박쥐전시관, 용천사

🔥 함평 이재혁 가옥 안내문(전라남도 문화재 자료 제250호, 함평군 함평읍 남일길 83-4)

"이 가옥은 함평이씨 이동범(李東範 : 1869~1940)이 지었으며 원래는 7칸 겹집의 안채와 정자인 '육모정(六茅亭)'이 있었으나 지금은 사랑채와 문간채만이 남아 있다. 사랑채는 'ㄱ'자형 집으로 2칸의 대청을 중심으로 왼쪽에 부엌을, 오른쪽에 다락을 내고 2개의 방을 배열하였다. 문간채는 정면 3칸, 측면 1칸의 팔각지붕이며, 중앙을 출입문으로 왼쪽을 방, 오른쪽을 광으로 사용하였다. 백범 김구 선생이 한동안 숨어 지낸 곳이기도 하며, 전통 한옥이 시대의 변화와 생활의 편의에 따라 바뀌는 사례를 볼 수 있는 가옥으로 의미가 있다."

무안 해제면 천장리
동백나무

이곳은 기계 유씨(杞溪 兪氏) 무안(務安) 입향조(入鄕祖)인 유제(兪梯, 字는 應龍)의 집이다. 공(公)은 1636년 병자호란 때 이조좌랑(吏曹佐郞)으로서 오랑캐들의 수탈과 겁탈 및 젊은 남녀가 노예로 수없이 잡혀가는 것을 막아야 한다고 소(疎)를 궁궐에 올렸으나 받아들여지기는커녕 인조의 치욕적인 삼배구고두(三拜九叩頭)로 청나라에 맹약(盟約)하는 것을 보고, 나라는 백성에 대한 의(義)를 저버렸다고 생각하여 "자신이 어떻게 구차하게 나라의 녹(祿)을 먹을 수 있겠는가"라는 생각에 백성을 볼 수가 없어서 이곳으로 들어와서 동백나무를 심고 은둔생활을 하였다고 한다. 동백은 장수목이면서 사계절 짙은 푸르름으로 변하지 않기 때문에 임금을 상징하며, 겨울에도 꽃을 피우기 때문에 꽃말이 그 누구보다도 당신을 '사랑합니다'라는 의미가 담겨 있다고 한다. 이곳에 동백나무를 심어서 백성을 사랑하는 마음과 조선왕조에 대한 청렴과 절조의 의미가 있기에 평상시 유공의 깊은 마음이 잘 담겨 있다고 한다. 이곳은 종택으로서 그 가치가 더욱 빛난다.

작은 동백 묘목 서너 뿌리를 가지고 와서 화분에 심어놓고 잘 살려보려고 무던히도 애를 썼다.

유(兪)공의 청렴한 기개와

백성에 대한 애틋한 사랑이

동백나무에 서려 오늘에 이르니

큰 나무 아래에 수많은 후계목들이

그 정신 배우려고 아우성이다.

보기만 해도 힐링 되는 나무들의 감성스토리

사진촬영 2019. 8. 23

수종 동백나무(뒤편 언덕_6그루)
수령 360년
수고 5m
둘레 1.3m
지정일자 2016. 3. 30
소재지 전남 무안군 해제면 천장리 442

○주변 관광지: 무안황토갯벌랜드, 회산백련지, 밀리터리 테마파크, 초의선사 탄생지

✈

신안 지도읍 읍내리
팽나무

신안군 지도읍으로 들어간다. 지도 앞바다는 송대와 원대 유물이 수장되어 있어 사적으로 지정되었다. 지도(智島)는 섬이었다. 지금은 육지와 연륙교로 연결되어 있고 읍의 중심지가 읍내리다. 지도읍 사무소 바로 옆에 팽나무 3그루가 서 있다.

한 그루는 읍사무소 정문에서 읍사무소를 바라볼 때 우측에 있고, 그 뒤편으로 10여m 떨어진 언덕 위에 두 그루가 있다. 두 그루 옆에는 지역 예비군 중대본부 건물이 자리 잡고 있다. 앞쪽의 팽나무는 수세가 크고 멋있게 퍼져 있는데 줄기에 옹이가 생겨 울퉁불퉁한 모습이 석회암 천연동굴의 석순처럼 솟아나 있다. 중간 줄기에는 외과수술의 흔적이 있고 큰 기둥이 한쪽으로 약간 기울어져 자라고 있지만 전체적으로 커다란 몸집을 보여준다. 기울어진 가지는 쇠로 만든 지지대로 받치고 있다. 나무 윗부분에는 제법 큰 새집이 보인다. 좋은 곳에 둥지를 틀었다.

보호수가 만들어주는 그늘은 사람이 쉬기에도 좋지만 주차하기에도 좋은 장소다. 다섯 대의 승용차가 팽나무 그늘에서 주차한 채 휴식을 취하고 있다.

읍사무소 뒤편에도 큰 나무가 있었는데 고사된 상태였다. 이곳에 있던 사람들이 좋고 우람한 나무가 많았는데 큰 태풍이 와서 나무가 뿌리째 뽑히거나 부러진 경우가 많았다고 한다.

읍사무소 앞에는 가지 일부분이 고사된 수령이 오래된 배롱나무가 붉은 열매를 달고 있었다. 이 배롱나무도 근원을 찾으면 가치가 있는 역사를 간직하고 있을 법하다.

보기만 해도 힐링 되는 나무들의 감성스토리

한 그루가 멋지게 자라고 있고
바로 옆에 있는
두 그루가 호위하는 모양새다
모진 바닷바람과 험난한 태풍에도
견뎌내고 있는 것은
혼자가 아니라
셋이서 함께 있기 때문은 아닐까
울퉁불퉁 달고 있는 혹
큰 것은 큰 것대로
작은 것은 작은 것대로
생긴 모양을 따서
이름을 붙여주면 좋으련만
그저 생긴 대로 바라보는 것도
신비한 아름다움이다.

사진촬영 2019. 8. 23

수종 팽나무 3본　　**수령** 320여 년
수고 17m　　**둘레** 4.1m
고유번호 15-22-1-1　　**지정일자** 1982. 12. 3
관리자 지도읍장　　**소재지** 전남 신안군 지도읍 읍내리 140
○주변 관광지: 지도향교, 송도수산시장, 지도두류단오선생비

✈

목포 죽교동
느티나무

유달산에서 내려다보니 목원동 행정복지센터(쌍둥이 빌딩)가 한눈에 들어온다. 이곳 '반야사'에는 그렇게 오래되지는 않아 보이는데 팽나무 한 그루가 자라고 있다. 밑둥치에서부터 가지가 매우 많이 발달되어 있다. 어쩌면 미래가 밝게 전망될 정도로 수관이 발달되어 있다.

반야사에 들어갈 수가 없다. 문이 잠겨 있다. 반야사 밖에서 느티나무를 촬영하였다. 밑동부분을 볼 수 없었다. 하지만 잎이 무성한 느티나무 모습이다.

• •

유달산에서 사람들이 내려오면서
힐링을 하였다고 아우성이다.
유달산에서 케이블카가
주렁주렁 매달려서 국내 최장의 케이블카라고
환호성을 지른다.

수종 팽나무　　　　　**수령** 150년　　　　　　　　　　　　　　사진촬영 2019. 8. 23
지정일자 2016. 3. 30　　　**수고** 5m
둘레 1.3m　　　　　　　**소재지** 전남 목포시 죽교동 514
○주변 관광지: 유달산, 갓바위, 평화광장, 목포해상 케이블카, 삼학도 이난영 공원

보기만 해도 힐링 되는 나무들의 감성스토리

영암 군서면 양장리

곰솔

영암군 군서면 양장리로 향한다. 양장리를 둘러싸고 학산천과 영암천이 흘러 영산강으로 합쳐진다. 멀리 월출산이 보인다. 마을에 들어서니 마을 중간쯤 멋진 모양의 곰솔이 자리 잡고 있다. 전라남도 기념물로 지정된 곰솔이다.

어른 키 높이에서 가지들이 갈라지고 또 그만큼의 높이에서 여러 갈래로 갈라져 위로 옆으로 가지들이 뻗어 있는데 전체적으로 잘 퍼져 있어 균형미가 있다. 해송 밑에는 '정자나무 쉼터 / 영암군 농촌지도소'라고 쓰인 안내판이 나무를 가로로 자른 모양의 인조석재로 만들어 세워져 있다.

주변에는 줄기가 몽땅 잘린 채 밑동만 남아 있는 곰솔의 흔적이 있다. 운동기구들이 있는데 잘 사용하지 않은 듯이 몇 개는 녹슨 채로 있다. 나무 옆에 있는 정자는 사방에 문을 만들어 달아놓았다. 이곳의 정자는 직사각형이고 지붕을 슬라브 형식으로 만들었다. 해송 밑에는 커다란 농기계인 트랙터가 세워져 있다.

수백 년 된 해송의 몇몇 가지들은 구부렁거리며 자라는데 전체적인 수형을 해치지 않고 모양새를 뽐내고 있다. 해송을 바라보면서 촬영하는 시간 동안 해가 서산으로 넘어간다. 하늘을 배경으로 찍은 나무는 찰나에 컬러 사진에서 흑백사진으로 변했다.

해가 떨어지는 순간 잠시 동안 환한 빛이 감돌다가 주위가 어두워진다. 태양도 서산으로 온전히 넘어가기 직전에 마지막으로 최선을 다해 빛을 발하고 넘어가려는 모양이다.

●●

해송 한 그루를 만나기 위해
부지런을 떤다.
해가 지면 모습을 볼 수가 없고
카메라에 담을 수가 없다
다행스럽게
해 지기 전에 곰솔의 온전한 모습을
볼 수 있었다
붉은색 하늘을 배경으로 실루엣처럼
보이는 해송도 보기 좋다
트랙터와 함께 있는 해송이
낯선 듯하지만 한편으로는
농촌의 풍경으로 어울린다.

보기만 해도 힐링 되는 나무들의 감성스토리

수종 곰솔(전라남도 기념물 제182호)　　　**둘레** 4m
수령 300여 년　　　**수고** 14m
소재지 전남 영암군 군서면 양장리 485

○주변 관광지: 월출산, 왕인박사 유적지, 토담골랜드, 도갑사, 도기박물관

💧 **양장리 곰솔 안내문(전라남도 기념물 제182호)**

"곰솔은 흔히 해송으로 불리는데 한반도 중부 이남의 바닷가와 해풍 영향이 비교적 많은 지역에서 심었다. 따라서 우리나라 해안가에서 많이 볼 수 있는 대표적인 수종이다. 소나무보다는 재질이 떨어지나 소금기 섞인 바다 바람에 강해 방풍림으로 많이 심었다.

이 곰솔은 높이 2m 정도에서 세 갈래로 갈라져 있다. 이 나무들은 마을 뒤에 자리 잡고 있어 서북 쪽에서 마을로 불어오는 강한 바람을 막아주는 방풍림 역할을 하고 있다. 나무 높이는 14m 정도이며, 가슴높이 둘레는 4m이다. 크기로 보아 수령은 300년 정도로 추정된다.

전해지는 말에 의하면, 이 나무에 해방 전까지 해마다 정월 대보름 때면 마을의 안녕과 풍년을 기원하는 당산제를 지냈다고 한다."

✈

광양 다압면 도사리
푸조나무

광양시 다압면 도사리로 향한다. 이곳은 '다사마을'이라고 부른다. 섬진강변에 모래가 많아 다사(多沙)마을이다. 섬진강을 사이에 두고 건너편은 경상남도 하동이다. 하동읍내가 그대로 시야에 들어온다.

아침 일찍 보호수를 찾아가는데 비가 부슬부슬 내리고 세찬 강바람이 불면서 나뭇잎이 떨어지고 있다. 이곳을 청소하는 마을의 할머니가 나무 사진을 찍는데 자신의 모습이 부끄럽다고 나오지 않게 하라고 하신다.

'매화와 섬진강의 마을'이라는 이정표가 있는 다사마을 입구에서 푸조나무가 그 모습을 드러내고 있다. 뿌리에서부터 두 갈래로 갈라져 한 가지는 하늘로 솟구치며 자라고, 다른 한 가지는 이웃하여 흐르는 개울을 향해 옆으로 자라고 있다. 도로포장을 하면서 나무의 뿌리부분을 둘러서 아스콘 포장을 하고 뿌리 윗부분에는 하수구멍을 막는 창살모양의 철판을 덮어놓았다. 나무 옆에 만들어진 평평한 철판은 보호수에 가까이 접근할 수 있도록 만들어놓은 듯했다.

개울 쪽으로 뻗은 가지 중 하나는 새의 모습처럼 보이기도 하고 눈이 큰 사슴의 머리처럼 보이기도 한다. 위로 뻗은 줄기들은 농악에서 상모를 돌리는 듯 동글동글 배배 꼬면서 자라고 있다.

이곳 다사마을은 '매화마을'로 유명하다. 매월 3월 중순이면 매화축제가 열려 볼거리와 즐길거리가 풍성하다. 매화나무 집단재배를 전국에서 가장 먼저 시작한 청매실 농원에는 매화나무 단지가 조성되어 있고, 매실식품을 만드는 옹기들이 빼곡하게 들어찬 모습은 장관이다.

　　마을 뒷산의 이름은 '쫓비산'이라는 특이한 이름을 가지고 있는데, 산이 뾰족해서 그렇게 불린다고도 하고, 산 위에서 바라보는 섬진강의 물빛이 쪽빛이어서 그렇게 이름 지어졌다고도 한다.

．．
구불구불거리는 가지들이
사람 사는 굴곡처럼 보이기도 한다
오래 살다 보면 나무도
하고 싶은 말이 있을 것이다
가만히 있는 듯해도
가지 하나로 자신을 내보이고
잎새 하나로 말을 하기도 한다
동그란 눈을 새겨 넣고
사슴 같은 모습을 보여주기도 한다.
여러 모양으로 의미를 만들면서
나무는 끊임없이 말을 하고 있다.

새머리 모양의 푸조나무

사진촬영 2019. 8. 27

수종 푸조나무   **수령** 417년(1982년 지정 당시 380년)
지정번호 15-5-7-4   **지정일자** 2000. 6. 26
수고 8m   **둘레** 2.8m
관리자 마을이장   **소재지** 인천광역시 강화군 불은면 고능리 521

○주변 관광지: 느랭이골, 금천계곡, 불암산, 수월정

✈

구례 산동면 계천리

산수유

‘견두산 등산로’와 ‘산수유 시목지’를 소개하는 안내도가 눈에 들어온다. 바로 ‘천년 향기가 살아 숨쉬는 산동면 계척마을’이다. 이 산수유 나무는 약 1000년 전에 중국 산동성(山東省)에서 가져와 이곳에 심었다고 한다. 또한 이 나무는 달견마을의 할아버지 나무와 할머니 나무로 불리고 있다. 이곳의 산수유나무는 ‘중국 산동성에서 이곳으로 시집을 오면서 고향의 풍경을 잊지 않기 위하여 산수유 나무 한 그루를 가져와 심은 것에서 유래되었다’고 한다.

산수유나무 앞에는 제단이 마련되어 있다. 오래된 몸통에는 외과수술로 채워져서 안정감을 안겨준다. 바로 옆에는 정유재란 때 ‘왜적침략길’이라는 리본이 눈에 들어온다. 정겨운 모습을 보이는 나팔꽃이 계절을 말해준다. 그리고 남도 이순신 백의종군로 ‘1구간(산수유시목지) ~ 산동면 소재지 ~ 지리산 수상레저타운 ~ 우리밀체험관 ~ 광의면사무소’의 11.7㎞의 거리 중 바로 이곳이 시작지점이다.

••
산수유 지리산 호반길에
산동 아낙네가 고향의 향기를
드리워대니
어머니 품 지리산 자락에
산수유 향기가 끊이질 않는다.

보기만 해도 힐링 되는 나무들의 감성스토리

사진촬영 2019. 8. 27

수종 산수유   **수령** 1000년

지정일자 2001. 2. 21   **수고** 7m

둘레 4.8m   **소재지** 전남 구례군 산동면 계천리 199-1

○주변 관광지: 화엄사, 피아골, 수락폭포, 지리산 온천랜드

✈

곡성 석곡면 당월리

고욤나무

곡성군 석곡면 당월리로 향한다. 당월1리는 당지(當旨)마을, 당월2리는 월계 (月桂)마을이라고 하는데 고욤나무가 있는 곳은 월계마을이다. 마을 형상이 달에 박힌 계수나무 같다 하여 월계라 불렸고, 예로부터 장수(長壽)마을로 알려져 왔다.

고욤나무 보호수는 드물다. 고욤나무 자체는 크게 인기가 없다. 고욤은 감처럼 생겼으나 그 크기가 작고 가을에 열매가 많이도 열리는데 너무 떫고 씨가 커서 먹기에 거북하다. 서리를 맞히고 검은색이 되도록 완전히 익으면 겨우 먹을 만하다. 열매를 햇볕에 말린 군천자(桾櫏子)는 한방에서 갈증을 없애는 약재로 쓰인다. 고욤나무는 감나무를 접붙이하는 데 이용된다. 감나무는 고욤나무를 대리모로 삼는다. 감씨를 심으면 감나무가 되는데 어미보다 못한 땡감이 달린다. 그래서 고욤나무를 밑나무로 하고 감나무 가지를 잘라 접붙이기로 대를 이어 간다.

여기 고욤나무는 산언덕 중턱에 자리 잡고 있다. 관리가 잘 되지 않는 모습이다. 나무 주위에 풀이 무성하여 보호수 팻말이 제대로 보이지 않는다. 넝쿨로 된 풀들이 고욤나무를 빙빙 감으며 자라고 있고, 밑동부분에는 이끼가 자라고 있다. 큰 줄기에는 외과수술 흔적이 있으나 전체적인 수형은 건강한 모습이다. 고욤나무의 줄기가 검은색을 띠는 것은 연륜이 많다는 증거다. 고욤나무 옆에 피어 있는 배롱나무의 붉은 꽃이 미묘한 조화를 이루어 커다란 나무의 자태와 작은 나무에 맺혀 있는 꽃의 모습은 채색이 살짝 들어간 동양화처럼 보인다.

보기만 해도 힐링 되는 나무들의 감성스토리

고욤나무 옆의 밭에는 농작물을 보호하기 위함인 듯 고압전류 장치를 해놓고 '고압주의'라는 경고팻말을 붙여놓아 더욱 조심스럽게 보호수에 접근해야만 했다.

‥
고욤을 먹으면서
떫은맛을 느꼈던 유년의 기억
먹을 것이 부족한 보릿고개 시절
겨울밤에 먹던 고욤은 괜찮은 간식이었다.
자신의 양분을 접붙인 감에게 모두 전해주는
고욤나무는 큰 적선을 하고 있는 것일까
자신의 천적인 뻐꾸기 알을 보듬어 키우는 뱁새의
안타까움보다 낫다는 것으로 위안을 삼아야 할까
산기슭의 고욤나무는 헌신적인
마음으로 아낌없이 주고 있을 것이다.

사진촬영 2019. 8. 27

수종 고욤나무   **수령** 450년   **수고** 10.5m

둘레 3m   **지정번호** 15-7-04-11   **지정일자** 2013. 5. 1

관리자 월계마을 이장   **가치** 곡성군에서 보기 드문 수종 및 거목임

소재지 전남 곡성군 석곡면 당월리 441-1

○주변 관광지: 동악산, 압록유원지, 곡성 섬진강 기차마을, 반구정습지

✈

순천 주암면 내광마을
느티나무

순천 하면 '생태'를 떠올리게 된다. 이곳 느티나무 바로 아래 있는 냇가는 완전한 생태의 보고이다.

300년 수령의 느티나무 1본과 옆에서 자라는 느티나무 1본이 멀리서 보면 한 그루인 양 자연스러워 보인다. 그 아래 있는 정자가 편안해 보인다. 50m 떨어진 곳에 400년 수령의 느티나무 한 그루가 자라고 있다.

• •
느티나무 가족이
민들레 홀씨처럼 날아와서
이곳에 터를 잡고서
오가는 사람들에게 편안한
쉼터를 내어준다.

사진촬영 2019. 8. 27

수종 느티나무　　　**수령** 300년
지정일자 2001. 2. 21　　**수고** 25m
둘레 4m　　　　　　**소재지** 전남 순천시 주암면 내광마을

○주변 관광지: 순천만 국가정원, 낙안읍성, 송광사, 선암사

보기만 해도 힐링 되는 나무들의 감성스토리

✈

화순 동면 마산리

느티나무 연리지

화순군 동면 마산리로 향한다. 마산(馬山)은 마을의 형국이 말을 닮아 이름 지어졌다고 전해지는데, 마산의 또 다른 의미는 '산 아래 마을'이란 뜻도 있다.[*]

보호수 앞에는 '국제형 중고등대안학교'인 '지오학교'가 있다. '지금 오늘이 행복한 학교'라는 학교의 안내판이 좋아 보인다. 이곳은 예전에 동면초등학교가 있던 곳이어서 초등학교에 대한 연혁비가 보호수 옆에 세워져 있다.

느티나무는 두 그루처럼 보이는데 밑동부분에서 크게 두 갈래로 갈라진 한 그루 나무다. 가슴 높이에서 또 가지가 갈라지다가 3m쯤 되는 곳에서 여러 개의 가지 중 두 개의 가지가 하나로 합쳐진 연리지이다. 연리지는 서로 다른 두 줄기가 한 몸이 된 것인데 보통 너무 사랑하기 때문에 붙은 것이라 여겨진다. 보호수 옆에는 주택이 한 채 있는데 집의 울타리에 있는 'POST'라고 쓰인 우체통에는 행복한 소식을 담은 손편지가 들어 있을 것만 같다.

느티나무 아래는 다듬어지지 않은 넓적한 돌이 제단으로 쓰일 수 있게 두 개가 놓여 있고, 충분한 연륜을 갖춘 느티나무 밑동부분의 줄기에는 옹이가 울퉁불퉁 튀어나와 크고 작은 혹처럼 붙어 있다. 비를 맞은 나무의 줄기는 물을 머금어 검은색으로, 잎들은 더욱 푸른색으로 보인다. 밑동 주변에는 이끼가 많이 붙어 있다. 느티나무 밑에는 널찍한 평상이 있고 나무로 만든 평평한 모양의 벤치도 놓여 있다. 비가

◇◇◇◇
[*] 디지털화순문화대전; http://hwasun.grandculture.net

내려 우산을 받치고 나무 밑에 한참을 서 있으니 나무가 빗물을 머금고 있다가 한 꺼번에 우산 위로 떨구는 빗방울이 후드득거리면서 우산을 때린다. 커다란 나무 밑 에서 한 번 나뭇잎에 맺혔다가 떨어지는 비를 맞으며 우산을 받치고 서 있는 모습은 요즘 유행하는 인생샷 한 컷으로 손색이 없을 듯하다.

··
꿈이 있어 행복한 학교가 있다
잔디가 깔린 마당에는 실컷
뛰어놀아도 될 듯싶다
누군가 좋은 소식을 전해줄 것만 같은
여유로운 우편함이 있고
너무 사랑해서 붙어버린 연리지가
빗줄기를 머금고 있다가
구슬만 한 물방울 떨어지는 소리를
듣는 것이 평화롭게 느껴진다.
무엇인가 부족한 것을 채워주고
아픈 상처를 치유해 주는 느티나무
나무는 수백 년을 거쳐 사랑한다.
한 번 잡은 손 놓지 않고
같이 살아가고 있는 것은
아름다운 풍경이고 부러운 그림이다.

보기만 해도 힐링 되는 나무들의 감성스토리

사진촬영 2019. 8. 27

수종 느티나무　　　　**수령** 570년
품격 도나무　　　　　**둘레** 5.3m
지정번호 10–84　　　**지정일자** 1982. 12
수고 20m　　　　　　**관리자** 마산리 이장
소재지 전남 화순군 동면 마산리 183번지

○주변 관광지: 화순적벽, 운주사, 백아산 하늘다리, 세량지, 구봉암

💧 **연혁비 내용**

"무등의 안 자락이 여기 와 그 정기를 발원하고 탑골에서 발원한 물이 여러 골이 합쳐져 큰 내를 이루어 그 기운이 휘돌고, 500년 노거수가 지켜온 터에 동면초등학교가 있었다. 앞에 보이는 넓은 터가 그 배움터이고 여기 와서 수학하고 졸업한 동량들이 21회를 이루었도다!

"아는 것이 힘이다. 배워야 산다." 어린 제자들을 독려하는 선생님의 목청소리가 들리는 듯하도다! 이 땅의 모든 새는 여기 와 노래하고, 이름다운 꽃들이여 여기 와 피어다오! 바람도 지나거든 여기 와 입 맞추고 구름도 쉬어가며 이 배움의 터전을 안배하라!

천년 세월을 지켜 같이 배움의 터전은 동문수학한 동량들에게 말한다. 가슴에 태산 같은 자부심을 갖고, 누운 풀 잎처럼 자신을 낮추어라. 얼음처럼 차가운 이성을 갖고 불꽃처럼 뜨거운 열정을 태워라. 정의와 원칙 앞에서는 사슴처럼 두려워할 줄 알고, 부정과 불의 앞에서는 호랑이처럼 무섭고 사나워라. 뜻을 세워 시작한 일은 절대로! 절대로! 포기하지 마라! 이 배움터에서 수학한 동향 동문들이여! 이 큰 가르침을 가슴에 새기어 천년을 기억하라! 동면초등학교는 우리 이상의 모태이다! 함께 모여 보듬으면 우리는 하나이다!"

보기만 해도 힐링 되는 나무들의 감성스토리

나주 봉황동 용곡리
이팝나무·느티나무

봉황동 용곡리 676번지에 일명 '쌀나무'라고 부르는 이팝나무 한 그루와 느티나무가 가까이 자라고 있다. 월곡마을에 자라고 있는 이팝나무는 당산나무인데, 높이가 14m이고 둘레는 3.2m에 이른다. 그리고 수령은 400년이라고 한다. 이 나무는 1590년대 초에 성균관 생원이었던 달성 배씨 배진(裵繕)이 경남 달성에서 이곳으로 들어와서 살게 되면서 심었다고 보고 있다. 이팝나무꽃이 활짝 피면 그해에 풍년이 든다고 한다.

매년 정월 대보름에 마을 주민들이 대청소를 하고 농악을 연주하면서 철야 제사를 지낸다고 한다.

인근의 마을회관에서는 많은 주민들이 구호를 외치면서 큰 소리로 웃곤 한다. 레크리에이션 강사와 함께 흥겨운 시간을 보내고 있는 중이다. 낯선 방문객이라고 생각해서인지, 아니면 마을회관에서 흘러나오는 음악소리를 따라 짖는 것인지는 모르겠으나 마을 입구에 있는 개가 큰 소리로 짖어 대니 동네 여기저기서 개들이 함께 짖어 댄다. 묘한 음감의 조화로 들린다.

＊＊
이팝나무가 쌀 내어주고
느티나무는 공기를 맑게 하니

마을 주민 오순도순

화합을 이룬다.

사진촬영 2019. 8. 27

보기만 해도 힐링 되는 **나무들의 감성스토리**

수종 이팝나무, 느티나무　　**수령** 이팝 600년, 느티나무 400년

지정일자 1982. 12. 3　　**수고** 이팝/느티나무 18m/3.5m

둘레 이팝/느티나무 20m/4m　　**소재지** 전남 나주시 봉황동 용곡리 676

○ 주변 관광지: 우습제, 앙암바위, 빛가람 호수공원, 나주시 천연염색박물관, 도래마을

금송

장흥군 장동면 북교리로 향한다. 이동 중에 비가 내리더니 빗줄기가 제법 굵어지고 있다. 장동초등학교가 있고 학교 정문에서 교실 건물을 바라보면 바로 금송 두 그루가 보인다. 금송이 있는 곳을 둘러 작은 화단을 만들어놓고 키 작은 향나무와 '全人敎育'이라는 글자와 '참되고 굳세고 슬기롭게'라는 교훈을 새긴 커다란 바위가 양쪽으로 세워져 있다.

금송 한 그루는 어른 키 높이 정도에서 세 갈래로 갈라져 자라고 있는데 하늘로 쭉쭉 뻗어 있어서 멀리서 보면 갈라진 것처럼 보이지 않는다. 다른 한 그루는 큰 기둥이 어른 두 키 정도에서 잘려 있고 또 한 기둥은 어른 세 키 정도의 높이에서 잘려 있다. 보기에도 많이 불편해 보인다. 수세가 좋은 금송도 큰 기둥 하나가 어른 세 키 정도에서 잘려 있다. 하늘을 향해 직선으로 자라는 금송은 '참되고 굳세라'는 학교의 교훈과 잘 맞는 이미지를 보여준다.

학교 교문 밖에는 낙우송이 숲을 이루고 있는데 학생들이 각자의 사연과 이름을 적은 팻말이 매달려 있다. 자신의 이름이 붙어 있는 나무에 시간 날 때마다 찾아가서 안부를 물을 것만 같다.

금송은 세계 다른 곳에는 없고 오직 일본 남부에서만 자라는 희귀수종이며, 우리나라의 남부지방에서도 정원수로 키우는데 일본에서 건너온 것들이다. 가지 뻗는 것과 잎이 특이하여 아름다운 나무로 유명하다. 잎은 두껍고 선형이며 짙은 녹색으로 윤기가 있다. 나무는 잘 썩지 않아 관재(棺材), 건축재로 쓰인다.

　장동초등학교 바로 옆에는 전라남도기념물 제238호인 신북 구석기유적이 있다. 신북유적은 2만 2천 년 전 보성강 유역에서 살았던 후기 구석기인들의 살림터였다. 2002년 8월 국도2호선 장흥—장동 간 도로확장 포장 건설 구간의 교량 터파기 공사 때 문화층이 드러나면서 발견되었다.

··
금송은 하늘을 향해
직선으로 뻗어 나간다
초등학교에 있어 굳센 이미지를 보여준다
학교 정문 밖의 낙우송 숲에는
손글씨로 만든 아이들의 팻말이 붙어 있다
친구이야기도 있고 농담도 적어 놓고
나무를 친구로 만든 동심들이 기특하다.
굵은 기둥들이 잘린 채
푸르름을 잃지 않는 것은
애처로운 아름다움이다.

수종 금송 2본 　　　　　 **수령** 80년
수고 10m 　　　　　　　 **둘레** 0.9m
유형 정자목 　　　　　　 **지정번호** 15-12-6-4, 15-12-6-5
지정연도 1982 　　　　　 **관리자** 장동초등학교장
소재지 전남 장흥군 장동면 북교리 306-4, 장동초등학교
나무의 특징 및 연혁 장동초등학교 설립과 동시에 기념식수를 하였다고
함. 지상 1.5m 부위에서 3가지로 뻗어 있으며 학교 정문에 2그루가 나란
히 서 있음

○주변 관광지: 편백숲 우드랜드, 정남진 토요시장, 탐진강, 선학동 마을

강진 작천면 토마리
멀구슬나무

시간은 오후 5시를 넘어서고 있다. 주치재에서 남해고속국도 아래를 가로지르는 화방로 남서에서 북동쪽 방향으로 가다가 이마경로당 방향으로 100여m 진입하면 밭을 사방으로 두고 멀구슬나무 한 그루가 있다.

 매년 음력 1월 2일 밤 자정에 마을의 무사태평과 풍년기원, 가축번성을 위한 별신제를 이 나무 아래에서 지낸다고 한다. 나뭇가지 모양이 선녀 부채모양으로 보인다.

멀구슬나무,
이름이 특이하다
멀구슬나무를 담쟁이 넝쿨들이
타고 올라가서
구슬이 주렁주렁 달려 있는 듯하다.

사진촬영 2019. 8. 27

수종 멀구슬나무　　　　**수령** 150년
지정일자 2009. 10. 27　　**수고** 15m
둘레 1.3m　　　　　　　**소재지** 전남 강진군 작천면 토마리 산162-1

○주변 관광지: 다산초당, 영랑생가, 백운동 정원, 고려청자 박물관, 무위사

보기만 해도 힐링 되는 나무들의 감성스토리

✈

진도 군내면 내동산리

팽나무

진도군 군내면 분토리에 있는 해송을 찾으러 간다. 내비게이션을 따라 가는데 점점 산속을 가리키고 있다. 목표를 수정하여 멀지 않은 곳에 위치한 내동산리 팽나무를 찾아갔다. 진도에서 구례까지 이어지는 18번 국도가 지나가는 바로 옆에 팽나무가 서 있다. 마을은 전형적인 농촌으로 밭과 논이 있고 비닐하우스가 군데군데 보인다.

내동산마을에서 국도를 바라보면 도로 밑에 마을인 내동산리와 분토리를 연결하는 터널로 된 농로가 있고 터널 옆에 보호수가 있다. 팽나무 옆에는 무더위쉼터라고 팻말이 붙여진 정자가 있다. 비를 맞은 나무줄기는 검은색으로 변해 있다. 보호수 옆에는 농기계들과 추수한 농작물 쓰레기들이 쌓여 있고 한쪽에는 철제 하수구 덮개와 같은 건축자재들이 수북하게 쌓여 있다. 나중에 치우겠지만 보호수 옆에 있는 넓은 공간은 농촌지역에서 흉물스러운 물건들을 적재하는 용도로도 많이 이용하고 있다.

250년이 넘은 팽나무는 건강한 모습이고 줄기가 사방으로 잘 퍼져 수세가 양호한 편이다. 비를 맞아 나무줄기에 기생하고 있는 이끼들이 진한 녹색으로 보인다. 밑동 주위에는 작은 자갈들이 깔렸고 그 주변에 작은 배롱나무 두 그루가 함께 자라고 있다.

팽나무는 짠물과 소금기 많은 바닷바람에도 잘 견뎌내는 나무로, 남부지방에서는 '포구나무'로도 불린다. 배가 들락거리는 포구에는 어김없이 팽나무 한두 그루가 서 있기 때문이다.

. .
팽나무는 강인한 모습이다
수백 년 되어도 얇고 매끈한 껍질과
단단한 성질의 목재를 갖고 있는
팽나무는 필요한 근육만 있는
장거리 육상 선수 같다
팽나무가 만들어주는 그늘은
쉬어가기에 더없이 좋다
사람도 쉬어가고
농작물도 쉬어가는 곳
마을 입구에 있는 커다란 팽나무는
모두에게 편안함을 안겨준다.

수종 팽나무   **수령** 250년

둘레 2.8m   **수고** 12m

지정번호 15-21-2-4   **지정일자** 2003. 7. 1

관리자 내동산리장   **소재지** 전남 진도군 군내면 내동산리 210

○주변 관광지: 진돗개 테마파크, 용장성, 이충무공 전첩비, 소치기념관

✈

해남 황산면 관춘리
팽나무

관춘길에서 진도군 방향으로 바다가 보인다. 관춘저수지도 바로 앞에 놓여 있다. 팽나무 군락 8그루를 만나기 전에 정자와 노거수 사이에 서서 좋은 사진을 찍을 수 있을 것 같다. 300년 수령의 팽나무가 시간의 흐름을 보여준다. 팽나무가 함께 모여 있다.

'관춘 186-10'집에 있는 개 한 마리가 이방인의 방문을 주인에게 알리려는 듯 열심히 짖어댄다.

불과 얼마 전까지만 해도 매년 정월 대보름날 마을의 평안과 복을 기원하는 당산제를 지냈다고 한다.

관춘리에서 제주도 방향을 바라보면 고산 윤선도가 머물렀던 보길도 부용동이 떠오른다. 정자목과 팽나무 사이에 서서 인생샷을 찍는다.

이곳은 구름도 바람도 쉬어갈 곳이다.
어둑어둑해진다
마음 한쪽이 다급해진다
커다란 사진은
빛이 있어야만 사진을 찍을 수 있다
너무 좋은 나무가 많아도

카메라에 담기가 힘들다

한꺼번에 담자니 핵심이 사라지고

하나씩 담자니 아쉬움이 남는다.

사진촬영 2019. 8. 27

수종 팽나무
수령 300년
지정일자 2003. 8. 22
수고 20m
둘레 3.4m
소재지 전남 해남군 황산면 관춘리 377-4
○주변 관광지: 땅끝마을, 두륜산 케이블카,
　　　　　　　진도 울돌목, 대흥사

보기만 해도 힐링 되는 나무들의 감성스토리

완도 완도읍 군내리

느티나무

완도군청 주차장이 있고 그 옆에 '뿌리 건축사 사무소'가 있다. 바로 그 앞에 600년 수령의 느티나무 한 그루가 있다.

1587년(선조 20) 2월 27일 왜구들이 이곳 완도 가리포를 침범하였다. 이때 왜구를 향해 대포를 쏘며 강력하게 저항하자 왜구들은 가리포의 선소(船所)에 들어가 범선 4척을 탈취하여 달아났다. 이에 정여립을 중심으로 왜구를 물리쳤다고 한다. 아마 그 당시에 이 느티나무도 왜구를 물리치는 데 힘을 보태지 않았을까.

밑둥치에는 몸통이 부러져 외과수술로 채워진 모습이 특이하다. 저 부분이 있었다면 지금보다 몇 배나 굵어 보일 것 같다.

••
임진왜란 때부터
완도를 지켜온
터주일 터인데
그저 묵묵히 완도의 행복을 빌며
큰 의미를 보태고 있으리.

수종 느티나무　　　**수령** 600년
지정일자 1995. 8. 31　　**수고** 11m
둘레 5.4m　　　**소재지** 전남 완도군 완도읍 군내리
　○주변 관광지: 신지명사십리 해수욕장, 완도타워, 고금도

보성 미력면 송재로

소나무

저녁 7시인데 아직은 환하다. 보성으로 진입하는 초입부에 편백나무 가로수가 눈길을 끈다. 보성군 미력면사무소 앞에는 팽나무 22그루가 있다. 그리고 바로 우측편에 수관이 빼어난 소나무 한 그루가 있다. 바로 앞에 이어지는 전선줄이 시야를 조금 가리지만 편안한 모습이다.

나무의 수령은 200년이며, 보호수 지정도 2007년으로 다른 나무에 비해서는 오래되지 않았지만 보호수라고 불리기에 부족함은 없어 보인다.

미력면사무소에서 남해 고속국도 인근 옹정삼거리 방향으로 100여m 이동하면 '문익점 부조묘'가 있다.

보성이 바라본 그대는
바람에 실린 목화씨처럼
포근한 꿈과 함께
살포시 내려앉아.

사진촬영 2019. 8. 31

수종 소나무　　　　**수령** 200년
지정일자 2007. 1. 29　　**수고** 10m
둘레 2.5m　　　　　**소재지** 전남 보성군 미력면 송재로 599

○주변 관광지: 보성차밭, 비봉 공룡공원, 대원사, 주암호

보기만 해도 힐링 되는 나무들의 감성스토리

보호수

- 지정번호 : 15-14-4-12
- 지정일자 : 2007.01.29
- 수 종 : 소나무
- 수 고 : 10m
- 수 령 : 약200년
- 나무둘레 : 2.5m
- 소 재 지 : 보성군 미력면 송재로
  599(미력면사무소)
- 관 리 자 : 미력면장
- 나무의 특징 및 연혁 :
  면사무소에 위치하고 있어 수형이 아름다워
  면사무소를 찾는 민원인들의 주목을 끌고 있음.

전라남도

✈

고흥군 점암면 장남리
푸조나무

7시다. 이른 아침 푸조나무를 만난다. 푸조나무 가운데 홈이 파인 곳에 벌이 집을 짓고 있었다. 그 벌을 가지 분봉을 하여 마을 주민분들 중 몇 집이 벌을 키우고 있다고 자랑을 한다. 어르신들은 전동이동차량을 타고 노인회관 앞으로 이동하였다. 마을 전체가 편안해 보인다.

동서로 이어지는 천사로에서 북동 쪽으로 이어지는 시목길로 접어드니 시목마을 회관(시목길 11) 바로 앞에 느티나무와 나란히 푸조나무가 자리하고 있다. 350년의 수령을 자랑하고 있는데, 고흥군 점암면 장남리 시목마을 주민들은 이 푸조나무를 자랑하기 바쁘다. '옛날 이 나무 가운데에 벌집이 있었는데, 가운데에 난 홈을 채우기 이전에 벌을 분봉하여 이 마을에서 벌을 키우는 대부분의 사람이 그 당시 분봉한 벌을 키우고 있단다.' '겁나게 벌들이 건강하당께!'

지금은 외과수술로 몸통의 홈이 메워져 있다. 왼쪽 아래에는 정자가 지어져 있다. 오른쪽에는 마을 공동창고인 듯한데 창고 안이 무엇으로 채워져 있을까 궁금하다. 공간이 비어 있다면 차라리 공원으로 만들었으면 하는 바람이다. 세월 탓인지 나무 여기저기에 가지가 잘린 흔적이 있다. 하지만 특이하게도 4m 정도 윗부분에 'ㅇ' 모양이 나타난다.

해남산(해발 245m) 능선이 좌우측으로 뻗어 내린 곳에 시목마을이 평안하게 자리하고 있다. 그래서일까? 동서로 횡단하는 이곳의 도로명은 '천사로'이다. 푸조나

보기만 해도 힐링 되는 나무들의 감성스토리

무에 있던 분봉한 벌들은 시목마을에 내린 천사이겠다.

가을에 맺히는 열매는 단맛이 나서
새들이 먹잇감으로 좋아한다
나무 중간쯤 생긴 구멍은 하트로 보인다
푸조나무의 꽃말은 소중함이다
꿀까지 주니 고마울 수밖에……

사진촬영 2019. 9. 1

수종 푸조나무   **수령** 350년

지정일자 2007. 6. 15   **수고** 18m

둘레 3.6m   **소재지** 전남 고흥군 장남리 시목길 11

○주변 관광지: 팔영산, 우주발사 전망대, 애도, 용바위

보기만 해도 힐링 되는 나무들의 감성스토리

✈

여수 돌산읍 우두리 475-9

해송

고흥에서 7시 30분에 출발하니 여수까지 한 시간이 소요된다. 돌산도에 들어서니 느티나무가 눈에 많이 띈다.

여수시 돌산도에 있는 상하동마을 초입부 교차로에 부부 해송 두 그루가 마을을 방문하는 이방인을 멋진 모습으로 반긴다. 마을 경계지점에는 돌로 만들어진 조형물이 온화한 모습으로 맞이하니 우리는 손님이 된다. 해송이 있는 곳에서 바라본 남쪽 바다 방향은 시원한 바다를 멀리한 채 각자의 장소에서 집들이 다정하게 모여 있다.

소나무(해송) 아래 위치한 밭에서 여수 돌산 갓김치를 담그려고 '갓'을 한참 수확하고 있다. 해송이 있는 초입부에는 돌하르방이 있어 특이하다. 제주도의 영향을 받은 누군가가 설치해 놓은 것이 아닌가 생각한다.

영양제를 주사하고 있는지 둥치에 달린 주사기에서 해송을 챙기려는 마음이 애잔하게 다가온다. 바로 이곳, 상하동마을은 알퐁스 도데의 고향인 프로방스(Provence)처럼 라벤더 꽃향기와 바닷바람으로 채워진 수채화가 되어 있다.

••

혼자보다 둘이 있는 것이 보기 좋다

늘 서로만 바라보는

둘만의 사정이야 다를 수 있겠지만

저렇게 몇백 년을 같이 있다는 건

보는 이로 하여금

천생연분이라고

말할 수밖에 없게 한다.

사진촬영 2019. 9. 2

수종 해송   **수령** 450년

수고 27m   **둘레** 4.5m

관리자 상동리장   **지정일자** 1982. 12. 3

지정번호 15-2-1-20   **소재지** 전남 여수시 돌산읍 우두리 475-9

○주변 관광지: 무슬목, 방죽포, 향일암, 돌산 해양 낚시공원, 금오도

보기만 해도 힐링 되는 나무들의 감성스토리

전라북도

✈

군산 옥서면 선연리
해송

전라북도 군산으로 향하는데 해가 서산으로 넘어가고 있다. 붉은빛이 감도는 서해안의 낙조도 멋진 풍광이다. 멀리 바닷가가 보이는 외진 곳으로 차량 한 대가 겨우 지나갈 수 있는 농로를 한참 달려가서야 멋진 모습으로 우뚝 서 있는 해송 한 그루를 만날 수 있다. 소나무의 모습은 갓이 활짝 핀 송이버섯처럼 소나무 기둥 위에 넓은 모양으로 솔잎이 퍼져 있다. 바로 옆에는 콘크리트 재질로 만들어진 이층 구조의 육각정이 있다. 이 육각정에서 그 옛날의 선비들이 있었다면 시를 읊고 시조 한 수를 구성지게 노래했을 법하다. 200년 정도 된 소나무의 기둥은 매우 건강하며 10여 미터 위의 소나무 상부에 있는 가지들은 붉은색을 띠고 가지들의 모양은 좌우로 꿈틀거리며 옆으로 퍼져 있다.

보호수 안내판은 대리석으로 만들었는데 검은 바탕에 음각으로 조각하여 선명하게 보인다. 팔각정 쪽에서 해송을 바라보니 몇몇 가지는 땅으로 뻗어 내려온 모습이 보인다. 주위에는 대나무밭이 있어 시원한 느낌이다. 바닷가에서 바람이 불어오니 대숲은 사각사각 소리를 내며 바람 따라 움직인다. 해송도 바람을 따라 움직이고 있겠지만 든든한 줄기로 서 있는 모습, 홀로 당당하게 서 있는 모습은 흔들리지 않는 듯하다.

인근의 비행장에서는 간혹 비행기들의 굉음이 들려온다. 고막이 따가울 정도다. 해가 넘어가는 동안 해송도 붉은색에서 검은색으로 변해가는 것이 컬러 사진이 흑

보기만 해도 힐링 되는 나무들의 감성스토리

백 사진으로 바뀌는 듯한 인상이다.

．．
좁은 농로를 지나는데
길가로 뻗은 나무들의
잔가지들과 풀잎들이
승용차 옆을 긁어댄다
예전에는 하제마을이라는
큰 마을이 있었는데
군비행장이 들어서면서 사라졌단다
어디에서나처럼
나무 한 그루만이 전설처럼
마을의 이야기를 품고 있다
해지는 시간의 하늘과 땅과
소나무는
점점 검은색으로 변해간다.

사진촬영 2019. 8. 14

수종 소나무　　　　　**수령** 200년
수고 14m　　　　　　**둘레** 2.5m
고유번호 9-17-10　　　**지정일자** 2000. 6. 26
관리자 옥서면장　　　　**소재지** 전북 군산시 옥서면 선연리 1310-10

○주변 관광지: 진포해양공원, 해망굴, 여미랑, 경암동 철길마을

남원 인월면 인월리

팽나무

아침 일찍 인월마을을 찾았다. 인월마을은 지리산 아래 있는 청정마을이다. 마을 골목길에 커다란 팽나무가 있는데 나무 주위를 담쟁이 같은 넝쿨풀들이 뒤덮고 있다. 잘 관리되지 않는 모습이다. 보호수 안내석이 반 이상 땅속에 묻혀 있다. 흙을 걷어내고 난 후에야 보호수 안내석의 전체 모습이 보이는데 검은 대리석에 음각으로 새겨진 글씨 일부분은 흙이 가리고 있어 잘 보이지 않는 상태였다.

나무 옆에는 '인월 샘터'라는 글씨가 새겨진 마을 우물터가 있는데 우물은 말라 있었고 사용하지 않은 지 오래된 모습이었으며, 우물 근처에는 경운기가 세워져 있다. 나무를 중심으로 주택들이 가까이 지어져 있어서 나무 전체의 모습을 카메라에 담으려 하니 주택에 가려서 나무의 모습을 나타내기 힘들다. 팽나무를 앞에 둔 집은 사람이 살지 않는 빈집이었고, 팽나무의 가지가 이웃해 있는 두 가구의 주택 안으로 뻗어 있었다. 팽나무의 큰 기둥은 울퉁불퉁 자라면서 무엇인가를 움켜쥐고 있는 모습을 보이며 한쪽으로 비스듬하게 기울어져서 자라고 있다.

마침 이 마을에 사는 할머니가 계셔서 나무에 대해 여쭈어보았다. 예전에 이 동네에 살던 어떤 사람이 이 나무의 가지를 자르고 죽음에 이르게 된 일이 있었다고 하며 그 후로는 이 나무가 옆집으로 가지를 뻗어 들어와도 누구 하나 가지에 손을 대지 않는다고 한다.

보호수가 관리되지 않는 여러 이유 중 특별한 사연인 듯하다. 이 나무를 건드리면 해를 입게 된다는 생각으로 이 나무에 아예 손을 대지 않는 듯하였다. 어찌 보면 무서운 생각이 드는 팽나무다.

••
마을 골목을 지키는
수호신 같은 팽나무
큰 가지를 양쪽으로 벌리며
웅대한 모습을 보이고 있는데
이 나무에 근접하지 않으려 한다
가지를 자른 사람이
해를 입었다는 이야기는
이 나무를 아무도
건드리지 못하게 한다.

보기만 해도 힐링 되는 나무들의 감성스토리

수종 팽나무   **수령** 300년
지정일자 2009. 3. 24   **수고** 20m
둘레 3.7m   **소재지** 전북 남원시 인월면 인월리 신인월마을

○주변 관광지: 광한루원, 춘향테마파크, 혼불문학관, 만인의총

✈

장수 계북면 원촌리
소나무

이 나무는 마을의 당산나무로서 오래전에 마을의 이름이 솔다박이었던 곳이다. 지금의 파파실(파곡마을)은 100여 년까지는 '솔다박'이었는데, 그때까지 마을에 오래된 소나무가 많았고, 호랑이가 자주 나타났다고 한다. 파곡마을에 도착한 시간은 오전 열 시쯤이었다.

현재는 마을 초입부에 소나무 두 그루가 길을 사이에 두고 마주하고 있다. 정월 대보름날에 마을의 무사태평과 안녕을 기원하는 제를 지낸다고 한다. 그래서인지 소나무 바로 아래에는 돌담이 쌓여 있다. 지방도로 아래를 가로지르는 이동 통로에서 마을로 진입하니 박수근 화백이 이곳을 방문하였다면 바로 스케치를 하였을 법한 소나무가 있다. 오른쪽 밭에는 율무가 싱싱하게 자라고 있다.

••
솔다박 지명처럼
정통성이 나타나는 멋진 소나무
두 그루가 가까우면서도
서로를 방해하지 않고 마주보고 있다.
300년의 세월이
오롯이 다정하게 빛난다.
멋진 부부 소나무이다.

450

사진촬영 2019. 8. 21

수종 소나무 **수령** 300년
지정일자 2005. 1. 14 **수고** 17m
둘레 3~3.7m **소재지** 전북 장수군 계북면 원촌리 327 파곡마을

○주변 관광지: 논개생가지, 의암공원, 대곡관광지, 뜬봉샘 생태공원

✈

무주 안성면 덕산리
느티나무

안성면 죽천리 신무 마을회관 앞에는 두 그루의 느티나무가 있다. 두 그루가 있는데 가지 하나가 붙어 있어서 연리지라고 한다. 이 나무 밑에서 동네 어르신들이 더위를 식히며 쉬고 있었는데 십여 분의 어르신이 자리하고 있으면서 연리지와 마을에 대해 설명해 주신다. 하지만 이 나무는 보호수로 지정되진 않았다.

보호수를 찾아 다시 인근에 있는 덕산리의 느티나무를 찾아갔다. 도로변에 위치하고 있다. 느티나무 옆에 '샘내정'이라는 이름표가 붙은 육각형의 정자가 있고, 느티나무 그늘 아래는 커다란 평상이 놓여 있다. 300년 수령의 느티나무는 건강하다. 밑동에서부터 여러 줄기로 나뉘어 자라고 있다. 나무 밑에서부터 윗부분까지 가지와 잎이 무성하게 자란다. 여러 갈래의 줄기는 나무가 한 그루가 아니라 여러 그루처럼 보이게 한다. 줄자를 이용하여 나무둘레를 재어보니 6m가 넘는다.

느티나무 주변에는 고추농사가 한창이어서 빨갛게 익은 고추가 주렁주렁 달려있고, 인삼밭이 보이기도 한다. 느티나무가 만들어주는 그늘 아래 쉴 수 있도록 널찍한 평상이 만들어져 있다. 더운 여름날 이곳에 앉아서 쉬어도 좋고 오수(午睡)를 즐겨도 좋을 것이다.

보기만 해도 힐링 되는 나무들의 감성스토리

도로변에 있는 느티나무

기둥이 땅속에서부터 갈라진 듯

여러 나무로 보인다.

대여섯 줄기들이

밑동에서 갈라진 것도 있고

무릎 높이에서 갈라진 것도 있고

가슴 높이에서 갈라진 것도 있다

줄기마다 제각각인 듯하지만

하나의 나무가 된다.

사진촬영 2019. 8. 21

수종 느티나무 　　　**수령** 300년
수고 22m 　　　　**둘레** 5.1m
지정번호 9-8-17 　　**지정일자** 2010. 5. 24
관리자 안성면장 　　**소재지** 전북 무주군 안성면 덕산리 948-3번지
○주변 관광지: 덕유산 리조트, 반딧불 시장, 나제통문, 운구암

✈

진안 주천면 용덕리

소나무

시골마을로 들어가는 길에서 흔히 개들과 마주친다. 소나무가 있는 용덕리 마을로 들어온 시간이 정오다.

도촌마을 입구에 진입하여 내비게이션이 안내하는 방향으로 우회전을 하여 들어갔다. 그런데 농로 같기도 하고 길이 맞는 것인지 조금 더 다가가니 마침내 목적지에 도착하였다. 그런데 개가 너무 짖어 댄다. 이방인의 방문을 주인에게 알리는 것인지는 몰라도 너무 짖어 댄다. 집 앞에 도착하여 인기척을 하자 주인장이 문을 열고 자초지종을 들은 후에 촬영을 허락해 준다. 정말로 우리는 운이 좋은 이들이다. 이곳까지 와서 돌아갈 수도 없을 테니. 순수하게 기쁨으로 다가온다.

소나무 아래에는 어린이 놀이터와 한쪽엔 물놀이하는 곳이 마련되어 있다. 소나무가 자라는 300여 평의 부지에는 풀이 자라지 말라고 검은색 그물망이 깔려 있다. 그러니 풀은 아예 위로 보이지 않는다. 뚜렷한 소나무 표지가 눈에 띈다. 남쪽으로 나온 가지가 아래로 뻗어 있다. 아마 반대편에도 있었을 텐데 지금은 가지가 잘린 흔적만 남아 있다. 철제 지지대가 소나무 가지를 받치고 있다. 맞은편 30m 떨어진 곳에는 금송(金松)이 마주하고 있다.

보기만 해도 힐링 되는 나무들의 감성스토리

여름 나려는 아이들

그네 흔들고 미끄럼 타고

웃음꽃 퍼져나가

가지에 부딪히고

그 유쾌함에 여름도

슬며시 비켜서 간다.

사진촬영 2019. 8. 21

수종 소나무　　　　　　**수령** 520년
지정일자 1982. 9. 20　　**수고** 11m
둘레 2.8m　　　　　　　**소재지** 전북 진안군 주천면 용덕리 61-1
○**주변 관광지**: 마이산, 부부시비, 금당사, 산약초타운, 백운동계곡

완주 운주면 장선리
느티나무

느티나무 보호수 앞에 커다란 교회 건물이 있다. 느티나무 옆에는 '장선천'이라는 이름의 작은 개울이 흐른다. 징검다리를 만들어 개울을 건널 수 있도록 해놓았다. 느티나무 주변에는 나무데크로 무릎 높이의 경계를 만들어놓았다. 나무데크로 보호수 옆을 지나 개울로 갈 수 있도록 계단을 추가로 설치하였다. 중촌마을의 징검다리를 건너면서 커다랗게 보이는 느티나무는 등대처럼 마을의 위치를 안내해 주고 있다.

나무는 밑동에서부터 굵은 두 개의 기둥으로 갈라져 자라고 있어 얼핏 보면 두 그루처럼 보인다. 개울 쪽에서 바라보면 높은 강둑이 있어 그 위로 보이는 나무는 여지없이 두 그루로 보인다. 가지들이 듬성듬성 뻗어 있는데 전체적으로 균형미가 있고, 나무의 건강상태는 매우 양호하게 보인다. 나무가 좋아하는 맑은 시냇물이 바로 옆으로 흐르고 있어 생육하는 데는 적합한 장소에 자리 잡고 있다. 그래서 그런지 개울을 향해서는 손을 내미는 듯 땅 쪽을 향해 아래쪽으로 나뭇가지들이 자라고 있다. 마을의 정자목으로 정월 대보름과 칠석에는 제를 지낸다. 상류 쪽으로 1km 정도 올라가면 운주계곡이 나온다. 물이 깨끗하고 깊지 않아 여름철 가족단위 피서지로 잘 알려진 곳이다.

작은 하천 옆 느티나무

늘씬한 가지들이 건강하게

시냇물을 바라보고 서 있다

물가 옆에는 수풀과 나무들이 많고

먹잇감이 많은지 새들이 모여 있고

목과 다리가 긴 두루미도 보이며

함께 날아다니는 무리도 보인다

돌로 만들어진 징검다리와

변함없는 모습으로 마을을 지키고 있다.

사진촬영 2019. 8. 21

수종 느티나무 　　　**수령** 300년
수고 20m 　　　　**둘레** 5.7m
지정번호 9-6-10-1 　　**지정일자** 1998. 8. 18
관리자 마을이장 　　　**소재지** 인천광역시 강화군 불은면 고능리 521
나무이야기 수령이 약 250～300년이 되는 마을 정자목으로 1년에 정월 대보름과
　　칠월칠석이면 음식을 차려놓고 농악을 치며 마을의 행운과 무병장수를 기원함

○주변 관광지: 대아수목원, 삼례문화예술촌, 화암사

✈

익산 여산면 여산리
느티나무

제일 먼저 보호수 표시가 눈에 들어온다. 보호수는 주민들의 피서지로 이용되고 있다고 한다. 마을 입구에서 매우 좁은 마을길을 갈 지(之)자로 지나는 끝부분에 훤칠한 키를 자랑하는 느티나무 한 그루가 있다. 느티나무 뒤로는 대나무숲이 있다. 지상 3m 높이, 잘린 가지부분 바로 옆에 수많은 새로운 가지들이 자라고 있음이 다른 느티나무와는 다른 모습이다. 밑부분에는 조그마한 돌들을 쌓아서 주변과 경계를 이루고 있어 회양목 4그루가 듬성듬성 심겨 있다. 최소한의 관리는 되는 듯하다.

아랫부분의 혹이 왕잠자리의 머리를 닮아 사진을 찍었다. 그리고 부러진 남은 가지는 새의 '눈과 부리' 모양이다.

밟힌 곳은 곤충을 닮고
앉은 자리는 새를 닮았네
네 나이 삼백
아직 한창 뻗어갈 때
여름을 닮아가며 자랐을
우리들 나이 서른……

458

보기만 해도 힐링 되는 나무들의 감성스토리

사진촬영 2019. 8. 21

수종 느티나무　　　　**수령** 300년
지정일자 1982. 9. 20　　**수고** 23m
둘레 5.8m　　　　　　　**소재지** 전북 익산시 여산면 여산리 633

○주변 관광지: 익산 미륵사지, 가람 문학관, 보석 박물관, 금마 저수지, 고스락

보기만 해도 힐링 되는 나무들의 감성스토리

김제 공덕면 마현

은행나무

김제군 공덕면 마현리로 향한다. 동네 모습이 말을 닮았다고 마현리(馬峴里)라고 한다. 1350년경 전주이씨가 처음으로 터를 잡으면서 마을이 생겼고 당시에 심었을 것으로 추정되는 은행나무가 자리하고 있다.

다음은 은행나무 앞에 있는 안내판의 내용이다. "이 은행나무는 나이가 650여 년[*] 된 것으로 주민들로부터 많은 사랑을 받고 있다. 높이는 약 15m에 이르며, 가지 뻗음도 동서로 30m, 남북으로 25m에 달해 왕성한 편이다. 매년 음력 정월 초사흗날이면 주민들은 이 나무 밑에 모여 마을의 안녕을 기원하는 제사를 지낸다. 마을 어귀 길가에 자리하고 있어 많은 사람들의 쉼터로도 이용되고 있다."

은행나무 앞에 있는 대리석의 안내석에는 보호수 지정일자가 1982. 9. 20으로 되어 있고, 보호수 뒤쪽에 길게 세로로 세워진 대리석에는 지정일자가 1968. 2. 15로 되어 있다. 정리되어 통일이 필요한 부분으로 보인다. 수고(樹高)도 안내판에는 15m, 대리석으로 된 안내석에는 16m로 적혀 있다.

600년이 넘은 은행나무는 큰 키와 함께 가지들이 우람하게 뻗어 있다. 암나무치고는 수세가 장대한 편이다. 중간 높이쯤에 가느다란 가지 한 개가 죽은 듯 노랗게 변한 채 매달려 있다. 커다란 가지 8개가 사방으로 뻗어 있는데 그중에서 2m쯤 높이에서 갈라진 두 개의 가지들이 땅으로 뻗고 있어 어른 키높이 정도에서 쇠로 만

◇◇◇◇
[*] 2019년 현재 669년으로 추정

든 지지대로 받치고 있다.

나무 밑에는 커다란 평상이 두 개 놓여 있고, 예닐곱 명이 앉을 수 있는 나무로 만든 탁자와 벤치 세트가 놓여 있다. 근처에 경로당이 있어 마을 어르신들이 많이 이용하는 듯 커다란 날개의 업소용 선풍기와 작은 날개의 가정용 선풍기가 있다. 전기는 옆집에서 가져온 듯 전기선과 코드를 꽂는 전기콘센트가 연결되어 있다. 은행나무 옆에 있는 팔각정자는 사방에 섀시 재질로 만들어진 문을 설치해 벌레들이 들어오지 못하도록 해놓았다.

8월 21일이니 한참 더운 날씨인데 은행나무 옆에서 마을 어르신 한 분이 참깨를 털고 있었다. 마침 비가 한두 방울 떨어지기 시작하였고 어르신은 깨가 비에 젖지 않도록 갈무리를 한다.

은행나무는 열매가 열리는 것을 보고 암수를 구별하는데 30년 이상 지나야 은행이 열려 묘목의 암수를 구별할 수 없었으나, 2011년 산림과학원이 암수를 구별할 수 있는 유전자를 발견하여 최근 들어 은행이 필요한 농가에는 암나무를, 거리에는 은행 특유의 냄새가 나지 않는 수나무를 심고 있다.

수세가 엄청난
마현리의 은행나무
마을과 같이 살아온 나무는
마을의 모든 역사를 다 알고 있을 것이다
이곳이 고향인 시인 정양※은
바로 이 은행나무의 추억을
많이도 노래했다.

◇◇◇◇
※ 정양: 시인, 1942년생, 마현리에서 한국전쟁을 겪고 어린 시절을 보냄. 동국대 국문과 졸. 김제 죽산중고 등학교, 익산 원광고, 전주 신흥고 교사, 우석대 교수 역임

보기만 해도 힐링 되는 나무들의 감성스토리

비가 많이 내리면 선풍기를 돌리려고

끌어다 놓은 전기콘센트에 물이 들어가고

합선되는 것은 아닐까

이런 걱정도 했었다.

사진촬영 2019. 8. 21

수종 은행나무(전라북도 기념물 제106호)

수령 650년	**품격** 도나무	**고유번호** 9-8
지정일자 1982. 9. 20	**수고** 16m	**둘레** 4.5m
소재지 전북 김제시 공덕면 마현리 271-1번지		**관리자** 마현마을 이장

○주변 관광지: 김제 벽골제, 아리랑 문학마을, 금산사, 오투아일랜드

부안 하서면 청호리

배롱나무·소나무

전라북도 문화재자료 제111호 '고홍건 신도비'. 예사롭지 않은 모습이다. 조선 헌종 9년(1668)에 세운 것인데, 신도비란 높은 벼슬을 지낸 사람들의 행적을 기록하여 무덤 앞이나 무덤으로 가는 길목에 세운 비를 말한다.

고홍건(高弘建)은 임진왜란 때 공을 세운 공신록(功臣錄)에 이름이 오른 고희의 아들로, 조선 선조 13년(1580)에 출생하였으며, 이괄의 난과 병자호란 때 왕을 호위한 공으로 호성원종공신(扈聖原從功臣)에 이름이 오른 사람이다. 다른 신도비와 달리 거북이의 머리 부분은 용머리를 닮았으며, 왼쪽 방향을 바라보고 있는 모습이 특이하다. 그리고 반송(盤松)나무가 숲을 이루고 있다.

고홍건 장군의 충절이 이곳 반송에 서려 있는 듯하다. 유물관(보물 제739호)이 있는데 고희 초상과 문중유물 20여 종이 보관되어 있다.

이곳에는 배롱나무 한 그루가 눈이 부실 정도로 아름다운 모습을 뽐내고 있다. 조금 안쪽으로는 영성군 고희장군(瀛城君 高曦將軍) 사적문이 게시되어 있다. 표충문 좌우측으로 배롱나무 두 그루가 마주보고 있고, 영성군 영당(瀛城君 影堂)이 있다. 왼쪽의 배롱나무가 시름시름 앓는 중이라 배수로 공사를 하였다고 한다.

고희 장군 후손이라고 소개한 어르신이 신도비와 사적문, 효충사가 있는 이곳의 유적들을 천연기념물로 신청하는 중이라고 하였다.

반송나무 숲을 옆에 두고
화려하지도 거칠지도 않은
소나무 하나가 값지다
배롱나무 셋은
좌의정, 우의정, 영의정인 양
점잖게 서 있다.

수종 소나무　　　　　**수령** 370년(배롱나무 300년)
수고 7m　　　　　　　**둘레** 2.2m
지정일자 1998. 10. 7　　**관리자** 고상호
소재지 전북 부안군 하서면 청호리 808

○주변 관광지: 직소폭포, 채석강, 개암사, 곰소염전, 매창공원

정읍 신태인읍 화호리
팽나무

정읍군 신태인읍 화호리로 간다. 화호리(禾湖里)는 논이 호수처럼 넓게 펼쳐져 있다고 해서 지어진 마을의 이름이다.

화호리 팽나무가 있는 곳에는 '구일본인 농장 가옥'이 있다. 이것은 문화재청에서 지정한 등록문화재 제211호이다.

다음은 철판으로 제작된 안내문의 내용이다. "이 건물은 정읍과 김제 일대에 대규모 토지를 소유했던 일본인 농장에 소속된 주택이다. 주택의 정면 좌측에 응접 및 사무용 건물이 있고, 그 오른쪽 뒤에 일본인이 거주하던 건물이 배치되어 있는데 이 두 공간을 복도로 연결하였다. 일제 강점기 당시 일본인 지주의 생활양식과 이들에 의한 농촌수탈의 역사를 입증하고 있다."

1920년대 오사카 출신 구마모토 리헤이(熊本利平)가 들어와 논을 대거 매입하여 구마모토 왕국을 건설하고 평야지역의 쌀을 빼앗아간 가슴 아픈 현장이다.

이곳은 인구 급감지역으로 행안부 주관 시범사업인 '인구 감소 지역 통합 지원 공모 사업'에 선정됨에 따라 화호리 일대 근대문화유산을 관광지화하는 '역사와 문화가 만나는 동네 레지던시 조성사업'을 추진하고 있어, 2019년 8월 21일 현재는 공사가 한창 진행 중이었다.

농장가옥의 서쪽 방향으로 보호수인 팽나무가 있는데 주변에는 철봉 등 체육시설과 정자가 세워져 있다. 팽나무 5그루가 집단적으로 무리 지어 함께 자라고 있다.

옆에 있는 '구일본인 농장가옥' 공사 중이라 그런지 공사에 필요한 자재들이 이곳저곳에 쌓여 있고 어떤 부분은 천막으로 덮어놓았다. 이곳을 둘러보고 있는데 소나기가 갑자기 줄기차게 퍼붓는다.

여러 그루의 나무 중에 기둥이 가장 굵은 나무가 보호수로 보인다. 기둥이 가장 굵은 나무 옆에 보호수 안내판이 세워져 있다. 일반적으로 전면에 안내판을 세우는데 안내판의 후면에 있는 나무의 형세가 같이 있는 나무들보다 작은 편이다. 보호수가 한 그루인지 여러 그루인지 안내판에 나와 있지 않다. 한 그루보다 여러 그루가 함께 있으니 나무는 더 웅장하게 보인다.

• •

다섯 그루가 어울려
마을을 굽어보면서 서 있다
일제 강점기에는 일본인 지주를
지켜주었을까
나무는 무덤덤하기만 한 것일까
관리자의 이름은
마을이장이었을까 아니면
조경사였을까
후드득 떨어지는 빗줄기도
커다란 나뭇잎이 막아주고
정자에 앉아서 바라보면
시원한 바람으로 보인다.

보기만 해도 힐링 되는 나무들의 감성스토리

사진촬영 2019. 8. 21

수종 팽나무   **수령** 280년
고유번호 9-13-1-1   **지정일자** 1982. 9. 20
수고 20m   **둘레** 3.6m
관리자 곽동훈   **소재지** 전북 정읍시 신태인읍 화호리 768

○주변 관광지: 내장산, 옥정호, 동학농민혁명 국가기념공원, 피향정, 도덕폭포

✈

전주 덕진동 덕진공원

왕버들

전주의 자랑 덕진공원 출입문이 남다르다. 예향의 도시답게 정갈한 단청으로 드리워진 모습의 연지문(蓮池門)이 예사롭지 않다. 연지문을 통과하니 한복으로 곱게 단장한 성춘향 조형물이 일행을 반겨준다. '연지문' 현판에서 느껴지듯 분명히 안쪽에는 큰 연못이 있을 것 같다. 오늘따라 비가 주룩주룩 내렸는데, 머리에는 직접 비를 맞지 않아도 될 정도로 녹음이 울창하여 나뭇잎에서 떨어지는 빗물은 나 혼자만 즐기는 사색의 공간 같았다.

주변이 다소 어두워졌는데도 큰 연못에 경관조명이 설치되어 있어서 환한 느낌이다. 카메라 셔터를 연거푸 누르게 된다. 연못 곳곳에 연꽃이 만발하여 한여름의 정취를 마음껏 느끼도록 한다. 또다시 카메라 셔터를 계속 누르게 한다. 한 30여 분을 걸었을까? 카뉴, 오리배 등이 물 위에 떠 있다. 전주시에서 이 연못을 활용하여 다양한 프로그램을 운영하고 있음을 실감나게 한다.

조금 더 걸어가니 취향정(醉香亭)이 보인다. 연꽃 향기에 취해서 그냥 이 정자에 앉아서 달빛과 친구가 되고 만다. 왕버드나무가 무릉도원의 복숭아나무처럼 한 폭의 그림을 자아낸다. 왕버드나무 밑부분을 옆에서 바라보니 우람한 물소가 연못을 바라보는 형상을 하고 있다.

보기만 해도 힐링 되는 나무들의 감성스토리

덕진공원 여기저기에 연꽃향기 가득하니

그 향기에 취해서

왕버드나무가 가지를 흔들어 댄다.

그러자 산책하던 전주시민도

그 향기를 받으면서

힐링을 즐긴다.

사진촬영 2019. 8. 30

수종 왕버들　　　　　　**수령** 200년
고유번호 9-1-23-1-1　　**지정일자** 1982. 9. 20
수고 14m　　　　　　　**둘레** 3.2m
소재지 전북 전주시 덕진구 덕진동 1가 1314번지

○주변 관광지: 경기전, 한벽당, 풍패지관, 아중호수

471
전라북도

✈

임실 임실읍 이도리
은행나무

임실군 임실읍 이도리로 향한다. 임실향교 내에 임실에서 가장 오래된 은행나무가 있다고 한다. 향교 안에 들어갈 수 없으면 어쩌나 걱정하면서 아침 이른 시간에 도착했는데 향교 안으로 들어갈 수는 없었고, 향교 울타리 담장 밖에서 거대한 높이의 은행나무를 바라보고 카메라에 담을 수 있었다.

두 그루가 있는데 한 그루의 수세가 조금 더 웅장하다. 향교 밖에서 향교를 향해 바라보기에 왼쪽 은행나무는 줄기의 반쪽만 하늘로 뻗어 있는 모양새가, 나머지 반쪽에 있는 큰 줄기가 베어지는 외과수술을 받은 것으로 보이며, 오른쪽에 있는 은행나무는 가지와 잎이 더 울창하게 덮여 있다. 조선시대 초기에 심어진 것으로 알려져 잘 관리하면 300년쯤 뒤에는 천년 은행나무가 될 것이다.

임실군 특산물로는 임실치즈가 유명하다. 1959년 벨기에의 선교사 지정환* 신부가 1966년 임실에서 치즈를 생산했다고 한다. 1968년 프랑스에서 치즈 기술자가 방문하여 카망베르 치즈**를 만들었으나 보급에 실패하였고, 1969년 지 신부가

◇◇◇◇
* 지정환: 1931~2019, 벨기에 귀족 출신의 한국 천주교 전주교구 소속의 신부. 본명은 디디에 엇세르스테번스(Didier t'Serstevens)인데, 한국 이름이 지정환이며, 임실에서 가난에 시달리는 농민들의 모습을 보고 치즈를 만들었다.
** Camembert cheese: 노르망디 지방의 이름을 딴 전통적인 치즈로 살균되지 않은 우유로 만들어지며 비싸고 좋은 치즈로 알려져 있다.

유럽에 직접 3개월을 머무르며 치즈 제조기술을 배워 와서 1970년 체더치즈*** 를 만들었다. 이후 조선호텔과 계약이 성사되어 대량으로 납품하게 되어 치즈 생산이 활발해졌다. 그리하여 치즈요리학교, 치즈마을, 치즈테마파크 등 치즈관련 관광지가 많고, 임실치즈과학고등학교가 있다.

지방에 있는 국립 교육기관인 향교
이곳에는 은행나무를 심는다
공자의 뜻을 받드는 의미도 있지만
천 년 이상 후세들에게 전통을
남기려는 생각도 있었을 법하다
큰 나무는 가까이에서 보면
살아온 흔적을 볼 수 있고
멀리서 보면
살아갈 희망을 볼 수 있는 것을
만져보지 못하고
바라만 봐도
조상의 얼이 나무의 후덕스러움과
어울려 우람하게 보인다.

*** cheddar cheese: 우유로 만든 경질치즈, 흔히 볼 수 있는 노란색의 치즈로 샌드위치 만들 때 잘라서 사이에 끼워 넣는 용도로 많이 사용된다.

보기만 해도 힐링 되는 나무들의 감성스토리

사진촬영 2019. 8. 23

수종 은행나무 2주　　**수령** 696년(태종 13년인 1413년에 식재한 것으로 알려짐)

품격 도나무　　**고유번호** 9-7

지정일자 1982. 9. 20　　**수고** 30m

둘레 6m　　**관리자** 임실향교 전교

소재지 임실군 임실읍 이도리 812-1번지

○주변 관광지: 임실치즈 테마파크, 국사봉, 옥정호, 오수의견, 강변사리

💧 임실향교 대성전 안내문(전라북도 문화재자료 제26호, 전라북도 임실군 임실읍 이도리)

"이 대성전은 공자를 중심으로, 유학의 진흥에 공이 큰 분들의 위패를 모신 곳이다. 유교를 통치이념으로 삼았던 조선시대에는 유학을 장려하기 위해 향교에 사당을 두어 공자, 맹자 등 다섯 분의 성인과, 안연 등 공자의 제자, 그리고 중국의 주자 등을 우리나라의 성현들과 함께 모셨다. 지금도 매년 봄과 가을이면 이분들의 뜻을 기리는 큰 제사(석전대제)를 지낸다. 임실향교는 원래 다른 곳에 있었으나, 조선 태종 13년(1413) 현재의 위치로 이전하였다고 한다. 경내에는 학생들이 공부하던 명륜당과 기숙사로 사용하던 동재와 서재가 있다. 명륜당 옆에 서 있는 두 그루의 은행나무는 수령이 700년 된 것들이다."

✈

순창 구림면 금천리
느티나무

순창군 구림면 운남리 치천마을 입구에 '치천마을 거꾸로 마당정원 조성 사업'이
라는 안내판이 색다르게 다가온다.

치천(緇川)은 '거꾸로 흐르는 시냇물'이라는 의미를 가지고 있다. 즉, 시냇물이 남
에서 북쪽 방향으로 흘러간다는 것에 착안하여 거꾸로 콘셉트가 적용된 것이다. 이
를 통하여 마을정원 조성 시범사업이 실시되었다. 이 사업은 농촌진흥청과 순창군
농업기술센터가 추진한 사업이다. 바로 옆에는 행정안전부와 순창군이 '행복홀씨'
의 입양 대상으로 '치천유원지'를 선정하여 2016년 7월부터 2018년 6월까지 2년
동안 입양한다는 내용이다. 이곳에는 수령 610년의 느티나무와 어림잡아 100년을
훌쩍 넘긴 느티나무 13그루가 숲을 이루고 있다. 고려 말엽 치천마을이 생기고 나
서 항상 물이 넘쳐서 마을로 범람하게 되자 이곳에 나무를 심어서 제사를 지내니 범
람하는 일이 줄었다고 한다. 이 나무는 당산나무로서 기가 강해서 나무 주변에 개미
나 뱀이 접근하지 않았다고 한다.

느티나무는 이런 모양의 수관이 흔하지 않다. 오래된 수령 덕분인지 가운데는 외
과 수술을 하였으며, 왼쪽 가지는 절단된 형상을 하고 있다. 바로 옆에는 치천정(緇
川亭) 정자가 자리하고 있다. 그리고 정자 옆에는 치천정(緇川亭) 글자를 거꾸로 조
각한 조형물이 특이한 모습으로 조성되어 있다.

'치천마을 거꾸로 마당정원'에 도착하니

610년 수령의 느티나무가 나이를 거꾸로

먹어가는 것인지 건강한 생육상황을 보여준다.

이러한 느티나무 기운 때문인지

거꾸로 흐르는 시냇물에는

황새가 시간을 거슬러 날갯짓을 하며 날아간다.

사진촬영 2019. 8. 23

수종 느티나무   **수령** 610년
지정일자 1982. 9. 20   **수고** 22m
둘레 7.7m   **소재지** 전북 순창군 구림면 금천리 치천마을 558번지
○주변 관광지: 향가터널, 강천산, 장군목, 추령장승촌, 메타세쿼이아길

보기만 해도 힐링 되는 나무들의 감성스토리

고창 성송면 산수리

소나무

고창군 성송면 산수리로 향한다. 도로 옆에 소나무가 옆으로 자라고 있다. 밑동 부분에서 크게 두 갈래로 갈라지고, 두 가지 중 한 가지는 가슴 높이에서 다시 두 갈래로 갈라진다. 위로 자라기보다는 옆으로 자라고 한 줄기는 여러 가지들과 함께 땅을 향하여 아래로 자라고 있다. 네 개의 쇠로 만든 지지대는 옆으로 뻗은 가지들을 하나씩 받쳐주고 있다.

윗부분의 작은 한두 가지들은 고사하여 마른 가지들이 자리 잡고 있는데 새의 모양을 닮은 것이 솟대를 나무에 붙여놓은 느낌이다. 뿌리와 연결되어 있는 밑동의 주 기둥에는 외과수술을 한 흔적이 사람 하나만큼 크게 보인다. 중간에는 가지가 잘려 나간 흔적이 있다. 소나무는 오랜 시간을 견뎌낸 흔적인지 가지들이 꾸불거리며 자란 용트림 모양을 보여주고 있다.

보호수 안내판의 글씨가 여러 군데 자연적으로 훼손된 상태이다. 철제 판에 셀로판지 재질로 안내문을 붙였는데 이것이 중간에 몇 군데 세로로 갈라진 상태로 붙어 있다.

이곳에서 200m 남짓 떨어진 곳에는 전라북도 기념물 제111호로 지정된 청동기 시대의 무덤인 산수리 고인돌이 있다. 고창에는 많은 고인돌이 있으며 고창 고인돌 유적은 강화, 화순 고인돌 유적과 함께 세계문화유산으로 등재되어 있다.

나무가 보여주는 모습만이

전부가 아닌 경우가 종종 있다

예전에 이곳이 개울가였고

옆에는 집이 있었으며

지금은 메꿔진 상태라고 한다

나지막하게 보이는 나무가

깊숙하게 묻혀 있을 수도 있고

지금은 땅 위에 있지만

언젠가는 물가였을 수도 있다

지금까지 많은 풍랑을

견뎌오면서 많은 가지들이

떨어져 나갔으면서도

소나무는

꿋꿋하게 마을을 지키고 있다.

보기만 해도 힐링 되는 나무들의 감성스토리

사진촬영 2019. 8. 23

수종 소나무   **수령** 282년(2006년 7월 기준 269년)
수고 6m   **둘레** 2.7m
고유번호 9-14-8-1   **지정일자** 1993. 4. 8
관리자 산수리 이장   **소재지** 전북 고창군 성송면 산수리 43

○주변 관광지: 고창읍성, 운곡람사르습지, 유네스코 세계유산 고창고인돌, 선운산

충청남도

✈

천안 입장면 효계리

느티나무

공공데이터포털의 보호수 위치 정보대로 찾아갔는데 보호수가 없다. 한참을 두리번거리며 찾다가 누군가에게 물어보려고 대로변으로 나온다. 마침 지나가는 어른께 여쭤보니 나를 따라오라고 하신다. 차를 돌리느라 제법 시간이 걸렸는데 10분 이상을 기다려주신다. 10분 정도 앞서서 차를 운행하며 안내해 주신다. 마을이 예전에는 1구, 2구로 나누어졌는데 행정구역이 개편되면서 제대로 반영되지 않은 듯하다.

이곳 효계리에서 1975년부터 10년 이상 이장으로 일해서 이 마을 사정을 잘 안다고 했다. 근처에 '대한 ○○'이라는 큰 회사가 들어오면서 찻길을 내기 위해 이 느티나무의 가지를 잘랐다. 그리고 마을 앞에 있던 공장이 모두 불에 탔고, 잘린 느티나무 가지로 불을 땐 동네 아주머니 두 명이 다리가 부러졌단다. 그 공장에서 당시에 거금인 120만 원을 주면서 큰 제사를 지내달라고 했고 마을에서는 성대한 제사를 지냈고 그 후에 불상사가 일어나지 않았다고 한다.

지금도 매월 보름날이면 마을에서 제사를 지낸다. 예전에는 동네 사람들이 많이 참석하였고 제사 지낼 때 첫 잔은 반드시 개띠 해에 태어난 사람이 올렸다. 나무 옆에 우물이 있는데 제사를 지낼 때는 우물 청소를 깨끗이 한 다음 그 물로 음식을 준비하여 제사를 지냈다. 하지만 요즘에는 아주머니 몇몇이 소박하게 제사를 모신다고 한다.

보기만 해도 힐링 되는 나무들의 감성스토리

500년이 지난 나무의 건강상태는 좋아 보인다. 나무 밑둥 주위로 철봉을 허리 높이로 세워 경계를 만들었다. 도로 쪽으로 난 큰 가지는 어른 키 높이에서 잘린 흔적이 있다.

온 마을 주민이 소중하게 생각하고
정성을 다해서 모시는 느티나무
주위의 논이 밭이 되고
길이 생기고 공장이 들어서고
마을이름이 통합되고 바뀌어도
언제나 그 자리에 있는 나무
누군가 놓고 간 막걸리
한 병이 놓여 있다.

수종 느티나무   **수령** 520년
품격 도나무   **수고** 20m
둘레 6.1m   **관리자** 마을이장
지정번호 도나무 101   **지정일자** 2000. 6. 26
소재지 충남 천안시 입장면 효계리 162

○주변 관광지: 병천 순대거리, 천안삼거리, 독립기념관, 입장 거봉 포도마을, 아라리오 광장

아산 영인면 신화리
소나무

주소를 검색하여 보호수 소나무에 접근하려 하니 개인주택지를 통과해야만 접근이 가능하다. 남의 집을 지나야만 하는 상황은 다소 난감하다. 요즘에 함부로 들어갔다가 어떤 일이 발생할지도 모르고, 시골의 길이라는 게 돌아갈 수 있는 길을 만들어놓은 것도 아니다. 한두 사람을 위한 우회도로의 배려를 바랄 수도 없는 상황이고, 더운 여름이지만 농촌에는 논밭으로 일을 나가는 경우가 많다. 주의를 기울여 집주인을 불러보니 다행히 사람이 있어 보호수를 촬영하러 왔다는 사정 이야기를 하고 마당을 지나서 보호수에 다가갔다.

가까이 다가가니 보호수는 낮은 언덕에 있고, 근처에 정자가 있지만 정자 윗부분에 양파가 걸려 있다. 보호수 팻말은 아예 뽑혀 있고, 이러한 광경을 짐작하건대 보호수에 대한 관심이 없음을 알 수 있다. 늦여름 뙤약볕의 더위가 들판의 벼를 황금빛으로 물들게 하고 손님의 방문이 그리웠는지 소나무를 보금자리로 한 두루미만 반겨준다. 보호수는 두 그루이며 부부처럼 가까이 있다. 나무를 도와주는 건 지지대 정도로 보인다.……

뽑혀 누워버린 팻말이 없었더라면
보호수인지도 모를 지경이다

논 가운데 멋진 모습으로 있지만
아무도 신경쓰지 않는다
그런데 두루미가 날아들어
기이한 풍경을 만들어준다
길조라 하지 않았는가
좋은 일이 있을 것이다.

사진촬영 2019. 8. 13

수종 소나무　　　　**수령** 170년(오차 37년), 약 200년 추정
지정일자 1982. 11. 1　　**수고** 14m
둘레 2.4m　　　　**소재지** 충남 아산시 영인면 신화리

○주변 관광지: 지중해마을, 세계꽃식물원, 피나클랜드, 외암민속마을, 현충사

보기만 해도 힐링 되는 나무들의 감성스토리

✈

당진 읍내동 당진성당
은행나무·느티나무

당진 성당 아래쪽에 공용주차장이 있어 주차해 놓고 당진성당으로 간다. 성당을 중심으로 정문의 왼쪽에는 800년 된 은행나무가 있고, 오른쪽에는 150년 된 느티나무가 있다. 높이는 20m 이상으로 둘 다 하늘 높이 솟아 있지만 둘레는 은행나무가 훨씬 더 굵다. 안내판에 둘레가 은행나무는 6.3m, 느티나무는 2.3m로 되어 있다. 당진성당은 1939년에 건립되었고, 보호수들은 훨씬 이전부터 이 자리에 있었다.

은행나무는 우람하다. 몇 군데 외과수술한 흔적이 있지만 부위가 크지 않아 건강한 상태에 큰 지장을 주지는 않는 것으로 보인다. 가슴 높이에서부터 가지가 무성하게 퍼져 있어 전체적인 모습은 하체가 튼튼한 형상이다.

느티나무는 날씬하게 보인다. 바로 옆에 덩치가 큰 은행나무가 있어서 더욱 그렇게 보이는지도 모른다. 어른 키 높이에서 가지가 벌어지기 시작하고 나무의 중간쯤부터 넓게 퍼진 가지에 초록색의 잎들이 무성하게 달려 있다. 밑동을 중심으로 빙 둘러서 기다란 직육면체 모양의 대리석 석재들이 의자 역할을 하면서 두 줄의 원형을 그리며 놓여 있어 앉아서 쉴 수 있다.

보호수가 성당을 지키고
성당은 보호수를 보듬는다.
두 그루가 성당 입구
좌측과 우측에 서서
문지기 역할을 한다
은행나무의 연륜과
느티나무의 싱싱함이
잘 어울린다.

보기만 해도 힐링 되는 나무들의 감성스토리

사진촬영 2019. 8. 13

수종 은행나무 / 느티나무　　**수령** 520년 / 150년

수고 22m / 20m　　　　　　**둘레** 6.3m / 2.3m

지정일자 1982. 10. 15(동일)

지정번호 8-15-76 / 8-15-395

관리자 마을이장　　　　　**소재지** 충남 당진시 당진읍 읍내리 507

○주변 관광지: 왜목마을, 석문방조제, 함상공원, 도비도, 신리성지

서산 운산면 여미리

느티나무·비자나무

안국사지 매향암각[*]을 구경한 후에 여미리 마을회관에 도착하였다. 안국사지에는 보물 제101호인 안국사지석탑이 있다. 여미리에는 석불 입상과 성선군 사당, 비자나무, 달맞이동산, 유기방 가옥, 느티나무 마당, 전라산(田螺山) 등이 있다. 또한 유기방가옥 식당과 한국민화연구원, 여미 디미방, 근대사박물관, 여미갤러리 & 카페 등을 소개한 이정표가 정말 정겹다.

마을회관 앞에 250년 수령, 높이 20m의 멋진 느티나무 한 그루(운산면 여미리 278)가 있다. 밑에서부터 가지가 세 갈래 뻗었다. 마을회관 오른편 도보산책로를 따라 계단을 올라가면 비자나무가 있다. 짙은 향이 몸을 건강하게 해주는 느낌이 든다. '우후죽순'이라 하였던가? 비자나무로 가는 길에는 잡초가 듬성듬성 자라고 있다. 비자나무는 중부 이북지방에선 잘 자라지 않는 나무이다.

◇◇◇◇
[*] 안국사지 매향암각은 배 모양처럼 생긴 바위(배바위)에 매향에 관한 내용이 새겨져 있고, '배바위' '고래바위' '북바위'로도 불린다. 매향의식을 치른 내용이 새겨진 명물로서, 민간불교의식의 일환이며, 고려시대 몽골과 왜구의 침입으로 어려워지자 이를 극복하기 위한 마음을 담아 매향의식을 하였다고 한다. 미륵신앙의 안식처로 많은 이들이 안국사를 찾은 것이다.

마을회관 바로 앞에는 멋진 느티나무가

마을회관 바로 뒤에는 향내 짙은 비자나무가

여미리 마을의 달빛에 더욱더 빛난다.

사진촬영 2019. 8. 13

수종 비자나무   **수령** 300년
지정일자 1982. 10. 15   **수고** 20m
둘레 3.5m   **소재지** 충남 서산시 운산면 여미리 산20

○주변 관광지: 해미읍성, 마애여래삼존상, 서산 한우목장, 서산아라메길, 서산 버드랜드

태안 태안읍 남문리

낙우송

보호수로 지정된 낙우송(落羽松)은 흔치 않다. 낙우송은 소나무 송(松) 자가 들어가지만 소나무와는 관련이 없다. 낙우송은 납작하고 긴 잎이 새의 날개처럼 생겼는데 낙엽이 질 때 날개처럼 떨어진다고 해서 붙여진 이름이다. 우리나라에는 1920년경에 도입되었다. 낙우송은 침엽수이면서 낙엽이 지는 특이한 나무다. 그리하여 이곳에 있는 낙우송이 최고의 수령이라고 하는데 이 시기에 들어온 것으로 짐작된다.

낙우송 주변에는 4층짜리 '보령휀밀리'라는 이름의 빌라와 차도 건너편에는 '미소지움'이라는 이름의 고층아파트가 있다. 키다리 나무가 조금은 외로운 듯이 서 있다.

낙우송은 키가 크다. 바로 옆에 있는 전봇대보다도 크고, 4층짜리 빌라보다도 더 크다. 줄기도 하늘로 곧게 뻗어 있다. 나무 앞에는 보호수임을 안내하는 팻말이 있고, 낙우송을 둘러싼 둥근 스테인리스 재질의 철제로 된 가슴 높이의 경계봉 앞에는 음식물 쓰레기통이 놓여 있고, '쓰레기 무단투기 금지'와 '주차금지'라는 경고 팻말이 동그란 경계봉에 붙어 있다. 나무 밑에는 버리려고 갖다 놓은 듯이 보이는 의자와 소파들이 놓여 있었다.

보기만 해도 힐링 되는 나무들의 감성스토리

보호수 중에 흔치 않은 낙우송

늘씬한 몸매를 자랑한다

우리나라에 처음으로 들어온 시기의 나무다

나무는 나무와 같이 있어도 좋고

집들과 같이 있어도 좋다

쓸쓸하게 느끼는 것은 나무가 아니라

바라보는 사람의 마음이다.

수종 낙우송
수령 90년
지정일자 1992. 11. 1
수고 23m
둘레 3.4m
관리자 태안읍장
가치 우리나라 낙우송 중 최고의 수령임
소재지 충남 태안군 태안읍 남문리 521

○주변 관광지: 백화산, 한흥성, 만리포,
신두사구, 몽산해변

사진촬영 2019. 8. 13

✈

홍성 서부면 궁리

소나무

홍성 대하축제가 2019년에는 8.24~9.15일까지 열린다. 서부면 궁리 '소나무 낚시' 상점 옆 언덕에 외관이 특이한 소나무가 자리하고 있다. '천수만로'를 가까이 두고서 이 소나무가 어민들의 풍요와 마을의 안녕을 기원하는 데 중요한 역할을 하는 모양이다. 그래서인지 이 보호수에서는 많은 제사를 지낸다고 한다.

마을 주민들은 음력 정월 대보름 때만 제사를 한 번 지낸다고 낚시점 주인이 말한다. 이 보호수 나무는 바라보는 위치에 따라 다양한 모습이 연상된다. 여러 마리의 학들이 하늘을 향해 날아가는 형태이다. 1980년대 서산 AB지구 간척사업 전에는 소나무 바로 밑까지 바닷물이 흘러와 백사장에서 마을 주민들이 해수욕을 즐겼다고 한다.

보호수에 대한 안내문을 검은 대리석에 흰 글씨로 음각으로 멋지게 새겨놓았는데, 수고나 흉고 둘레 등의 일반적인 내용은 없고 연혁 및 전설이 적혀 있다.

..
처얼썩 처얼썩 파도 소리가
소나무를 흔들었다
천수만 물결처럼
나이테가 하나둘 늘어간다

신령스런 나무의 모습이

새처럼 날아갈 듯이 보인다.

사진촬영 2019. 8. 13

수종 소나무　　　　**수령** 350년
수고 15m　　　　　**둘레** 3.3m
지정연도 1982　　　**지정번호** 8-12-375
소재지 충남 홍성군 서부면 궁리 287-7

○주변 관광지: 용봉산, 백야 김좌진장군 생가, 그림 같은 수목원, 남당항 토굴새우젓단지

보기만 해도 힐링 되는 나무들의 감성스토리

✈

예산 대흥면 상중리
느티나무

예산군 고덕면 상몽리 176번지에 400년이 넘은 상수리나무가 있다는 '공공데이터포털'에서의 정보를 가지고 찾아갔는데 나무가 없다. 어디로 옮겨진 것인지 사라져버린 것인지 알 수가 없다. 소리도 없이 사라지는 보호수들이 도처에 있는 것은 아닌지 걱정스럽다.

목적지를 변경하여 대흥면 상중리 느티나무 보호수를 찾아간다. 이 마을은 고려시대 이성만, 이순 형제의 실제 이야기가 전해지는 곳이다. 이곳에는 '의좋은 형제 공원'이 있다.

여기에 있는 느티나무는 나이가 1000년이 넘었다. 충청남도 보호수 중 가장 나이가 많은 것으로 알려져 있다. 이 나무를 '배 맨 나무'라고도 한다. 소정방이 이끄는 나당연합군이 백제 부흥군의 마지막 거점인 임존성을 공격하러 왔을 때 이 나무에 배를 맸다고 전해진다. 옛날에는 느티나무 밑에까지 바닷물이 들어와서 샘을 파면 곳곳에서 갯벌의 검은 흙과 짠물이 나왔다고 한다.

나무 주기둥의 둘레는 새끼줄이 여러 겹 둘러져 있고 흰색의 천들이 새끼줄에 조각조각 매달려 있다. 치성을 받는 마을의 수호신 역할을 하는 나무로 신성시하며 2월 초하룻날과 칠석날 고사를 지내고 있다. 기둥이 굵고 튼튼하며 가지와 잎들이 옆으로 넓게 퍼져 있다.

나무 밑에는 나무로 만든 그네와 의자가 있어 편하게 쉴 수 있도록 해놓고 나무와 인접한 집의 담벼락에는 호수와 산이 있는 풍경화가 그려져 있다.

••
밑동이 굵고 울퉁불퉁한 것이 나이가 들어보인다
천 년이 넘은 보호수로 충남에서 제일 어른이다
무성한 가지와 잎을 옆으로 짊어지고 있다
한 마리 커다란 고래가 나무기둥에 앉아 있는 듯하다
의좋은 형제 마을을 지켜온 수호신이다
느티나무 앞으로 개울이 흐르고
다슬기 체험장이 있다
그늘진 나무 그네에 앉아
한가한 시간을 보내면서
기둥에 솟아 있는 울퉁불퉁한 근육을 보면서
강아지도 그려보고 호수도 그려본다.

보기만 해도 힐링 되는 나무들의 감성스토리

사진촬영 2019. 8. 13

수종 느티나무　　　　　　**수령** 1018년
지정일자 1982. 10. 15　　　**지정번호** 8–68
수고 19m　　　　　　　　**둘레** 7.5m
관리자 최홍선　　　　　　　**소재지** 충남 예산군 대흥면 상중리 338번지

○주변 관광지: 추사 김정희선생 고택, 황새공원, 수덕사, 예당호, 슬로시티 교촌한옥

✈

공주 오곡동
은행나무·느티나무

내비게이션에 주소를 입력하여 느티나무 보호수를 목적지로 하였다. 그런데 주소 위치에는 보호수가 위치하지 않았다. 다시 찾아서 위로 걸어갈 때쯤 은행나무 한 그루가 눈에 들어왔다. 은행나무는 주위에 온통 숲이지만 키 큰 나무들이 없이 유달리 커 보인다.

주변에 느티나무가 있어 주소대로 검색해 보니 위치가 다르게 나왔지만 몇 바퀴 돌면서 발품을 팔아 결국은 찾았다. 찾아간 느티나무 밑부분은 '새'처럼 생겼다. 바로 아래에는 우물이 있다. 나무에 활력을 주는 생명수가 아닐까. 오랜 세월로 인해 느티나무는 밑부분이 돌출해 새를 닮은 모습이다. 우물에는 그물망을 씌워 이물질이 우물 안으로 들어가지 않게 하는 세심함이 보인다.

••
공주 오곡동
마주보는 느티나무와 은행나무
견우와 직녀처럼
닿지 않는데
느티나무 가지가 새를 닮았다.
은행나무에 날아가려는가.

보기만 해도 힐링 되는 나무들의 감성스토리

사진촬영 2019. 8. 13

수종 은행나무 / 느티나무　　**수령** 은행 517년 / 느티 265년

수고 은행 34m / 느티 7m　　**둘레** 은행 4m / 느티 5.4m

지정일자 2010. 1 / 1982. 10

소재지 충남 공주시 오곡동 403 / 오솔 2길 36

○주변 관광지: 갑사, 공산성, 송산리고분군, 고마나루, 마곡사

✈

계룡 두마면 두계리

느릅나무

충남 계룡시 사계고택 입구에 도착하였다. 주변에는 벼가 심겨 있다. 현수막이 눈에 들어온다. '사계고택 문화재&고택다방 체험' 행사를 2019년 7월 30일부터 10월까지 시행하는 모양이다. 문화재청과 충청남도, 계룡시가 후원하는 프로그램이다. 옆에는 왕대산 입구까지 남은 0.3km를 안내하고 있다. 사계고택은 사계(沙溪) 김장생(金長生: 1548~1631) 선생이 말년에 거주했던 곳이다. 이 고택은 2,850m²의 대지에 안채와 사랑채, 안사랑채, 곳간채, 광채, 문간채, 행랑채 등이 원래의 모습으로 잘 보존되고 있다. 사계 선생은 서울에서 태어났으나 향지인 연산(連山)을 세거지로 하여 성장하였으며, 일찍이 율곡 이이와 구봉 송익필 선생에게서 성리학을 수학하였고, 평생을 학문에 정진하여 조선 최고의 예학자로 그 명성이 높았던 인물이다.

몇 차례 벼슬에 나가기도 하였으나 향리에서 학문과 후학 양성에 힘을 썼다. 그래서 사후에 영의정(領議政)에 추증되었고 문묘에 배향되었다. 그의 학문은 아들 신독재 김집(愼獨齋 金集)을 비롯해 우암 송시열(尤庵 宋時烈), 동춘당 송준길(同春堂 宋浚吉), 초려 이유태(草廬 李惟泰) 등의 제자들에게 계승되었다.

사계 고택은 석축을 쌓아서 일정한 높이를 맞춘 후에 행랑채와 모든 공간이 조화롭게 구성되어 있다. 사계고택의 가을 단풍이 매우 아름다워 보인다. 고택은 충청남도유형문화재 제143호 '두계 은농재'라고 표식이 되어 있다. 느티나무의 ♡(하

트) 모양이 방문객을 반겨준다. 느릅나무에 걸린 전깃줄이 조정됐으면 하는 생각
이 든다.

사계(沙溪) 선생의 예학에는
느릅나무가 따르고
향이 뿌리를 내린다.
사람도 나무도 글 읽는
예학(禮學)의 정원

사진촬영 2019. 8. 14

수종 느릅나무   **수령** 400년

지정일자 2005. 2. 3   **수고** 21m

둘레 4m   **소재지** 충남 계룡시 두마면 사계로 122-4

○주변 관광지: 계룡산, 괴목정, 주초석, 사계고택, 사계솔바람길

✈

금산 제원면 천내리
돌배나무

금산군 제원면 천내리에 도착했다. '원골유원지' 또는 '원골 어죽마을'로 알려져 있고 강변 쪽으로는 '기러기공원'이라는 이름이 커다란 바위에 새겨져 있다. 금강이 흐르고 건너편 산 중간에서는 점심시간이 되었을 때 시원한 소리와 함께 인공폭포가 쏟아진다. 정해진 시간이 되어야 인공폭포가 가동되는데 때마침 커다란 물줄기가 하얗게 떨어진다. 건너편 산은 자지산(紫芝山)이라고 하는데 부르기에 난감한 이름이다. 이 고장 사람들은 '성재산'이라고 부른다. 이곳은 주변에 식당이 많은데 민물고기를 재료로 한 어죽과 매운탕을 주 메뉴로 하고 있다.

200년이 넘은 돌배나무가 있는 식당의 이름도 '배나무집'이었다. 돌배나무가 200년 이상 살아 있는 것은 흔한 일이 아닌데 돌배가 주렁주렁 매달려 있다. 돌배나무는 감기 걸렸을 때 특히 기침에 효과가 좋다고 알려져 있다. 돌배로 발효액을 만들어 먹으며 많은 양의 돌배가 수확되어 이웃과 나눠 먹는다고 한다. 돌배나무를 촬영하고 돌배나무에 대한 이야기를 주인 할머니로부터 듣고 배나무집에서 점심식사를 한다.

돌배 가지에 새집을 달아놓았는데 새가 사는 것은 아닌 듯 장식용으로 보인다. 돌배를 매달고 있는 몇몇 가지들을 대나무 지지대로 받쳐놓고 있다. 나무는 나무대로 지지대는 지지대대로 조화를 이룬다. 가슴 높이쯤에서 다섯 개의 가지로 나뉘어서 자라는데 큰 가지 하나는 상당히 커다란 외과수술 흔적이 있다. 돌배나무 옆에는 커

507

충청남도

다란 돌이 세로 모양으로 세워져 있는데 주인 할머니께서 돌의 쓰임새는 모른다고 했다. 연륜이 많은 돌배나무가 많은 양의 돌배를 건강하게 생산해 내는 것이 신기한 일이다. 보통 배나무는 어느 정도 나이가 지나서 살아남게 되면 작은 크기의 돌배를 만들어내는 돌배나무가 된다. 큰 과일을 생산하기 힘에 부칠 때가 되면 작은 과일을 만들고 힘 조절을 하면서 계속 살아가는 모습을 보여준다.

금강변의 기러기 공원
최고의 어죽집이라고 자랑하는
식당들이 즐비하다
건너 바위산에서 폭포가 반겨준다
돌배나무가 있어 '배나무집'이다
주렁주렁 열린 돌배들이
기침에 특효약으로 쓰인다
돌배나무가 이름을 짓게 하고
식당을 살리고
감기를 낫게 하고
추억을 만들게 한다.

508

수종 돌배나무   **수령** 200년
수고 10m   **둘레** 2.04m
지정연도 2007년   **지정번호** 금산군-132
관리자 마을이장   **소재지** 충남 금산군 제원면 천내리 243-4

○주변 관광지: 적벽강, 칠백의총, 이치대첩지, 육백고지 전승기념탑, 금산약령시장

✈

논산 연산면 연산리

배롱나무·소나무

충남 논산시 연산면 연산리 37(황룡재로 92-18)에 있는 송불암(松佛庵). 이곳에는 특이한 형태의 배롱나무와 소나무가 손님의 발을 머물게 한다. 송불암의 우측에는 미륵부처님과 소나무가 조화롭게 자리하고 있는데, 여기에는 특별한 전설이있다. 고려시대에 큰 원력으로 기도를 잘하시는 노승이 계셨는데, 기도를 마친 후걸망을 지고 이곳저곳으로 다니다가 황룡산 아래에서 발길을 멈추었다. '이곳이 불법을 전할 곳이구나!' 생각하시고 주변을 둘러보니 부유한 가옥이 있어, 스님은 외딴집으로 가서 물었다. "여보시오. 누구 계시오?" 그러자 30세가량의 남자가 말했다."대사님 무엇 때문에 이곳에 오셨습니까?" "네, 황룡산에 명당자리가 있다기에 부처님을 모시고 불법을 전해볼까 하고 왔습니다."

노승은 홀어머니를 모시고 사는 청년으로부터 후한 대접을 받고 아침 일찍 길을떠나려고 하였는데, 청년 어머니의 얼굴을 보게 되었다. 〈중략〉

이 마을에 살던 광산 김씨 문중에서 회의를 열어서 '마을의 재앙을 막기 위해 부처님을 조성하여 세웠다.' 그러자 부처님 옆에 소나무 한 그루가 자라서 부처님을 향하여 크면서 부처님께 경배하듯 가지가 아래로만 자라고 있다. 그래서 사람들은 이소나무를 김장생의 후신이라 믿는다고 한다.

보기만 해도 힐링 되는 나무들의 감성스토리

조용한 산사에 배롱나무가

붉은 꽃을 피우고 있다

간지럼나무라고 불리는 배롱나무

보호수 안내석을 풀들이 덮고 있지만

살랑살랑 흔들리며 반기고 있다

마당 건너편에 있는 소나무는

부처님께 가고 싶은 듯

그쪽으로만 자라고 있다.

사진촬영 2019. 8. 14

수종 배롱나무 / 소나무　　**수령** 200년 / 250년
지정연도 2015년 / 1998년　　**소재지** 충남 논산시 연산면 연산리 37
○주변 관광지: 관촉사, 탑정호, 돈암서원, 백제군사박물관, 계백장군 유적지

✈

부여 석성면 동헌
탱자나무

부여로 이동하여 석성면의 석성동헌에 도착했다. 석성동헌은 인조 6년(1628)에 건립한 것으로 여러 번 보수과정을 거쳐 지금에 이르고 있다. 고을의 수령이 행정업무를 보던 고을의 중심지였다. 바로 이 동헌 안에 보호수가 하나 있다. 보호수 치고는 수종이 드문 탱자나무다. 수령이 400년 가까이 되었는데 탱자가 주렁주렁 달려 있다. 탱자나무의 꽃은 5월에 흰꽃이 피며 꽃말은 '추억'이다. 400년 전 석성군수가 동헌 신축 시 심은 나무라고 한다.

탱자나무는 크지 않다. 키도 크지 않고 줄기도 굵지 않은 종류다. 연륜이 있는 나무 기둥은 힘이 부치는지 여러 개의 쇠기둥으로 지지대를 만들어 받쳐놓았다. 탱자나무는 커다란 가시를 가지고 있다. 자기를 보호하기 위해 가시가 있는 듯하다. 가시가 있는 나무들은 아름답거나 열매의 효용이 좋은 것들이다. 탱자는 단단하고 울퉁불퉁한데 향기가 좋다. 떨어져서 보면 많은 가지들이 잎을 피우고 있어 울창하게 보이지만 가까이 가서 줄기 안으로 고개를 쑥 내밀고 가지들을 살펴보면 구불구불 용트림을 하면서 자라는 모습이 보인다. 어떤 가지는 제 무게를 감당하지 못하는지 땅으로 내려오기도 하고 다시 허공으로 휘어지기도 한다. 가까이에서 탱자나무 가시를 보니 손가락이 찔리는 듯한 섬뜩함이 느껴진다. 탱자나무를 정원수로 심은 경우는 흔치 않다. 새로 동헌을 지으면서 탱자나무를 심은 뜻은 귀신을 막아주고 악귀를 쫓아내려는 의도가 아니었을까 추측해 본다. '유자는 얽어도 손님상에 오르고 탱자는 고와도 밭에 구른다'고 할 만큼 탱자는 대접을 받지 못했다. 강한 신맛 때문에 식용으로는 좋은 취급을 받지 못했지만 약재로는 소화기, 호흡기 질환에 요긴하게 쓰인다.

⠈⠈

덩치가 작아도 오래 살 수 있다
사람이 스러지고 태어나는 동안
건물이 부서지고 다시 고쳐지는 동안
탱자나무는 그 자리에 있었다
동헌에는 단청의 색이 바래졌지만
서슬 퍼런 고을 사또가 있던 동헌이다
그 사또는 왜 탱자를 심었을까
400년이 지난 뒤 한 나그네는 궁금하다
빙 둘러 심었으면 울타리로 할 요량이라지만
마당 한쪽에 덜렁 한 그루 심은 뜻은 무엇일까?

보기만 해도 힐링 되는 나무들의 감성스토리

사진촬영 2019. 8. 14

수종 탱자나무　　　　　**수령** 370년
지정일자 1979. 4. 1　　　　**고유번호** 116
관리자 석성면장　　　　**소재지** 충남 부여군 석성면 석성리 764-2
• 조선시대 석성군 동헌 신축 시 군수가 기념식수를 하였다고 함

○주변 관광지: 제문화단지, 낙화암, 서동요테마파크, 궁남지

청양 청남면 지곡리

꾸지뽕나무

청양군 청남면 지곡리 마을 초입 어귀에 꾸지뽕나무 한 그루가 향나무와 탱자나무를 벗삼아서 자라 있다.

꾸지뽕나무는 그다지 굵게 자라지 않는 경우가 일반적인데 지곡리 꾸지뽕나무는 다소 굵은 몸통과 높게 자란 키로, 방문한 우리를 놀라게 한다.

중간부분에는 외과수술로 채워져 안정을 찾은 모습이다. 앞에는 관상용 황금소나무가 많이 식재되어 있다. 맞은편 지붕 처마 끝에는 '높이 2.1m'라는 나무에 쓰인 글이 주인장의 마음인가 보다. '높이가 이 정도이니 잘 살펴서 이동해 주세요'라고, 타인에 대한 배려가 깊다.

꾸지뽕이 몸에 좋다던데
이백오십 년쯤 되니
눈으로 먹어도 힘이 솟아
몸에 좋다면 너도 나도
가져가기 바쁠 텐데
함께 누리려는 지곡마을,
그 마음씨가 더 소중하다.

보기만 해도 힐링 되는 나무들의 감성스토리

사진촬영 2019. 8. 14

수종 꾸지뽕나무   **수령** 250년
지정일자 2015. 2. 27   **수고** 10m
둘레 2.1m   **소재지** 충남 청양군 청남면 지곡리 196-1

○주변 관광지: 고운식물원, 장곡사, 칠갑산, 지천구곡, 천장호 출렁다리

보령 청라면 장현리
귀학송

충청남도 기념물 제159호로 지정된 소나무다. 소나무의 모습이 키가 크고 우람하다. 안내판에는 이산광(李山光: 1550~1624)이 이곳에서 낙향한 선비들이 그러하듯 정자를 짓고 후학을 가르쳤는데 그 정자 이름이 '귀학정(歸鶴亭)'이었다. 이산광의 6대손인 이실(李實: 1777~1841)이 소나무를 심었는데 아름다운 모습으로 성장하여 후세 사람들이 '귀학송'이라 하였다. 또 가지가 6가지로 갈라져 '육소나무'라고도 한다.

실제로 살펴보니 무릎 높이쯤에서 갈라진 가지 수는 5개이고 중간에 커다란 외과수술 흔적이 있는데 이곳에 하나의 가지가 있었는데 병이 들어 잘린 것이 아닌가 추측해 본다. 소나무 옆에 커다란 전신주 같은 기둥이 세워져 있는데 이것은 피뢰침으로 이 소나무를 보호하기 위해 세워진 것이었다. 네 개의 굵은 줄기와 하나의 가는 줄기가 하늘 높이 뻗어 있는데 조금씩 구불거리면서도 균형 있게 자리 잡고 있다. 보는 각도에 따라서는 한 가지가 유난히 크게 솟구친 모습이다. 나무 윗부분에서 솔잎들은 커다란 우산처럼 무성하다.

버스 정류장 바로 옆에 키 크고 멋진 소나무가 있어서 쉽게 찾아갈 수 있다. 나무의 윗부분에서 뻗어나간 가지들의 색깔은 붉은색을 띠고 있다. 안내판에 있는 QR코드를 찍어보니 안내판에 적혀 있는 귀학송에 대한 내용이 그대로 스마트폰에 나타난다.

518

귀학정과 귀학송

정자는 보이지 않는데

소나무만 우람하게 자리 잡고 있다

학을 기다리는 마음들

사람을 기다리는 것은 아닐 것이고

적어도 세월을 기다리고

역사를 기다리고 있을 듯하다

천년이고 만년이고

기다려야 하는 것은

학이 전해주는

꿈과 희망이다.

사진촬영 2019. 8. 14

수종 소나무   **수령** 240년
수고 20m   **둘레** 5.5m
지정일자 2002. 1. 10   **지정별** 충청남도 기념물 제159호
소재지 충남 보령시 청라면 정현리 70-2

○주변 관광지: 천북굴단지, 대천항, 석탄박물관, 보령호, 도미부인솔바람길

◊ 보령 장현리 귀학송

조선 선조 때 영의정을 지낸 아계 이산해의 동생이자 토정 이지함의 조카인 동계 이산광(李山光 : 1550~1624)
이 광해군의 정치에 회의를 느껴 벼슬을 버리고, 이곳에 낙향하여 은거하며 시와 글을 짓고 후진을 양성하던 곳
이 귀학정이란 정자였다. 이후 이 지역에 한신이씨 후손들이 살았고 그의 6대손인 이실(李實 : 1777~1841)이
소나무를 심었는데, 줄기가 6가지로 뻗은 아름다운 형태의 소나무로 성장하여 후세 사람들은 귀학송 또는 육 소
나무라 부르며 오늘에 이르고 있다.

보기만 해도 힐링 되는 나무들의 감성스토리

서천 마산면 지산리
상수리나무

지산리 팔지경로당(팔지 새마을회관) 앞에 멋진 상수리나무 세 그루가 있다. 표
식에는 나무의 종류 '상수리나무'와 수고 '20m'라고 되어 있는데, 적어도 30미터는
되어 보인다. 가운데 있는 상수리나무가 가장 크고 생육상태가 좋다. 회관에서 보면
왼쪽 나무는 조금 비스듬하게 자라고 있고, 오른쪽 나무는 다소 왜소해 보인다. 큰
가지가 'Y'자형으로 펼쳐져 안정감을 준다. 주변 풀숲 여기저기서 후계목이 될 상수
리나무가 자라고 있는 걸 쉽게 볼 수 있다. 나비가 너울너울 날아들어 나무의 곁에
앉았다. 암수 나비가 정답게 나무의 피부를 타며 노닐다 간다. 오른쪽 상수리나무는
늦여름 햇살을 받으며 늦익고 있다.

지산리 팔지 누구네 가족
오순도순 모여
나무 하나 어른께 그늘 드리오.
또 하나 손님께 인사 올리오.
다시 하나 상수리 매달고
정들어 가면
가을이 옵니다.

사진촬영 2019. 8. 14

수종 상수리나무　　**수령** 250년
지정일자 1982. 10　　**수고** 20m
둘레 2.9m　　**소재지** 충남 서천군 마산면 지산리 산290-3

○주변 관광지: 신성리 갈대밭, 한산모시마을, 마량리동백나무숲, 금강하굿둑철새도래지

보기만 해도 힐링 되는 나무들의 감성스토리

충청북도

✈

영동 황간면 반야사

배롱나무

2019년 7월 들어 제5호 태풍 '다나스'가 경남지역으로 이동할 예정이라고 한다. 애당초 경북지역으로 '보호수 찾아 감성 체험하기' 일정이 잡혔는데 충북지역으로 변경하였다. 부산에서 5시 30분에 출발했다. 출발하면서 빗방울이 떨어진다. 충북에서 위치상 가장 남쪽에 있는 영동지역으로 향한다.

반야사(般若寺)에 대해서 정확한 기록은 없지만 270년에 창립되었다고 하니 1700년이 넘은 고찰이다. 절터치고 명당 아닌 곳이 있으랴만 반야사를 휘감고 도는 구수천(龜水川)에서 뿌연 아침안개가 피어오르는 모습은 또 하나의 아름다운 동양화가 된다.

대웅전 우측에 있는 삼층석탑(보물 제1371호)을 사이에 두고 배롱나무 두 그루가 서 있다. 한 그루는 조금 크고 다른 그루는 조금 작은 게 마치 연인처럼 느껴진다. 배롱나무 속성인지 줄기가 매끈하다. 500년이 지났는데 한아름에 안을 수 있다. 건강한 모습으로 꽃을 떨쳐내고 푸른 잎들을 두르고 있다. 큰 가지와 작은 가지들이 구불거리면서 자라온 연륜을 보여준다. 작은 나무의 옆으로 뻗은 가지에 가느다란 나무 지지대를 세워놓았다.

연인처럼 배롱나무 두 그루

하나는 조금 크고 다른 하나는 조금 작다

보고 있어도 보고 싶은 그대

오백 년을 바라보면서 아주 조금씩

다가가는 것인가

손을 맞잡듯이 서로에게 억겁의 시간을 두고

천천히 기대어 가고 있다.

일 년에 한 번씩 빗자루로 바위를 쓸어

바위가 닳아 사라지는 시간이 일겁(一劫)이라고 했던가!

서로 의지하면서 사찰을 호위하고

삼층석탑을 지키고 있다.

수종 배롱나무 2그루   **수령** 500년
지정일자 1994. 8. 10   **지정번호** 영동-13호
수고 8m / 7m   **둘레** 0.8m / 0.6m
관리자 반야사   **소재지** 충북 영동군 황간면 우매리 151-1번지
지정사유 반야사(창립: 270년) 사찰 내에 생립하고 있는 희귀 노거수임
나무특징 사찰 내 마당에 양측으로 생립하고 있으며 좌측나무는 지상 1m 높이
　　　　　 에서 둘레 20cm 정도의 5개 가지로 갈라져 자라고 있다.

○주변 관광지: 난계생가, 노근리 평화공원, 영동와인터널, 송호관광지, 월류봉

✈

옥천 군서면 은행리

느티나무

마을로 진입하는 새로운 도로가 개설되어 있다. 차량 내비게이션은 아직도 업데이트가 되지 않았는지 이전 도로로 안내를 한다. 조금 달려가니 새로운 도로와 결국에 만나는 것이 아닌가. 한치 앞도 모르고 달리는 우리들에게 일침을 가하는 느낌이다. 조금 더 이동을 하니, 전신주에 '은행3길' '곤룡로' 이정표가 매달려 있다. 왼쪽 도로변에는 이곳에서 직접 수확한 포도 박스며, 그물망에 담겨 있는 찰옥수수 판매를 위한 파라솔이 설치되어 있다. 짙은 주름과 햇볕에 그을린 이마에서 농부의 삶이 느껴진다. 환하게 피어나는 미소는 부처님의 자비로움을 그대로 옮겨놓은 듯하며, 잔잔하게 다가오는 환희의 기쁨이 담겨 있다. 그리고 바로 오른쪽에는 곤룡4교[*]가 보인다. 교량을 건너자 오른쪽에 훤칠한 나무 한 그루가 포근한 모습으로 우리를 반겨준다. 나무 그늘 아래 정자에는 마을 주민들이 함께 모여서 오순도순 이야기꽃을 피운다.

나무 바로 아래에는 개울이 있으나 가뭄으로 물이 잘 보이지 않는다. 이 나무는 230년 된 느티나무인데 마을의 수호신으로 은행리 이장이 관리하고 있다. 나무의 가슴둘레를 직접 재어보니 4.50m인데 보호수 표시에는 3.7m로 되어 있다. 80cm 정도가 차이가 난다. 그리고 나무의 몸통은 5.5m로 보호수 아래 개발제한구역이라는 표시물이 설치되어 있다. 나무 아래에는 외과수술 흔적이 있으며, 나무 아래 부

◇◇◇◇
[*] 교량은 길이 17m, 폭 8m로, 2012년 2월 20일에 시공되었음.

러진 의자와 훼손된 우산 등 잡다한 쓰레기가 보호수를 누르고 있는 모습을 보니 한숨만 나온다.

'은행길 46-1번지' 오른쪽 담장에는 능소화꽃이 계절을 알리고 있으며, 왼쪽에는 참나무 장작더미가 시골 살림을 느끼게 한다. 그리고 마당에는 잔디가 짙은 녹음의 카펫을 드리우고 있고, 마당 한쪽에는 다양한 계절 꽃들과 호박꽃이 피어나고 있으며, 그곳에는 벌이 윙윙거리며 열심히 꿀을 따고 있다. 안주인께서 여행길에 먹으라면서 믹스커피와 텃밭에서 막 따온 오이 2개를 냉큼 안겨준다. 하루 종일 잔잔한 감동이 피곤함을 달래준다.

옥천 은행리 느티나무의 넉넉한 인심과

하나가 되어 마을 주민들도

정성으로 포도와 찰옥수수를 수확하고

넉넉한 인심을 내어주니

이곳을 지나가는 행인들의 발걸음에 리듬이 넘쳐흐른다.

사진촬영 2019. 7. 19

수종 느티나무　　**수령** 230년(1982년 기준)
지정일자 1982. 11. 19　　**수고** 15m
둘레 3.7m　　　　　　**가치** 풍치목
소재지 충북 옥천군 은행리 543-6

○주변 관광지: 부소담악, 장계관광지, 금강유원지, 향수호수길

보은 금굴리
소나무군락

이 마을의 이름은 '금굴리(金掘里)'이다. '금을 많이 파내는 동네'라는 의미로 '쇠푸니' 또는 '금곡(金谷)'이라고도 한다. '은사동(隱士洞)' 또는 '은사뜰'이라고도 하는데 이것은 '선비들이 숨어 살던 곳'이라는 뜻이다. 마을 앞 커다란 석재에 '금굴1리 은사뜰(은사동)'이라고 새겨져 있다. 입구 쪽에 느티나무가 서 있다. 소나무군락 입구에서 버드나무 5그루가 보초를 서는 듯한 모양새다. 소나무 향이 진하게 풍겨 나온다. 양쪽으로 논이 펼쳐져 있고 가운데 일렬로 둔덕이 형성되어 있는데 이곳에 소나무들이 군락을 이루어 집단으로 터를 잡고 있다. 나무로 만든 산책 데크가 소나무를 좌우측으로 두고 만들어져 있다. 중간에는 나무 벤치도 설치되어 있다. 소나무 재선충약을 주사했다는 표식 라벨도 소나무에 붙어 있다. 멋진 모습의 보호수 한 그루만 보아도 그날 기분이 그냥 좋아질 텐데, 정말로 멋진 보호수 소나무를 한곳에서 92그루나 바라볼 수 있다니, 로또복권 당첨 이상의 행복을 느끼게 한다. 그리고 이곳에는 코끼리의 머리와 코를 닮은 버드나무가 깜짝 이벤트를 펼쳐준다.

사람들처럼 나무들도 서로 모이면
힘이 나는가 보다
소나무 숲도 많고 소나무 공원도 많지만
보호수 소나무군락은 흔치 않다

보기만 해도 힐링 되는 나무들의 감성스토리

여기저기 웅장한 나무들이 장기자랑이라도 하듯이
하늘로 또는 옆으로 가지를 힘차게 뻗고 있다.

사진촬영 2019. 7. 19

수종 소나무 87본, 버드나무 5본
수령 약 250년/200~300년 　　**지정번호** 보은-81호
지정일자 2009. 8. 13 　　　　　**관리자** 금굴리 마을이장
수고 16m/6-26m 　　　　　　　**둘레** 1.6m/0.9-4.0m
소재지 보은군 보은읍 금굴리 381-1외 8필

○주변 관광지: 문장대, 정이품송, 삼년산성, 동학농민혁명기념공원, 만수계곡

청주 상당구 산성동

은행나무

충북무형문화재 제4호 청주 신선주를 제조하는 ㈜신선이라는 농업회사 건물을 왼쪽으로 하고 오른쪽으로 이동하니 산성교회가 보이며, 조금 더 골목으로 향하니 '것대로 46번길'과 '것대로 46번가길' 이정표가 전신주에 설치되어 있다. 그리고 컨테이너 옆에는 '우리콩 100% 산성 것대 메주(순수 전통 재래)'라는 홍보물이 눈에 들어온다. 대략 50m를 진입하자, 마을 정자와 함께 우람한 모습의 은행나무가 한 시야로 다가온다. 것대로 57-1번지에는 '것대경로당'이 위치하고 있으며, 경로당 바로 앞에는 찰옥수수를 경계로 하여 안쪽에는 고추, 깨, 콩, 부추가 자라고 있다. 푸른 고추가 매달려 있는 고추나무 위로 아낙네의 손놀림이 매우 바쁘다. 고추 벌레를 퇴치하기 위함이다. 나무 밑에 매여 있는 개는 쉴 새 없이 계속해서 멍멍~, 멍멍~ 짖어 댄다. 한번쯤은 조용히 해줄 법도 한데, 이 녀석은 계속해서 짖기만 한다.

은행나무 아래에는 앞에 제사를 지낼 때 사용하였던 것 같은 마른 명태와 새끼줄이 나무에 드리워져 있으며, 나무 뒷부분에는 개인적으로 당산나무에 제를 올렸던 흔적처럼, 과일을 담은 용기들이 남아 있다. 이 은행나무의 경우 낮은 언덕에 자리하고 있기 때문에 나무의 뿌리가 육중한 몸통을 지탱하기 위하여 사방팔방으로 뻗어 있음을 알 수 있다. 언덕이 끝나는 부분의 뿌리는 짧게 끝나고 있지만, 반대로 주택이 있는 쪽의 뿌리를 길게 뻗어나서 전체의 균형을 잡고 있는 모습이 그대로 나타난다. 여러 곳에 외과수술로 몸통을 채운 흔적이 보이고 있으며, 지상 3m 높이에는

보기만 해도 힐링 되는 나무들의 감성스토리

은행나무 껍질에 공생하고 있는 커다란 버섯이 눈에 들어온다. 그리고 나무 한쪽 가지에는 철제 기둥이 마치 지팡이처럼 설치되어 있는데, 이를 보는 순간 마음이 편안해진다. 실제로 나무의 가슴둘레는 재어보니 8.70m이며, 몸통둘레 8.40m로 표식에서 안내하고 있는 둘레와 다소 차이가 있다. 보호수 은행나무에서 바라보니 제일 중앙에 우뚝 솟은 산이 보이며, 좌우측으로는 낮은 능선이 균형있게 자리하고 있고, 가슴이 탁 트인 느낌을 안겨주는 경관을 보여주고 있다.

상당산성 옛길 구도로 폐쇄된 곳에 '옛길어죽' 식당이 있다. 대표 메뉴는 '어죽, 새우튀김, 옛길 어백숙, 도리뱅뱅이'이다. 어죽을 시켜놓고 여기저기를 둘러보았다. 소박하면서도 섬세한 주인장의 손길이 이곳저곳에서 느껴진다.

특히 옛길 어죽에서 전해오는 전통의 맛은 우리를 다시 찾게 만든다. 감미로우면서도 깊이가 있고, 그러면서도 잔잔한 그 맛… 걸쭉하고 맵싸한 맛에 군침을 돋운다. 맛의 기억에 오랫동안 각인될 맛이다.

○○
것대마을 중심부에 500살 은행나무가 터를 잡으니,
그 아래에 편안한 쉼터를 내어주고
어르신을 가까이 하니,
당신을 무병장수의 아버지라 부르고 싶다.
내 마음도 은행나무 기운 듬뿍 받아서
텃밭 옥수수 수염처럼 행복한 기분이 드리워진다.

사진촬영 2019. 7. 19

수종 은행나무　　　　**수령** 520년(1986년 기준)
지정일자 1986. 7. 10　　**수고** 18m
가치 상산목　　　　　**둘레** 8.5m
소재지 충북 청주시 상당구 산성동 309번지

○주변 관광지: 청남대, 상당산성, 수암골, 문의문화재단지, 고인쇄박물관

증평 남하2리
느티나무

증평민속체험박물관 뒤편에 있다. 이곳에 도착하니 소나기가 세차게 쏟아붓는다. 민속체험박물관은 두레관, 대장간, 공예체험장, 한옥체험장, 향토자료관, 문화체험관 등으로 이루어져 있고 충북유형문화재 제208호인 석조보살입상이 있다. 두레관 우측에 커다란 느티나무가 있다. 보호수인가 보다 했는데 아니다. 아직 나무를 보는 눈이 턱없이 부족할 뿐이다. 그러나 점점 보호수의 속성을 알아가는 듯한 기분이 든다.

보호수가 있는 마을이 전통과 농촌문화가 살아 숨쉬는 '들노래 민속마을'이다. 박물관 후문에서 민속마을의 전경이 보인다. 느티나무 보호수치고 그리 큰 편은 아니고 오히려 아담한 편이다. 큰 줄기 하나가 잘려 나갔다. 외과수술 흔적을 보여주고 있다.

큰 나무는 보는 각도에 따라 모양이 많이 변하기도 한다. 북쪽에서 남쪽으로 바라보면 비대칭으로 한쪽 방향으로 무성하게 가지가 자라고 있다. 90도 각도로 옆에서 바라보면 전체적으로 균형 잡힌 듯이 보인다. 착시현상이다.

바로 옆에 있는 버드나무에는
끊어진 밧줄을 쳐다보는 호랑이 형상이 있다

동화책 속의 호랑이 얘기가 떠오른다

착한 호랑이일까 바보 같은 호랑이일까

튼튼한 밧줄일까 썩은 밧줄일까

호랑이와 밧줄만 있어도 무한한 상상이 생긴다

보호수를 온전히 보호하는 것이 좋은 건지

호랑이를 보호수에 만들어놓아 친근하게 지내는 것이

더 좋은 건지 고민해 봐야 한다.

사진촬영 2019. 7. 19

수종 느티나무   **수령** 250년
지정번호 증평 8호   **관리자** 남하2리 이장
지정일자 1982. 11. 16   **수고** 12m
둘레 4.6m   **소재지** 충북 증평군 증평읍 남하2리 1030

○주변 관광지: 좌구산천문대, 바람소리길, 삼기저수지, 율리휴양촌

✈

진천 진천읍

회화나무

진천읍 서부리 교차로 KT 앞, 교보생명, 삼성생명 간판이 눈에 들어온다. 도로 이정표에는 '군청, 경찰서, 우체국' 방향을 가리키고 있다. 보호수인 회화나무 바로 아래에는 '충북장식, 리모델링'을 알리는 점포가 있다. 마을 수호신 역할을 하였을 보호수 나무 아래에는 '천하대장부(天下大丈夫), 지하여장부(地下女丈夫)' 장승이 위치하고 있다. 오늘은 대풍 '다이스'의 여파로 인해 충북 진천에는 오락가락 비가 내리고 있다. 우산을 쓰고 카메라 셔터를 누르려니 앵글을 맞추기가 쉽지 않았다. 마을의 안녕과 주민들에게 일체감을 안겨주었을 회화나무를 대하는 순간, 나도 모르게 나무 옆으로 살며시 다가가게 된다. 왜 그랬을까? 아마도 그 기운을 느끼고 싶어서 그랬던 것 같다.

진천 보호수 회화나무는 인간들은 물론 애완용 동물에게도 마음을 내려주고 있는 것인지, 바로 아래에는 '강아지, 고양이용품 판매'라는 큰 간판이 눈에 들어온다. 회화나무 중간부분에는 큰 두 가지가 전지된 흔적이 남아 있다. 오랜 세월 동안 이러한 모습을 유지해 온다는 것이 신기할 뿐이다. 그리고 몸통 중간에는 외과수술로 비워진 공간을 채워놓았다. 옛 군청이 있던 곳인 이곳에 있는데, 진천군민들은 이 나무를 진천을 지켜주는 상징으로 여기고 있다고 한다. 회화나무는 예로부터 학자나무라고 한다. 그래서 회화나무는 주로 이름난 서원이나 명문 가문의 정원에 많이 심었으며, 최고의 길상목(吉祥木)으로 여기면서 학자수(學者樹)를 양반집이나 관

보기만 해도 힐링 되는 나무들의 감성스토리

공서 뜰에 주로 심었던 것으로 전해지고 있다.

••
진천읍 한복판에 학자수 한 그루가
우뚝 솟아 있으니
천하대장군, 지하여장부 부럽지
아니하고 훌륭한 인물들이
많이 배출되기를……
조화와 균형을 가르쳐준다.

사진촬영 2019. 7. 19

수종 회화나무   **수령** 600년(1982년 기준)
지정일자 1982. 11. 11   **수고** 17m
보호수 당산목
둘레 5.13m   **소재지** 충북 진천군 진천읍 읍내리 288-10

○주변 관광지: 진천농다리, 베티성지, 정송강사, 길상사, 종박물관

용소나무

계속 비가 내린다. 내비게이션 안내로 이동했으나 더 이상 차가 들어가기 곤란하다. 산속으로 농로가 있지만 차를 운전해서 들어가기에는 길이 험하다. 마을 앞에 세워놓고 목적지까지 도보로 이동한다. 마침 마을 주민이 있어서 물어보니 친절하게 알려준다. 농로를 따라 이동해 들어가 보니 작은 언덕이 나타나고 길의 오른쪽으로 콘크리트 축대를 1m가량 쌓아놓았고 그 위에 대리석으로 세워진 안내석과 함께 소나무 한 그루가 있다. 마을 사람이 아닌 다른 사람들이 보호수를 보기 위해서 찾아오기에는 쉽지 않은 위치에 있다.

키가 크지 않고 멀리서 보면 관심 있게 쳐다볼 나무가 아닌 듯 보인다. 솔잎이 우거진 그냥 야트막한 소나무다. 그런데 소나무 아래에서 보니 줄기가 옆으로 뻗어 있고 가지들이 꿈틀대면서 움직이는 것처럼 보인다. 용이 승천할 때 꿈틀댄다는 모습을 하는 '용소나무'다.

안내석에는 나무 둘레가 220cm로 나오는데 줄자를 이용하여 재어보니 300cm가 나온다. 소나무의 둘레에서 이 정도로 큰 차이가 나는 것이다.

우리나라에 가장 많은 나무 중
하나인 소나무

멀리서 보면 평범하다

다가가서 보면 꿈틀대는 용이

튀어나올 듯하다

나무는 위로 자라고

나이는 옆으로 먹는데

이 용소나무가 옆으로 자란다

수천 년이 지나면

여의주를 물고 승천할 것이다

아니면 계속 이 자리에 남아

마을을 지키는 것도 좋으리라.

사진촬영 2019. 7. 19

수종 소나무   **수령** 360년
지정일자 1982. 11. 11   **수고** 5m
둘레 220cm   **지정번호** 음성 6-4
관리자 내산4리 이장   **소재지** 충북 음성군 대소면 내산리 243
○**주변 관광지**: 백야자연휴양림, 미타사, 국립약용식물원, 운곡서원

✈

괴산 괴산읍
느티나무

45도 각도로 비스듬하게 자라는 것이 좀 특이하다. 두 곳에 철제 기둥이 나무의 무게를 지탱하기 위하여 설치되어 있다. 보호수가 있는 곳은 괴산교육도서관 뜰이다. 이 보호수는 괴산1호로 지정된 보호수로서 1982년 11월 16일에 지정된 780년 수령의 느티나무이다. 나무의 중심부는 외과수술로 가운데가 채워져 있다. 나무의 큰 줄기는 세 가닥인데, 마치 부채가 펼쳐진 것 같은 모양을 이루고 있다. 가슴둘레는 직접 재어보니 8.40m이다. 약 60cm가 안내도와는 차이가 있다. 그리고 나무 아래에는 세 방향으로 벤치가 총 6개 설치되어 있다. 때마침 이곳 도서관을 찾은 여고생 2명이 나무 아래에서 도란도란 얘기를 나누고 있으며, 맞은편에는 중년의 남녀 두 분이 삶에 대한 담소를 나누고 있다.

어쩌면 보호수의 넉넉한 쉼터가 이런 것이 아닐는지?

그리고 괴산읍내에는 소나무가 가로수로 멋지게 식재되어 있다.

비스듬한 모습으로 보호수 한 그루가 큰 쉼터를 안겨주니

너 나 할 것 없이 지식의 창고에서 나만의 보물을 찾는다.

주민과 학생들이 느티나무 아래에서 머물 때

바람도 따라서 쉬어간다.

그래서 이곳은 인생의 휴(休)이다.

보기만 해도 힐링 되는 나무들의 감성스토리

수종 느티나무   **수령** 780년(1982년 기준)
지정일자 1982. 8. 12   **수고** 10m
둘레 7.8m   **가치** 당산목
소재지 충북 괴산군 괴산읍 서부리 260-2

○주변 관광지: 쌍곡계곡, 수옥폭포, 화양구곡, 성불산 산림휴양단지

✈

충주 단호사

용소나무

단호사 앞에는 '추억 충전소'라는 안내판이 설치되어 있다. '이곳은 주변경관이 아름다워 사진 찍기 좋은 장소입니다. 사방을 둘러보시고 사진 속에 추억을 담아가 십시오. 충주시 달천동장'이라고 적혀 있다.

단호사는 대한불교 태고종(太古宗) 소속의 사찰이다. 여기에는 보물 제512호로 지정된 철조여래좌상과 충북 유형문화재 제69호인 삼층석탑이 있다.

단호사(丹湖寺) 경내에는 보호수가 3그루 있다. 용소나무 한 그루와 느티나무 두 그루가 있다. 단연 압권은 단호사 정문으로 들어가면 정면에 바로 보이는 대웅전 앞의 용소나무다. 앞서 보았던 음성 대소면의 용소나무는 솔잎이 무성해 소나무 안으로 들어가서 올려다봐야 용의 꿈틀거림을 볼 수 있었는데, 단호사의 소나무는 솔잎이 가지 윗부분에 매달려 있어 겉으로 보아도 영락없는 용의 모습이다. 바라보는 순간 자리를 뜰 수 없을 정도의 강렬한 아름다움이 짜릿하게 전해온다.

삼층석탑을 용소나무가 감싸고 있는 모양새다. 나무는 위로 자라는 것보다 옆으로 자라는 것이 더욱 힘들다. 소나무 줄기가 땅을 향해 내려가다가 대리석으로 받침을 해놓으니 다시 땅에서 조금씩 멀어져 옆쪽으로 머리를 향해 뻗어나간다. 옆으로 뻗어가는 가지들에게는 쇠로 된 지지대 7개를 받쳐놓아 균형을 잡고 있다. 주위에 있는 두 그루의 커다란 느티나무 보호수가 찬밥 신세가 되는 느낌이다.

보기만 해도 힐링 되는 나무들의 감성스토리

모양만 봐도 범상치 않은데

아들을 낳게 해주었다는

영험함까지 간직하고 있다

옆으로 누운 용의 모습은

승천하려는 기세다

밑동 줄기에는 소나무 껍데기가

용의 비늘처럼 있다가

더 자란 줄기부분에서는

탈피한 듯 매끈하게 붉은 모습이다

용소나무를 바라보는

돌로 만든 부처의 온화한 보습은

모든 근심을 없애준다.

수종(품격) 소나무(도나무)　　**수령** 510년
지정번호 충주 14호　　　**지정일자** 1983. 1. 1
수고 8.5m　　　　　　　**둘레** 2.2m
소재지 충북 충주시 단월동 450(하단)

○주변 관광지: 탄금대, 수안보, 충주댐, 대몽항쟁 전승기념탑, 송계계곡

단양 수촌리
느티나무

단양 대명콘도에서 숙박을 하였다. 눈만 붙이고 보호수를 찾아 이른 시간부터 나선다. 태풍의 영향 때문인지 비가 내리고 있다. 단양읍내 가로수는 단풍나무를 가지치기하여 깔끔하게 버섯돌이 머리처럼 만들어놓은 것도 인상적이다.

비를 맞으며 아침 비를 머금은 안개가 스멀스멀 산중턱을 기어 올라가는 소백산 자락의 계곡으로 들어가니 수촌리(水村里)가 나온다. 소백산 계곡에서 흘러나오는 물이 많다고 해서 붙여진 이름이다.

수촌리 버스 정류장 앞에 300년 된 느티나무가 버티고 서 있다. 느티나무치고는 한창 싱싱할 나이다. 큰 가지가 가슴높이쯤 자라서 두 갈래로 갈라지고, 다시 그만큼 자란 줄기가 여러 갈래로 갈라져 하늘을 향해 뻗어 있다. 비를 맞아 그런지 사방으로 울창하게 매달린 잎들이 더욱 푸르게 보인다. 커다란 보호수 옆에 보호수 세트 구성인 듯 정자와 운동기구들이 세워져 있다.

2미터쯤 높이에서 가지가 갈라지고 그 사이에 마을에 공지사항을 알리는 나팔모양의 확성기가 달려 있다. "아− 아−, 이장이 알려드립니다."라고 하는 구수한 목소리가 들릴 듯한 느낌이다.

이 마을은 '물안리'라고 불린다

잘 모르는 사람들은 수촌리에 물 수(水)자가 들어가

물이 많아서 물안리로 부른다고 알려주기도 한다

여기에는 샘이 있는데 나라에 흉사가 있을 때마다

혈수(血水)가 나와 나라의 장래를 물이 먼저 안다고 하여

그렇게 불린 것이다

느티나무 그늘 바로 밑에 '효부청주이씨지비(孝婦淸州李氏之碑)'가 있다

소백산 심산유곡 보호수를 둘러보면서

효(孝)를 생각해 본다

보호수 옆에 버스정류장이 있고

마을 정자가 있고 운동기구가 있고

나뭇가지에 걸린 확성기가 있는 것은

마을의 중심에 이 느티나무가 있는 까닭이다.

사진촬영 2019. 7. 20

수종 느티나무   **수령** 300년
수고 15m   **둘레** 3.6m
지정일자 1983. 8. 28   **지정번호** 단양군 제5호
관리자 수촌리장   **소재지** 단양군 단양읍 수촌리 86-1

○주변 관광지: 도담삼봉, 만천하 스카이워크, 수양개유적지, 고수동굴, 온달관광지

548

보기만 해도 힐링 되는 나무들의 감성스토리

✈

단양 대강면 사인암리

소나무

사인암(舍人嵒)은 단양 8경의 하나로 명승 제47호로 지정된 곳인데 석회암으로 된 암석이 병풍모양의 수직절리를 형성하고 있으며 그 풍광이 아름답기로 유명한 곳이다. 사인암은 사진작가들과 동양화를 그리는 사람들의 단골 소재가 되기도 하는 곳이다.

소백산 자락의 계곡과 앞에 흐르는 남조천이 만드는 운선계곡을 건너는 출렁다리가 있고 고려 후기 나옹선사가 창건하였다는 청련암(靑蓮庵)이라는 사찰이 있는 이곳은 많은 사람들이 사시사철 찾는 곳이다. 여름철에는 남조천에서 멱을 감기 좋고, 다른 계절에는 이곳의 절경이 보여주는 경치를 감상하기가 좋은 곳이다. 바로 무릉도원의 풍광이 이와 유사하지 않을까. 남조천에는 아홉 군데의 경치 좋은 곳이 있는데 보호수가 있는 이곳이 그중 하나인 사선대이다. 비로 이곳 사선대에 누가 보더라도 멋진 두 그루의 소나무가 자라고 있다. 소나무 아래 보호수 안내석이 있고 비석 2기가 있다. 비석 2기는 '역동우선생사적비'이다.

소나무 두 그루가 서로 가지를 반대쪽으로 뻗어 나가는 형상이다. 소나무 수령은 100년이 넘은 정도로 한아름도 되지 않을 정도로 줄기가 굵지 않고 전체적인 모습은 앳된 편이다. 두 그루가 보는 방향에 따라서 사이좋게 보이기도 하고 서로 토라져 돌아선 것처럼 보이기도 하지만 천하절경과 조화를 이룬 소나무는 천생연분이다.

남조천을 두고 바라보면 소나무 두 그루가

자존심 경쟁이라도 하는 것인지

서로 반대방향으로 가지를 뻗고 있다.

시간이 지날수록 가지들은

각자의 방향으로 뻗어갈 것이다

하나는 처음부터 가지를 바깥쪽으로 뻗고 있고

다른 하나는 처음에는 위로 가지를 뻗다가

가슴 높이쯤에서 바깥쪽으로 뻗어간다

처음에는 다가가려고 했던 것일까

둘이 사이가 좋든 나쁘든

바라보는 입장에서는

무릉도원에 잘 어울리는

절묘한 조화일 뿐이다.

사진촬영 2019. 7. 20

보기만 해도 힐링 되는 나무들의 감성스토리

수종 소나무　　　　　**수령** 200년
수고 10m　　　　　　**둘레** 1.5m
지정일자 1993. 8. 28　　**지정번호** 단양군보호수 제12호
관리자 사인암리장　　　**소재지** 단양군 대강면 사인암리 64

○**주변 관광지**: 상선암, 중선암, 하선암, 죽령, 황정산

우탁 선생의 시 '탄로가(歎老歌)'('백발가(白髮歌)'라고도 한다.)

한 손에 막대를 잡고 또 한 손에는 가시를 쥐고
늙는 길은 가시로 막고 오는 백발은 막대로 치려고 했더니
백발이 제 먼저 알고 지름길로 오더라.

춘산에 눈 녹인 바람 건듯 불고 간데없다
잠시만 빌려다가 머리 위에 불게 하여
귀밑에 해묵은 서리를 녹여볼까 하노라.

늙지 말고 다시 젊어져 보려 했더니
청춘이 날 속이고 백발이 다 되었구나.
이따금 꽃밭을 지날 때면 죄 지은 듯하여라!

✈

제천 송학면 무도리

소나무

태풍 '다나스'의 여파로 충북 제천에도 비가 제법 내린다. '무도3리(삭고개)'라는 버스 정류소가 마을 입구에 설치되어 있다. 그곳에는 생활체육시설 2대가 자리를 하고 있다. 그리고 '흑서무도로 11길, 12길'을 안내하는 이정표가 있는데, 그곳에서 오른쪽으로 100m를 이동하니 600년 수령의 적송(赤松)이 균형 잡힌 모습으로 우리를 반겨준다. 보호수 바로 아래에는 벤치 3개, 노란색 우체통 1개, 나무를 지지하는 철제 지주봉이 2곳에 설치되어 있다. 그리고 이 나무가 보호수임을 소개하는 표식이 스테인리스 재질로 설치되어 있는데, 빛이 반사되어 눈에 잘 들어오지 않는 것이 아쉬움을 갖게 한다. 이 소나무는 마을 주민들이 서낭당으로 모시고 매년 음력 정월 초사흗날 밤에 제사를 올리고 있다. 2016년 12월에 무도3리(신문동 삭고개마을) 주민 일동이 정성껏 예를 다하여 제를 올린 것으로 전하고 있다.

보호수 바로 인근에는 담뱃잎과 고구마 농사가 한창이다. '성황신위(城隍神位)'라는 표지석이 바닥에 매입되어 있다. 소나무 밑둥치 새끼줄에는 주민들의 염원을 담은 것으로 보이는 무명 조각천이 눈에 들어온다. 보호수 표지석 뒷면에는 이 소나무에 주민들의 마음이 고스란히 새겨져 있다. 전반적으로 이 소나무의 수형이 너무 빼어나다. 감탄사가 '야~아~' 하고 절로 나온다.

600년의 세월이 고스란히 담겨서 터를 잡으니

성황당의 신비로운 기(氣)가 충만하여

무도리 일대에 무사태평한 바람을

나뭇가지를 따라서 살랑살랑 내어준다.

사진촬영 2019. 7. 20

수종 소나무　　　　　**수령** 600년(2003년 기준)
지정일자 2003. 5. 9　　　**수고** 13m
둘레 4.6m　　　　　　**가치** 당산목
소재지 충북 제천시 송학면 무도리3 833-1

○주변 관광지: 의림지, 청풍호, 탁사정, 배론성지, 한방엑스포공원

자연 산책

✈

경남 하동군
자연 산책 1

자연의 소리(끊임없이 흘러내리는 계곡물 흐르는 소리)가 '쇼팽, 베토벤'의 피아
노 협주곡처럼 들려온다. 지금 시간은 새벽 5시 30분, 대자연을 깨우는 우렁찬 외
침, 꼬끼오~옥, 꼬끼오~옥.

의신마을에 수탉 울음소리가 하루의 시작을 알린다. 어제 경남 북동지역에 있는
천연기념물과 보호수 나무를 찾아서 300km를 이동하였다. 함양에서 출발하여 지
곡IC를 거쳐 남원과 장수를 경유하여 전남 구례군에 도달하자 이내 어둑어둑해졌
다. 40여 분 지나면 화개장터까지 도착하는 것으로 내비게이션이 안내를 한다. 그
런데 길을 잘못 선택하여 20km를 우회하는 관계로 20여 분이 지나서야 겨우 화개
시장 입구에 도착하였다. 그리고는 곧장 지인이 기다리고 있는 쌍계사 인근의 '청운
식당'으로 향했다. 다소 늦은 저녁식사임에도 의신마을 베어빌리지의 정봉선 대표
께서 우리 일행을 흔쾌히 맞이한다.

청운식당에 도착하니 산해진미(山海珍味) 가득한 음식들이 상다리가 부러질 정
도로 맛있게 차려져 있었다. 메뉴는 '된장찌개 정식'이다. 고사리 무침을 비롯하여
깻잎 부침개, 도토리묵 등 지리산자락의 향기를 물씬 느끼게 한다. 꼭 계절음식 품
평회를 하는 기분이다. 청운식당 주인장은 정봉선 대표의 선배 같았다. 식사를 모두
마치고 시계를 보니 밤 9시가 되었다. 바로 인근에 있는 CU 편의점으로 가서 간단
한 음료수와 생수를 구매한 다음 의신마을 베어빌리지를 향해서 지그재그로 이어지

보기만 해도 힐링 되는 나무들의 감성스토리

는 왕복 2차선 도로를 한참 달렸다.

우리 일행의 숙소인 지리산 자락에 위치한 베어빌리지 펜션에 도착하였다. 밤이라서 주변의 지세와 환경을 파악할 수 없었다. 녹음이 우거진 7월이라서 깜깜한 기운이 감돌았지만 풀벌레 소리와 함께 정말로 맑고 신선한 밤공기가 상큼하게 코끝으로 다가왔다.

이 공기를 마신 지가 겨우 1~2분 지났는데도 폐가 정화되는 느낌이 들었다.

잠시 후 2층에 마련된 숙소로 이동하여 오늘의 여정을 정리한 후 이부자리에 몸을 맡겼다. 어제 낮시간 동안의 강행군에 너무 피곤하였던 탓인지 이내 깊은 잠에 빠져들었다.

닭울음소리에 눈을 떠서 시계를 보니 새벽 5시 30분이다.

지리산의 대자연이 여명의 동을 틔우고 있다. 지리산 산신령께서 타고 있을 것 같은 옅은 구름이 하나둘씩 시야에서 사라지곤 한다. 밤에 도착하여 아무것도 알 수가 없었던 대자연을 구경하기 위하여 콩닥거리는 가슴을 부여잡고 창문을 조심스럽게 열었다. 마치 베토벤 교향곡이 연주되고 있는 커다란 공연장에 온 것 같다. 끊임없이 흘러내리는 계곡물 소리와 매미의 울음소리, 강아지 소리 등등……

이곳은 정감록에 등장하는 이상향의 마을로서 자연환경이 뛰어날 뿐만 아니라 풍수지리적인 면에서도 최고의 명당이라고 한다. 지리산 베어빌리지로 브랜딩된 의신마을은 경주정씨의 집성촌이다. 시중에서 캔으로 압축하여 유통되고 있는 '지리산 맑은 공기'가 바로 의신마을 빗점골에서 채집된 것이다.

2017년 6월 30일에 '하동바이탈리티에어'는 공기 포집 장소로 이곳을 택하여 지리산 맑은 공기를 국내외로 판매하고 있다. 하동군이 이 사업 지분의 40%를 보유하고 있다고 하니 지리산 맑은 공기에 대한 신뢰감도 무한 상승이다.

맑은 공기를 밤새 마시고, 오늘 아침에도 무한 보충하였으니 이 세상 그 어떤 것보다 값진 경험을 한 순간이다. 새벽 일찍 잠에서 깨어났음에도 전혀 피곤한 기분이

들지 않는 것이 그 이유 때문일까. 장수의 근원을 꼽으라고 한다면, 단연코 깨끗한 공기와 오염되지 않은 물일 것이다. 바로 이곳이 그러한 곳이다.

그래서 이 마을은 내 마음을 편안하게 하고 활력을 불어넣어 주는 현대판 이상향이다. 2층에서 바깥 창문을 열고 테라스로 나아가니 벽소령 자락이 품고 있는 지리산의 정기가 느껴진다. 여전히 대자연의 협주곡은 지속되고 있다. 이곳에서 하루저녁(약 7시간)을 머물렀음에도 몸과 마음이 깨끗이 정화되는 느낌이 든다. 다음에는 충분한 여유를 가지고 이곳을 다시 방문할 생각이다.

꾸밈없는 대자연의 향기가 물씬 풍기는 곳,
최치원 선생이 학을 타고 다녀갔을 곳,
가이아(Gaia)* 가 가장 아끼는 곳,
이곳은
몸과 마음이 치유되는
새로운 앱(App)이 있는 곳이다.

* 혈연관계가 없이 독립적으로 존재하는 신(神)으로서 그리스 신화에 등장하는 '대지'로 의인화된 여신이다.
일명 '신들의 어머니, 만물의 어머니, 창조의 어머니 신'으로 로마신화에 등장하는 땅의 여신 '텔루스' '테라'
와 동일하게 바라본다.

보기만 해도 힐링 되는 나무들의 감성스토리

경북 울릉군 울릉도

자연 산책 2

울릉도 향나무에 관한 감성스토리는 경북편에서 서술하였으나 같은 풍경을 본유사하지만 또 다른 시각에서 조금은 다른 느낌을 적어보았다.

바쁜 일정 속에서 울릉도를 방문하기 위하여 일정(9월 5일)을 잡았으나 태풍 '차바'가 한반도에 상륙하기 직전이라서 배편이 취소되었다. 그 이후에도 일정(10월 21일)을 잡았으나 이번에도 태풍의 영향으로 배가 출항하지 않았다. 다시 일정을 잡은 것이 2019년 10월 25일(토)이었다. 울릉도를 방문한다고 하니 초등학생이 소풍 가기 전날 느끼는 설레는 마음과 비슷한 기분이 감돌았다. 오전 5시 30분 부산에서 출발하여 오전 8시 무렵에 대저해운이 운항하는 썬라이즈호가 정박하고 있는 포항 연안여객터미널에 도착하였다. 목적지를 6㎞ 남겨두고 경미한 접촉사고가 있었다. 이내 세 사람이 슬기롭게 접촉사고를 수습하고 포항터미널에 합류하였다. 대망의 오늘. 심장이 두근거리면서 울릉도에 빨리 도착하고 싶어졌다.

오전 8시 50분 썬라이즈호는 뱃고동 소리를 울리며 출발신호를 한다. 배는 서서히 육지로부터 멀어져 간다. 조금 지나자 우리 일행은 썬라이즈호에 모든 것을 맡겨야 했다.

피칭과 롤링이 가끔씩 느껴진다. 약 4시간 정도를 이렇게 가야 한다니 너무나 힘이 들었다. 동행한 맥가이버 김종오 교수와 드론요정 최민수 대표는 멀미를 전혀 하지 않는 것처럼 보였다. 정말로 부러웠다. '역시 건강하구나'라고 혼잣말로 중얼거

렸다. 보이지 않는 절대자께서 울릉도 보호수를 쉽게 볼 수 없도록 하는 것 같았다. 그래서일까 이번에는 뱃멀미를 안겨주었다.

멀미를 느끼는 순간은 정말이지 말로는 표현할 수 없을 정도로 힘이 들었다. 이렇게 사투를 펼치고 있는데, 조금씩 편안해졌다. '쥐구멍에도 볕들 날이 있다'고 하였던가 온몸에 사력을 다하여 참고 있던 순간에 들려오는 기쁜 소식, "우리 배는 10분 후면 울릉도에 도착하게 됩니다. ~ 침착하게 기다려주시기 바랍니다." 빨리 육지로 날아가고 싶은 심정이었다.

드디어 울릉도 저동항 부두에 우리가 탄 배가 접안을 하였다. 전국 각지에서 몰려든 사람들이 울긋불긋한 복장으로 육지에 발을 내딛는 것이 아닌가. 다들 첫마디가 "야아~ 이제야 살 것 같다"였다.

잠시 정신을 차린 후, 도동항으로 가는 순환버스 정류소로 걸어갔다. 10분 정도 지나서 마을버스 크기의 순환버스가 도착하였다. 버스를 타고 얼마 지나지 않아서 도동에 도착하였다. 제일 먼저 찾은 곳이 학수고대하였던 수령이 2500년 이상인 보호수 향나무였다.

바로 주변을 둘러보는 순간, 저 멀리 절벽 위 한 그루가 눈에 띄었다. 하늘을 유영하는 송골매가 먹이를 찾을 때, 순간적으로 포착하듯이, 우리 일행의 눈에도 그렇게 직감적으로 보였던 것이다. 그런데 어디서 촬영해야 좋은 모습을 담을 수 있을 것인가를 고민하던 중에 '드론요정 최 대표'가 "바로 저 옥상에서 촬영하면 좋을 것 같습니다." 하고 말하였다. 그곳에서 촬영하는 것으로 결정하고는 금강산도 식후경이라고 새벽에 출발하여 아침식사도 건너뛰고, 배를 타고 오던 중에 불가항력적인 일로 속을 비워야 했기 때문에 얼큰한 국물이 있는 하얀 쌀밥이 무척이나 그리웠다.

두꺼비식당에 들러 김치찌개를 주문하였다. 순식간에 한 그릇을 뚝딱 비우고 빨리 보호수를 촬영하고 싶은 마음에 조금 전에 보아두었던 곳에서 촬영하려고 옥상에 접근할 수 있는 '향토회센타(1층)'를 찾아갔다. 남옥순 대표에게 자초지종을 말

보기만 해도 힐링 되는 나무들의 감성스토리

씀드렸더니 옥상에서 촬영할 수 있도록 흔쾌히 허락하셨다. 정말로 감사할 일이다. 지면으로나마 그 순간의 마음을 전해드리고 싶다. "향토회센타 남옥순 대표님! 정말로 감사합니다"라고……

이곳 도동항 절벽에서 자라는 석향(石香)은 1985년 10월 5일에 태풍 브랜다로 인해 부러진 가지가 울릉군의 공매에 나와서 울릉도에 거주하는 사람이 낙찰받았다고 한다.

우리 일행은 각자의 역할에 맞게 촬영을 시작하였다. 김 교수께서는 망원카메라를 연거푸 눌러 댄다. 그리고 드론요정의 최 대표는 드론을 조작하면서 이곳저곳을 촬영한다. 필자는 드론 촬영의 앵글을 조언한다. 이렇게 하기를 30여 분. 어느덧 우리에게 주어진 시간을 마무리한 채로 도동항에 있는 울릉도 여객선터미널로 향했다. 그곳으로 이동하던 중에 울릉도관광안내도를 배경으로 함께 기념사진을 촬영하였다.

그때였다. 바로 뒤편으로 울릉도 보호수인 향나무가 눈에 들어왔다. 새로운 형상이 보였다. 그러자 김 교수께서 계속 카메라 셔터를 눌러 댄다.

터미널 상점에서 진한 원두커피 한 잔씩을 주문한 후, 울릉도와 작별인사를 하면서 아쉽지만 우리들의 여정은 마무리가 되었다. 썬플라워호에 승선하고 이내 잠이 들었다. 얼마나 시간이 지났을까. 포항 도착을 1시간 정도 남겨둔 시간이었다. 억지로 다시 잠을 청하였다. 올 때와는 달리 미리 조제한 멀미약을 먹었던 탓인지, 큰 배를 타서 그런 것인지 멀미를 하지 않았다.

포항에 도착하여 승객이 하선하는 데에만 10분 이상 소요되었다. 미리 주차해 두었던 승용차를 이끌고 부산에 도착하여 이번 프로젝트를 마무리하는 담소를 나누면서 생맥주 한 잔으로 내일을 기약하였다. 다음부터는 보호수 나무에 예(禮)를 드린 후 방문하겠노라고.

울릉도는 내 마음의 캔버스이다.
왜냐하면 울릉도는 독도를 앞에 두고
우리 영토를 지켜주는 교두보이기 때문이다.

이곳에 우리나라를 대표할
엄청난 수령의 향나무가 자리하고 있으니
이 또한 상징적인 의미를 안겨준다.

그래서일까 당신의 모습은 좀 특이하다.
서쪽에서 바라보면 사슴벌레가 양쪽 집게로 물건을 들고 있는 모습이고
동쪽에서 바라보면 마치 용이 승천하는 모습 같다.

멀리 떨어진 곳에서 그저 바라볼 뿐
가까이 다가갈 수 없음에 아쉬움이 남지만,

망원렌즈로 촬영된 모습에 감탄이 절로 나온다.
절벽 위에 자리를 차지하고 있는 향나무를 바라보니
왠지 안쓰럽게 느껴진다.
사슴벌레, 용이 승천하는 모습이던지
오랜 세월 동안 위대한 향나무로 자리하게끔
철저한 보호대책이 요구된다.
향나무야, 향나무야 오래오래 자라서
울릉도와 우리나라를 지켜다오.

당신은 도동항 절벽 위에서 아슬아슬한 삶을 살고 있지만
그대를 바라보는 수많은 사람들은 아슬아슬한 삶을 극복하는
용기와 희망을 당신으로부터 얻어갈 테니.

보기만 해도 힐링 되는 나무들의 감성스토리

나무의 언어를 들을 수 있는 나무박물지(博物志)

조해훈(시인 · 인문학자)

■ 프롤로그

여호근 · 김종오 동의대 교수가 공동으로 만든 책『나무들의 감성스토리』를 처음부터 끝까지 읽는 동안 계속해서 떠오른 단어는 공자가 말한 "덕불고필유린(德不孤必有隣)"이었다(『논어』「이인편(里仁篇)」).

말 그대로 '덕이 있는 사람은 반드시 따르는 사람이 있으므로 외롭지 않다'는 뜻이다. 나무의 성징(性徵)이 그럴 것이라는 생각이 들었다. 이를테면 겨울에 세찬 한파를 견뎌내며 언덕에 홀로 서 있는 소나무가 외롭지 않은 건 그런 까닭이 아닐까 하는 생각이 들었다. 추사 김정희가 제자 이상적에게 그려준 〈세한도〉에서도 알 수 있듯이 당시 자신의 적소에서의 삶에 대비한 그림이지만, 결국 그는 외로움을 이겨내고 그곳에서 추사체라는 우리나라 최고의 필법을 완성할 수 있었다.

흔히 나무 인문학자로 불리는 강판권(계명대) 교수가 이러한 사실을 뒷받침이라도 하듯이 모 매체와 인터뷰를 하면서 다음과 같이 말하였다.

"나무가 나이를 먹어가며 다른 존재들에게 베풀면서도 자신의 성장과 성숙을 거듭하는 것처럼, 인간 역시 나이가 들어감에 따라 남에게 많이 베풀면서 한층 더 성숙해질 수 있어요. 매일 위로 성장하면서 옆으로 나이를 먹는 나무처럼 살아가는 사람은 세상에서 가장 위대하고 행복합니다."

필자는 나무학자는 아니지만 역시 나무를 좋아한다. 산행을 하면서 또는 어느 시골길을 걷다가 연륜의 주름으로 울퉁불퉁한 오래된 나무를 만지면 '잘난 체하는 인간이란 얼마나 초라하고 부족한 존재인가?'라는 생각이 든다. 수백 년을 살아온 나무의 깊이를 생각하면 때론 무서운 생각이 들기도 한다. '100년도 제대로 살지 못하는 인간들의 못난 욕심 부리기 등의 역사를 묵묵히 바라보면서 이 나무는 무슨 생각을 하고 있을까?'라는 생각이 들기 때문이다.

시인들이 나무를 소재로 지은 마땅한 시를 찾지 못하여 독자들에겐 미안하지만 필자가 지은 시를 잠시 보겠다. "새벽에 태풍 메기 득달없이 온몸 잡고 죽으란 듯이 흔들 때도/ 고통 너무 커 흰자위 돌아가고 숨 목까지 찼지만/ 다시 돋으면 되는 생솔잎만 내주었다// 종일 할머니들 날 붙잡고/ 등이나 배 턱턱 부딪히며 운동하셔야 하고/ 택시기사 아저씨 지나다 차 세워 내 발밑/ 참았던 오줌 시원히 누어야 하고/ 내 몸을 갉아 먹으며 살아가는 벌레들도/ 홀로 선 내가 쓰러지면 갈 곳 없을 것이니// 검은 매연 내 몸에 두께로 쌓이고/ 광안대교 위 달리는 금속성 차 소리 신경 건드리지만/ 이미 나는 마음대로 할 수 있는 혼자 목숨 아니니"(시 〈남천동 소나무〉 전문, 『사십계단에서』, 2007, 푸른별)

필자 역시 위 시에서 나무를 위대한 생명체로 해석하였다. 죽을 만큼 힘든 상황이 닥쳐도 인간과 미물들이 나무인 나에게 의지하고 나를 필요로 한다면 기꺼이 내 목숨까지 내어줄 수 있다는 성정을 의인화하였다. 자그마한 욕심으로 자신들의 이기심으로 늘 다투어 하루도 조용할 날이 없는 인간들은 나무의 헌신적인 베풂을 이해하지 못한다. 인간은 나무만큼 크거나 품이 넓지 못하다는 것이다.

어느 사진가로부터 직접 들은 이야기다. 낡은 흑백사진 속의 풍경을 찾으려고 도시의 뒷골목을 헤매고 헤매다 지쳐 볼품없는 어느 나무 곁에 서서 담배를 한 대 피우고 있는데 암에 걸린 듯 사방으로 불거져 나온 나무의 둥치가 눈에 들어온 것이다. 비록 쓰레기가 밑동에 더러 뒹굴고 있었지만 자세히 보니 '아, 이 나무가 내가 찾던 그 흑백사진이구나' 싶어 카메라 셔터를 눌러 댔다. 그 사진가는 어릴 적 시골에서 살면서 집 앞의 큰 나무에 올라가 친구들과 벌거벗다시피 한 상태에서 놀았던 기억이 있었던 것이다.

이 책에는 전국의 보호수 196그루가 소개되어 있다. 나무의 위치와 수령, 나무의 사진이 기본적으로 담겨 있고, 또한 해당 나무에 대한 저자의 느낌과 가는 도중의 즐거움과 어려움 등에 대한 소회는 물론 매 편에는 시가 실려 있다. 책의 제목처럼 '보기만 해도 힐링이 되는 나무들의 감성스토리'이다.

여호근 교수는 2018년에 『함께 걸으면 들리는 부산나무의 감성스토리』라는 제목의 책을 펴낸 바 있다. 부산 지역의 나무에 대한 감성적 인문학 자료이다. 여기서 더 나아가 전국의 나무를 찾아 답사하고 사진을 찍어 이번에 책을 발간한 것이다.

대표 저자인 여 교수는 책의 서문에서 "오랜 세월 버티고 있는 나무도 조용히 천천히 변한다. 수천 년을 살아도 언젠가 나무는 생명을 다하게 될 것이다. 영원한 듯해도 천천히 자라고 서서히 소멸하고 마는 것이다. 그것을 사람들이 이해하면서 나무의 목소리를 알아듣고 숨소리를 함께 나눌 때 나무도 사람도 생명력을 더하고 함께 공존하게 될 것이다"라고 하였다.

이 말을 쉽게 해석해 보면 다음과 같다. 우리는 부모님이 평생을 사실 것처럼 무관심하게 살다가 어느 날 돌아가시면 그때야 '생전에 잘 해드릴 것…'이라며, 회한의 눈물을 흘린다. 이처럼 우리가 늘 무심하게 대하는 나무 역시 영원히 살 것 같지만 언젠가는 지상에서 사라지고 만다. 매일 바라보는 나무가 소멸된 후에야 허전함이 든다. 여 교수는 이에 대해 "좋은 나무는 잘 태어나는 것도 있지만 사람이 잘 가꾸어 갈 때 그 가치가 더해지는 것"이라며 사람의 관심을 강조한다.

이 책에 등장하는 나무 종류는 향나무·소나무(처진 소나무, 곰솔, 금송, 용소나무 등 포함)·느티나무·회화나무·은행나무·팽나무·푸조나무·이팝나무·왕버드나무·후박나무·왕후박나무·버드나무·영산홍·호랑가시나무·동백나무 · 산수유나무 · 고욤나무 · 물푸레나무 · 밤나무 · 멀구슬나무 · 잣나무 · 비자나무 · 느릅나무 · 돌배나무 · 모과나무 · 밀레니엄 나무 · 배롱나무 · 탱자나무 · 꾸지뽕나무 · 상수리나무 · 귀학송 등 30여 종이나 된다.

독자들은 이 책에 실린 나무에 대한 글을 모두 읽어보아야 필자가 서두에서 '나무 박물지'라고 하는 이유를 알게 될 것이다. 나무에 대한 역사는 말할 것도 없고, 나무가 그곳에 서 있는 이유, 나무가 상징하는 것, 나무의 슬픔과 아픔, 나무가 사람들에게 어떤 이로움을 주는지 등을 이해할 수 있다는 말이다. 또한 해당 나무에 대한 별도의 시편들에서 우리가 상상하지 못하는 감성을 읽어낼 수 있다.

독자들이 이 책을 좀 더 이해하기 쉽도록 책 속의 내용을 다음과 같이 몇 가지로 유형을 만들어 설명을 덧붙인다.

#1. 해당 나무 찾기의 어려움

저자는 취재를 위하여 손수 운전하여 전국을 샅샅이 뒤졌다. 발품과 흘린 땀은 말할 것도 없고, 경제적인 문제까지 많이 들어가므로 이러한 일은 아무나 할 수 있는 것이 아니다. 나무에 대한 중독을 넘어 마치 '미친 사람' 수준이 되어야 가능하다.

나무는 영혼이 깃든(?) 생명체이기에 접근을 쉽게 용납하지 않는 것들도 있다. 이를테면 우리나라에서 가장 나이가 많은 울릉도의 향나무가 그런 대표적인 경우이다. 취재 마무리에 찾은 이 나무의 연륜이 2500~3000년으로 추정된다고 한다.

저자는 배편 예약을 한 후 세 번 만에 갈 수 있었다. 두 번의 예약은 태풍으로 불가능하였다. 배를 타고 가는 내내 멀미로 화장실을 드나들며 고생을 해야 했다. 뱃멀미를 해보지 않은 사람은 이해하지 못한다. 필자도 예전에 울릉도로 가면서 풍랑에 뱃멀미를 얼마나 심하게 했던지 죽다시피 한 기억이 있다.

게다가 향나무는 도동항 산 정상쯤의 벼랑 끝에 자리 잡고 있어 사람들의 발길을 잘 허용하지 않는 장소에 굽어져 보란 듯이 서 있었다. 그 정도의 성정을 지녔으니 그렇게 오랜 세월 동안 생존했을 것이다. 나무이지만 아무나 다가갈 수 없는 고

고함이 있는 것은 아닐까. 어쩌면 사람들이 영원히 알아들을 수 없는 말들을 가슴에 묻은 채 서 있을 것이다. 그 세월 동안 혼자서 얼마나 많은 병마를 스스로 치유하며 지금의 모습으로 서 있을까. 어리석게 팔짱을 낀 채 비켜서 있는 인간이 어떻게 그 고행을 알아차릴 수 있을까. 그럼에도 불구하고 향나무는 낡은 몸으로 오로지 인간들을 위하여 이를 악물고 죽을 듯한 고통을 안은 채 절벽에 서 있는지도 모른다.

이 나무에 덧붙인 시를 보면

......

나무는 말이 없어도

사람들에게 자신을 돌아보게 하는

힘을 가지고 있다

......

그렇다. 나무에는 영혼이 깃들어 있다. 단지 우리 인간들이 우둔하여 끊임없이 속삭이는 나무의 언어를 알아들을 수 없다. 별빛이 형언할 수 없을 만치 아름답다는 사실을 나무들은 알고 있는 것이다. 인간들에게 베풀기 위하여 두 팔과 온몸을 펼치고 서 있는 그 마음을 아는 이는 없다. 언제나 배반하지 않는 나무의 그리움을 우리는 알아채지 못하는 것뿐이다.

전국을 헤집다시피 하여 취재하는 동안 낭패를 당하거나 어려웠던 점이 한두 가지가 아니다. 인터넷에 나와 있는 나무를 찾아 어렵사리 가보니 그런 나무는 존재하지 않았다. 인근을 헤매고, 주민들에게 물어물어 마침내 찾으니 주소가 잘못되어 있는 것이 아닌가. 차가 가까이 진입하지 못한 경우도 여러 번 있었고, 사납게 짖어대는 개 때문에 나무 접근에 애를 먹기도 하였다. 또 거주민이 아니면 들어갈 수 없는 군사통제 지역에서 되돌아와야 하는 경우도 있었다. 이처럼 난관에 부딪힌 경우를 읽다 보면 때로는 화가 나기도 하고, 나무를 보면 힐끗거릴 게 아니라 보다 겸허한 마음을 가질 필요가 있다고 깨닫게 된다.

#2. 나무에 얽힌 이야기

전남 구례 산동면의 천 년 된 산수유나무는 색다른 이야기를 갖고 있다. 약 1000년 전에 중국 산동성에 살던 여인이 구례로 시집오면서 고향의 풍경을 잊지 않기 위하여 이 나무를 가져온 것이 우리나라에서 가장 오래된 지금의 산수유나무이다. 그런 사연이 있어 이 나무는 소리 없이 주저앉고 싶어도 웃으며 해마다 꽃을 피우는지도 모른다.

전남 무안 해제면 천장리의 300년 된 동백나무가 가진 이야기는 우리나라 역사의 한 단면을 보여준다고 한다. 이 마을 기계 유씨의 입향조인 유제라는 분이 1636년 병자호란 때 이조좌랑을 지내고 있었다. 그는 인조가 치욕적인 삼배구고두(三拜九叩頭)로 청나라에 맹약하는 걸 보고는 나라의 녹을 먹는 자로서 백성을 볼 낯이 없다며, 이곳으로 들어와 동백나무를 심고 은둔하였다고 한다. 이러한 이야기를 안고 살아가는 나무를 보러 찾아가는 이들이 과연 얼마나 될까? 사람들의 성정이 나무보다 꼿꼿하지 않을 수도 있겠다는 생각이 든다.

『춘향전』에 등장하는 이몽룡과 관련된 이야기도 있다. 경북 봉화군 물야면 가평리의 500년 된 소나무와 얽혀 있다. 이곳에 살았던 암행어사 계서 성이성(1595~1664)이 이몽룡의 실존인물이라고 주민들은 믿고 있다. 성이성은 목민관 때 억울한 백성들의 목숨을 구해주는 등 선행을 베풀고 특히 호남지역에 암행어사로 파견되어 부패한 관리들을 척결하여 백성들의 칭송을 받은 것으로 기록되어 있다고 한다. 그는 1695년(숙종 21) 청백리로 녹선되었다. 이곳의 소나무는 선비 성이성의 세상 대하는 자세를 그 어떤 사람보다 어쩌면 더 잘 알고 있을 것이다. 혹여 세상의 때가 너무 많이 묻어 자신이 세속적 인물이라 느껴진다면 이 소나무를 찾아가 그 때를 한 번 씻고 성이성의 바른 기운을 받아오는 것도 좋지 않겠는가.

더 특이한 이야기를 가진 나무도 있다. 충북 천안시 입장면 효계리의 500년 된 느티나무에 얽힌 이야기이다. 40여 년 전 이 마을에 어느 회사가 들어오면서 찻길을 내기 위하여 나무의 가지를 잘랐는데, 갑자기 마을 앞에 있던 공장이 모두 불에 탔다. 또한 이때 잘린 나무가지로 불을 땐 마을 아주머니 두 명의 다리가 부러졌다고 한다. 그러자 그 공장에서 당시로서는 거금을 마을에 주면서 제사를 지내달라고 하여 주민들이 성대하게 제사를 지내자 그 후론 그러한 불상사가 일어나지 않았다는 것이다.

사람들은 나무에 기운이 들었다고 느끼면 해마다 날을 정해 나무에 제를 올리는 풍습을 갖고 있다. 이 책에 소개된 많은 나무에게도 마을 사람들이 제물을 마련하여 제를 지낸다. 위의 공장도 나무의 가지를 자르기 이전에 제를 올리고 주민들에게 감사함과 고마움의 표시를 하였다면 그런 흉사는 없었을지 모른다. 세상에는 우리가 알지 못하는 수많은 비밀과 영혼이 있다.

경남 진주시 지수면 청원리의 250년 된 이팝나무에 얽힌 이야기는 눈시울을 붉히게 한다. 이 나무의 소개 글에 덧붙여 저자가 시로 그 내용을 다음과 같이 함축하고 있다.

어머님 밥그릇에는 하얀 쌀밥을 소복이 담고
자신의 밥그릇에는 하얀 이팝나무 꽃을 담아서
오물오물 먹는 시늉을 하니
눈이 어두운 어머님께서
전혀 눈치를 채지 못하시니
배고픔을 달래던 보릿고개도 지나간다
그래서 이팝나무는 효심나무다.

얼마나 애처로운 이야기인가. 사람의 생애는 휘어져 끝없이 연결된 철로 같다. 하루하루가 무탈하며 다를 게 없다고 하지만 자신도 모르게 올라가고 미끄러지는 나날을 지내는 것이다. 먹을 것이 너무 귀하던 시절 우리의 어머니들은 정작 굶으시곤 일부러 부엌에서 빈 그릇 긁는 소리를 내신 후 "배부르게 먹었다"라며, 자식들을 키워내셨다. 위 시에 나오는 자식처럼 어머니의 은혜를 아는 사람은 많지 않다. 그래서 어머니께서 살아계신다면 "어머니"라며, 때늦은 후회를 하면서 사랑스럽게 불러보고 싶은 자식들이 대부분이다.

충남 예산군 대흥면 상중리의 1천 년이 넘은 느티나무는 '배를 매었던 나무'로 알려져 있다. 이는 소정방이 이끄는 나당연합군이 백제 부흥군의 마지막 거점인 임존성을 공격하러 왔을 때 이 나무에 배를 맸다고 전해진다. 옛날에는 이 느티나무 밑에까지 바닷물이 들어왔다는 것이다.

나무는 그루마다 나름의 이야기와 전설을 갖고 있다. 이 느티나무로 자녀들을 데리고 와 소정방은 물론이고 당시의 역사에 대한 이야기를 들려준다면 그 어떤 교육보다도 가치가 있을 것이다. 사람들이 작은 것에 대한 소중함을 좀 더 알아차릴 필요가 있다.

경북 안동군 길안면 용계리의 700년 된 은행나무는 좀 색다른 이야기를 갖고 있다. 1993년 말 이 지역에 임하댐이 준공되었는데, 용계리는 이 은행나무만 남기고 모두 수장되었다. 마을 주민들은 이 나무만은 살려야 한다고 이구동성으로 강조하여 한 수목이식 전문업체에 맡겼다. 업체 대표는 이식 후 6년 안에 나무가 죽으면 공사비 전액을 배상하겠다는 각서를 쓸 만큼 자신이 있었다. 이식작업은 나무를 뿌리째 들어 올리는 공법이었는데, 3년이라는 시간이 걸리고 23억 원의 거액이 소요되었다. 나무를 들어 올리는 기간은 2개월이 걸렸지만 공사작업 전체에 많은 시간이 필요했던 것이다. 15m나 나무를 들어 올리는 작업은 세계적으로도 유례가 없었다고 한다. 저자는 이 나무에 대한 시에서 "……수몰민들의 뿔뿔이 흩어진 파편들이/

보기만 해도 힐링 되는 나무들의 감성스토리

하나의 추억으로 주렁주렁/ 은행이 되어 매달리고 있다."라며, 마을의 전설을 고스란히 간직한 은행나무 한 그루를 살리기 위한 사람들의 정성이 얼마나 위대했는지를 잘 보여준다. 그래서 이 나무는 댐 건설로 주민들이 흩어졌지만 마을의 역사와 전설을 그대로 간직한 채 오늘도 늠름하게 서 있다는 것이다.

책에는 이외에도 나무에 얽힌 수많은 이야기들이 담겨 있어 독자들로 하여금 마치 상상의 세계로 빨려들게 한다. 그와 동시에 살면서 주의해야 할 경구도 담겨 있어 스스로의 삶을 돌아보게 하는 기능도 한다. 그러기 위해서는 이 책을 되도록이면 천천히 읽으면서 나무를 찾아 나선 저자의 노력뿐 아니라 행간에 깔린 격언 등도 곱씹으며 음미해야 할 것이다.

우리는 생활하면서 언행을 조심하지 않으면 여러 구설수에 오르내리거나 난감한 경우를 만나기도 한다. 자신은 그러지 않으려고 하지만 자칫 방심하는 사이에 어떤 일에 휘말리게 된다. 그건 우리가 부초처럼 흔들리는 삶을 살기 때문이다. 이 책의 나무들에 얽힌 이야기들을 들여다보면 한 치 앞을 알 수 없는 세상에서 옛 사람들 또는 마을의 주민들은 어떻게 대처하고 지혜롭게 살아왔는가를 배울 수 있다.

#3. 각양각색인 나무의 형태

570년 된 전남 화순군 동면 마산리의 느티나무는 특이한 모습을 가지고 있다. 이 나무는 한 그루이나 밑동에서 크게 두 갈래로 갈라져 있어 두 그루처럼 보인다. 밑동에서 크게 갈라졌다 또 가슴높이에서 또 가지가 갈라지다가 3m쯤 높이에서 여러 개의 가지 중 두 개의 가지가 하나로 합쳐진 연리지이다. 저자는 "연리지는 서로 다른 두 줄기가 한 몸이 된 것인데 보통 너무 사랑하기 때문에 붙은 것"이라고 설명하고 있다.

저자가 이 연리지에 대한 해설에 덧붙여 쓴 시의 일부를 보겠다.

......

무엇인가 부족한 것을 채워주고

아픈 상처를 치유해 주는 느티나무

나무는 수백 년을 거쳐 사랑한다

한 번 잡은 손 놓지 않고

같이 살아가고 있는 것은

아름다운 풍경이고 부러운 그림이다.

이 시도 저자가 독자에게 나직이 들려주는 잠언이자 평생 삶의 궁리를 연구해 온 학자이면서 인생 선배로서 들려주는 참말이다. 우리는 무지몽매하여 곁에 있는 가족이나 친구, 동료에 대한 고마움을 모른 채 그야말로 공기처럼 당연한 존재로 여긴다. 위 시의 행간을 통하여 우리 옆에 있는 사람들과 함께 사는 일이 새삼스럽게 감사하다는 사실을 깨달을 수 있다. "한 번 잡은 손 놓지 않고/ 같이 살아가"는 일이 생각보다 쉽지 않다. 그렇지만 나무는 변함없는 마음을 가지고 있어 한 번 손을 잡으면 아무리 사는 일이 숨가쁘더라도 그 손을 놓지 않는다는 사실이다. 저자가 우리에게 들려주려는 그 깊은 목소리를 책을 읽는 내내 들을 수 있다.

나무는 사람들이 심심해 할까 봐 여러 형상으로 변하기도 한다. 이를테면 전남 담양 군용면 두장리의 느티나무 군락지 중 한 나무의 옹이진 밑동은 강아지를 닮아 있다. 보기에 따라서 여러 가지 동물 형상을 닮아 다 보려면 한참이 걸린다. 이것은 사람들이 나무에 무관심하다 보니 나무가 사랑을 받으려고 하는 이유도 있을 수 있겠지만 그보다는 거칠게 대하고 못된 짓만 하는 사람들에게 역설적으로 베풀려고 하는 몸짓인 것이다. 나무는 비록 이승을 떠나는 고통이 따르더라도 자신의 몸을 뒤틀고 바꾸며 사람들에게 기쁨을 주려고 한다.

이러한 나무의 인간을 위한 희생은 여러 곳에서 확인할 수 있다. 앞으로 나무를

보기만 해도 힐링 되는 나무들의 감성스토리

대할 때 보다 애정어린 눈길로 볼 수 있도록 책에 서술된 몇 가지 사례만 더 살펴보겠다.

전북 전주시 덕진동 덕진공원의 200년 된 왕버들의 경우도 밑부분을 옆에서 바라보면 우람한 물소가 연못을 바라보는 형상이다. 연못가에 있는 이 왕버들은 무릉도원의 복숭아나무처럼 한 폭의 그림으로 보인다고 한다.

경북 영주군 장수면 화기리의 450년 된 느티나무에 대해서는 저자가 덧붙인 시를 통해 "…오랜 연륜인가/ 불쑥 불쑥 튀어나온 옹이는/ 강아지 얼굴처럼 보이기도 하고/ 커다란 도토리처럼 보이기도 한다"라고 묘사하고 있다.

전북 군산시 옥서면 선연리의 200년 된 소나무에 대해서는 "갓이 활짝 핀 송이버섯처럼 소나무 기둥 위에 넓은 모양으로 솔잎이 퍼져 있"으며, 전남 영광군 군서면 양장리의 300년 된 곰솔은 "어른 키 높이에서 가지들이 갈라지고 또 그만큼의 높이에서 여러 갈래로 위로 옆으로 가지들이 뻗어 있는데 전체적으로 잘 퍼져 있어 균형미가 있"다.

경기도 화성시 향남읍 증거리의 1300년 된 느티나무는 수령이 오래되어 가운데 부분이 부러지고 몸통에서 새로운 가지가 자랐다. 그래서 나무 앞에서 바라보면 마치 코끼리가 코를 하늘로 쭉쭉 뻗은 자세 같아 독특한 모양새다.

위의 예들을 통하여 저자가 우리에게 들려주려는 말은 아무 말 없이 서 있는 나무라도, 또는 담장 밖으로 삐져나온 가지라도 그 사이사이에 박혀 있는 새소리를 들을 수 있어야 한다는 것이다.

#4. 나무에 대한 상식

저자는 충북 진천읍 서부리의 600년 된 회화나무를 설명하면서 다음과 같이 회화나무의 성격에 대하여 설명한다. "회화나무는 예로부터 학자나무라고 한다. 그래서 회화나무는 주로 이름난 서원이나 명문 가문의 정원에 많이 심었으며, 길상목(吉祥木)으로 여기면서 학자수(學者樹)를 양반집이나 관공서 뜰에 주로 심었던 것으로 전해지고 있다"라며, 독자들에게 이 나무에 대한 상식을 제공해 주고 있다.

또 전남 곡성군 석곡면의 450년 된 고욤나무에 대해서도 설명하고 있다. "고욤나무는 감처럼 생겼으나 그 크기가 작고 가을에 열매가 많이도 열리는데 너무 떫고 씨가 커서 먹기에 거북하다. 서리를 맞히고 검은색이 되도록 완전히 익으면 겨우 먹을 만하다." "또 열매를 햇볕에 말린 군천자(裙櫨子)는 한방에서 갈증을 없애는 약재로 쓰인다. 고욤나무는 감나무를 접붙이하는 데 이용된다. 감나무는 고욤나무를 대리모로 삼는다. 감씨를 심으면 감나무가 되는데 어미보다 못한 땡감이 된다. 그래서 고욤나무를 밑나무로 하고 감나무 가지를 잘라 접붙이로 대를 이어간다"고 고욤나무에 대한 전문적인 설명까지 하고 있다.

충남 금산군 제원면 천내리의 200년 된 돌배나무에 대해서는 "돌배나무가 200년 이상 살아 있는 것은 흔한 일이 아닌데…. 돌배나무는 감기 걸렸을 때 특히 기침에 효과가 알려져 있다. 돌배로 발효액을 만들어 먹"는다고 한다.

전남 진도군 군내면 본토리의 250년 된 팽나무를 설명하면서는 "팽나무는 짠물과 소금기 많은 바닷바람에도 잘 견뎌내는 나무로, 남부지방에서는 '포구나무'로 불린다. 배가 들락거리는 포구에는 어김없이 팽나무 한두 그루가 서 있기 때문"이라고 한다. 저자가 이 팽나무에 대해 쓴 시를 보면 "팽나무는 강인한 모습이다/ 수백 년 되어도 얇고 매끈한 껍질과/ 단단한 성질의 목재를 갖고 있는/ 팽나무는 필요한 근육만 있는/ 장거리 육상 선수 같다.…"고 비유하였다.

충남 태안군 태안읍 남문리의 90년 된 낙우송(落羽松)에 대해서는 "낙우송은 흔치 않다. 낙우송은 소나무 송(松)자가 들어가지만 소나무와는 관련이 없다. 낙우송은 납작하고 긴 잎이 새의 날개처럼 생겼는데 낙엽이 질 때 날개처럼 떨어진다고 해서 붙여진 이름이다. 우리나라에는 1920년경에 도입되었다. 낙우송은 침엽수이면서 낙엽이 지는 특이한 나무다. 그리하여 이곳에 있는 낙우송이 최고의 수령이라고 하는데 이 시기에 들어온 것으로 짐작된다." 저자는 낙우송에 대한 해설 아래 시 한

수를 다음과 같이 지어놓았다.

  ......
  나무는 나무와 같이 있어도 좋고
  집들과 같이 있어도 좋다
  쓸쓸하게 느끼는 건 나무가 아니라
  바라보는 사람의 마음이다.

이 시에서도 알 수 있듯이 나무는 사람들과 가까이하려 한다. 사람들이 초라한 집을 짓고 살면 그 옆에 서서 꽃을 피우고 단풍으로 물들여 사람과 집을 돋보이게 한다. 겨울이면 나무가 낙엽을 떨구는 것은 사람과 세상을 멋지게 보이려고 그림을 그려주는 것이다. 그러한 것을 모르는 사람들은 나무를 쓸쓸하게 바라본다. 그건 삶에 지쳐 자주 눈물을 글썽이는 사람들의 마음이 쓸쓸하기 때문이다.

저자가 알려주는 나무에 대한 지식은 이 책을 읽는 독자들에 대한 일종의 덧팁이다. 알다시피 저자는 수많은 저작물과 논문을 발표한 학자이자 학생들을 가르치는 교수님이다. 저자가 이 책에서 직설적으로 드러내었든, 글의 저간에 깔아놓았든 온전히 이해하여 지식을 획득하는 것은 독자의 몫이다. 책방의 서가에서 이 책을 빼 읽어보는 독자는 운이 좋다고 필자는 생각한다.

#5. 보호수 관리에 대한 아쉬움

저자가 전국을 다니면서 만난 나무들은 모두가 아름다웠고 언제나 두 팔을 환하게 펴 반겨주었다. 하지만 나무들이 인간에게 버림받은 듯한 장면에 마음 아파 하면서 죽비를 내리치듯 일깨워주기 위하여 제대로 관리되지 않는 나무들을 예로 들어 보인다.

전북 김제군 공덕면 마현리의 650년 된 은행나무는 보호수로 지정된 일자가 서로 다르다. 은행나무 앞의 안내석에는 지정일자가 1980년 9월 20일로 돼 있지만 나무 뒤쪽에 세로로 길게 세워진 대리석에는 1968년 2월 15일로 되어 있다. 뿐만 아니라 나무높이도 다르게 적혀 있다.

충남 아산시 영인면 신화리의 200년가량 된 소나무의 경우는 저자가 취재를 위하여 가까이 다가가니 근처에 정자가 있는데 정자 윗부분에 양파가 걸려 있어 좀 민망스러운 풍광이었다. 보호수 팻말은 아예 뽑혀 나뒹굴고 있었지만 이 나무를 보금자리로 삼고 있는 두루미가 반겨줘 위안이 됐다고 한다.

2500년의 울릉도 도동항 향나무는 우리나라에서 가장 오래된 것으로 알려진 역사성에 비추어본다면 이 나무에 대한 관심이 부족하였다. 도동항 어디에서도 산 정상에 위치한 나무에 대한 안내문이 없었던 것이다. 그러다 보니 사람들은 정확한 연령도 알 수가 없다. 씁쓰레한 마음이 들 수밖에 없는 것이다.

사람들의 일상은 늘 바쁘다. 뭘 하는지 늘 허둥거린다. 자신의 일 외에는 귀를 쫑긋이 세워 들으려고 하지 않는다. 숨어 있는 세상의 이름들은 고사하고 머리만 들면 창백하게 켜진 가로등의 불빛을 볼 수 있는데 우리는 그렇지 못하다. 저자가 일러주는 미로를 따라가다 보면 느리게, 인간답게 사는 지혜를 배울 수 있다.

#에필로그
저자는 전남 광양군 다압면의 푸조나무에 대하여 덧붙인 시에서

구불거리는 가지들이
사람 사는 굴곡처럼 보이기도 한다
오래 살다 보면 나무도
하고 싶은 말이 있을 것이다
가만히 있는 듯해도
가지 하나로 자신을 내보이고

보기만 해도 힐링 되는 나무들의 감성스토리

잎새 하나로 말을 하기도 한다
동그란 눈을 새겨넣고
사슴 같은 모습을 보여주기도 한다
여러 모양으로 의미를 만들면서
나무는 끊임없이 말을 하고 있다.

라며, 나무의 속성 및 그들이 오랫동안 살면서 보아온 세월을 묘사하고 있다. 위 시는 저자가 나무를 통해 들려주는 삶의 경구이다.

필자가 이 책의 발문을 위해 전체 내용을 한 편 한 편 읽으면서 든 느낌은 저자는 나무에 대한 그리움에 물들어 영원히 그걸 지울 수 없겠다는 것이다. 독자들도 필자처럼 그런 느낌을 받을 것이고, 그 그리움이 나무들에 매달려 있거나 반짝이며 아래에 나뒹굴고 있음을 알 것이다. 저자가 다음 날 아침 보호수 한 그루라도 더 보기 위하여 가능하면 나무와 가까운 곳에 숙소를 잡으려고 자동차를 몰고 가면서 짙어가는 저녁 어스름을 본 기억도 글 뒤에 숨어 있다는 사실을 독자들은 눈앞의 그림처럼 떠올릴 것이다.

저자는 위 시에서 "구불구불거리는 가지들이/ 사람 사는 굴곡처럼 보이기도 한다"고 표현하였다. 시에는 숨어 있는 부호가 많다. 시는 우리가 일상생활 속에서 망각하는 것들에 대한 장면들을 대신 끄집어내주기 때문이다. 그러한 시적 상황 내지는 시적 순간을 저자는 나무를 매개로 풍부하게 해준다. 인간의 삶이란 살수록 몸과 마음의 구석이란 구석이 다 닳을 정도로 힘겹다. 발은 부르트고 종국에는 마음조차 엷어져 두근거림조차 사라진다. 그래도 가본 적이 없는 곳이 많고, 들어보지 못한 아름다운 언어들이 남아 있다.

사람에 비하여 움직이지 못하는 나무는 더 삶이 고달프다고 시에서 상징한다. 사람은 자식이나 반려자, 또는 벗들이 다독거리면서 끌어주기도 하고 받쳐주기도 하지만 나무는 오로지 혼자서 살아나가야 한다.

그래서 저자는 위 시에서 "오래 살다 보면 나무도/ 하고 싶은 말이 있을 것이다"고 나무의 마음을 읽고 있다. 그러면서 "가지 하나로 자신을 내보이고/ 잎새 하나로 말을 하기도 한다"면서 독자들에게 나무의 말을 대변해 주고 있다. 또 "여러 모양으로 의미를 만들면서/ 나무는 끊임없이 말을 하고 있다"는 것이다. 흔히 사람들은 육체를 벗어나 영혼으로 나아가야 비로소 나무의 언어를 알아듣는다고 하지만, 오랫동안 나무를 봐오고 만지고 하면서 소통을 해왔던 저자는 바람에 잎이 찢겨 울고 있는 나무의 아픈 소리도 다 듣고 있는 것이다.

저자는 경북 포항시 신광면 마북리의 느티나무에 대한 시에서는 "죽어가는 나무보다. 살리려는 사람들의/ 애간장이 더 녹는다/ 그렇게 사람과 나무는/ 역사와 전설을 함께/ 만들어 가고 있다"며, 사람과 나무가 함께하는 세상을 주지시켜 준다. 우리가 다 아는 사실이라지만 필자에게는 '발견'의 의미로 다가온다. 재개발을 하는 구역에 뿌리째 뽑혀 나뒹구는 은행나무를 가끔 보면서 우리는 무심코 지나친다. 하지만 저자는 "도와달라"고 온몸으로 울고 있는 나무의 슬픈 울음소리를 독자들에게 들려준다. 나무가 사라진 마을은 마치 유령처럼 서 있는 모양새다. 그건 오랜 세월 사람과 나무는 함께 살면서 동질화된 여러 겹의 곡절을 갖고 있는 것이다.

방치된 보호수를 보면서 저자가 안타까운 마음을 드러내고 있는 대목도 밀려난 것들에 대한 쓸쓸함만 보여주는 것이 아니라, 나무에 대하여 인간은 사랑을 더 베풀어야 한다는 은유이다. 인간은 나무에게, 나무는 인간에게 사랑으로 닿아 있다는 것을 에둘러 말하고 있는 것이다.

"전국의 보호수를 취재할 때만큼 편의점의 삼각김밥을 많이 먹어본 적이 없다"는 저자의 조용한 말을 들었을 때 필자는 그 깊고 그윽한 말에 감동받을 수밖에 없었다. '이분만큼 아프고 외로운 나무의 상처를 만져준 이가 또 어디에 있을까'라는 생각에 필자 자신이 초라해짐을 느끼는 순간이었다.

보기만 해도 힐링 되는 나무들의 감성스토리

울릉도 도동항 향나무

저자소개

淸竹, 여호근(余好根) / hkyeo@deu.ac.kr

- 현) 동의대학교 호텔컨벤션경영학전공 교수
    동의대학교 관광컨벤션연구소장
    관세청 특허심사위원회 위원
    부산광역시 국외공무여행심사위원회 위원
    수영구 수영포럼 문화관광분과위원장
    (사)아시아태평양관광학회 이사
    (사)부산관광미래네트워크 인재양성위원회 위원장
    (사)한국관광학회 대의원
    (사)한국관광레저학회 부회장/편집위원
    (사)한국마이스관광학회 MICE관광연구 편집위원장
    (사)동북아관광학회 이사
    한국-가나우호협회 총무이사
- 전) 부산광역시 관광진흥위원회 위원
    부산광역시 축제육성위원회 위원
    부산관광공사 비상임 이사
    부산광역시 사하구 창조도시기획단 자문위원
- 동아대학교 대학원 관광경영학과에서 학부·석사·박사 취득
- 한국관광공사와 부산광역시가 지원(2012~14년)한 부울경 공정관광
  시범투어를 총괄하여 감천문화마을(강나루 노을빛 여행)과 기장 대룡마을(갈맷길 솔바람 여
  행)을 중심으로 42회, 용두산공원(초량왜관)을 연계하는 근대역사투어(원도심 니캉·내캉 투
  어)를 6회 진행하였음
- 대한민국 MICE관광 대상(개인학술), 문화체육관광부 장관상 수상(2017. 12)

- 저서로
  여호근(2018),『함께 걸으면 들리는 부산나무의 감성스토리』(백산출판사)
  여호근 외 1인(2016),『신 관광개발 이론과 실제』(백산출판사)
  여호근 외 12인(2015),『창조관광산업론』(백산출판사)
  여호근 외 12인(2014),『제2판 관광사업경영론』(학현사)
  여호근 외 12인(2012),『글로벌 환대상품론』(백산출판사)
  여호근 외 1인(2006),『환경관광의 이해』(백산출판사)
  여호근 외 2인(2004),『해양관광의 이해』(백산출판사)
  여호근 외 1인(2003),『컨벤션산업론』(도서출판 대명) 등
  관련 연구논문 100여 편이 있다.

奉山, 김종오(金鍾旿) / oxkjo@deu.ac.kr

- 현) 동의대학교 경찰행정학과 교수
- 동국대학교 경찰행정학과 학사·석사·박사 취득
- 전공은 범죄학이고, 범죄심리학, 청소년비행론 등을 강의하고 있음
- 여호근 교수님이 총괄하고 한국관광공사와 부산광역시가 지원(2012~14년)한 부울경 공정관
  광 시범투어에 참여하면서 문화관광에 관심을 가짐
- 2013년 동의대학교와 여호근 교수님의 지원으로 부산 지역 중고생과 경찰행정학과 대학생 및
  경찰공무원으로 구성된 멘토링 프로그램 '위더스힐링캠프(With us healing camp)'를 운영함
- 2015년부터 2020년 현재까지 부산광역시 교육청에서 주관하는 서머스쿨과 윈터스쿨에서 부
  산 지역 고교생들을 대상으로 '범죄심리의 이해와 힐링문화체험' 프로그램을 운영하고 있음

- 저서로
  김종오 외 6인(2015),『새 현대사회와 범죄』(형설출판사)
  김종오 외 2인(2018),『5G 시대와 범죄』(박영사) 등이 있음

저자와의
합의하에
인지첩부
생략

보기만 해도 힐링 되는
나무들의 감성스토리

2020년 1월 10일 초판 1쇄 인쇄
2020년 1월 20일 초판 1쇄 발행

지은이 여호근·김종오
사 진 김종오·여호근·최민수
펴낸이 진욱상
펴낸곳 (주)백산출판사
교 정 성인숙
본문디자인 신화정
표지디자인 오정은

등 록 2017년 5월 29일 제406-2017-000058호
주 소 경기도 파주시 회동길 370(백산빌딩 3층)
전 화 02-914-1621(代)
팩 스 031-955-9911
이메일 edit@ibaeksan.kr
홈페이지 www.ibaeksan.kr

ISBN 979-11-90323-56-7 03810
값 50,000원